JN097997

味の台湾

焦桐

川浩二 訳

みすず書房

味道福爾摩莎

焦桐

First published by Fish & Fish Publishing Co., Ltd.（二魚文化）, 2015
Copyright © Jiao Tong, 2015
Japanese translation rights arranged with Fish & Fish Publishing Co., Ltd.
c/o The Grayhawk Agency through
太台本屋 tai-tai books, Japan

日本語版序

二十数年前に美食家だと誤解されて以来、こんな質問をたびたびされた。

「何が台湾の味なのでしょう？」

「台湾の特色をそなえた食べものとは何なのですか？」

知っているような気がしつつも、どう答えていいのかは分からなかった。友人の前で大風呂敷を広げられるようにと、私は台湾の食文化を研究し始め、しばしばフィールドワークにも出かけるようになった。

台湾に住む人々の大部分は、福建各地からの移民にルーツを持つ。さっぱりとして甘い福州料理と、油が重く塩気の強い福建西部（閩西《びんせい》）の客家《はっか》料理とが、しぜんと台湾の味わいの基調を構成するのにかかわっており、これらとともに福建南部（閩南《びんなん》）の料理はとくに重要なものだ。福建南部の料理は調味料を重んじ、漢方薬材を料理に取り入れることもままある。たとえば薬燉排骨《ヤオドゥンパイグー》（豚スペアリブの薬膳スープ）や当帰土虱《ダングイトゥーシー》（ヒレナマズの当帰風味スープ）、焼酒鶏《シャオジウジー》（鶏の酒入り薬膳スープ）といった料理だ。

台湾で発展したこの土地ならではの小吃《シアオチー》の多くは、主食とおかず、点心《ディエンシン》（軽食）の役割を兼ねそなえたものだ。たとえば大腸煎《ダーチャンジエン》（もち米の腸詰め）、鱔魚麵《シャンユーミエン》（甘酢風味のタウナギ入り汁麵）、大腸《ダーチャン》麵線《ミエンシエン》（豚の大腸煮込みかけそうめん）、蚵仔煎《オーアージエン》（カキのオムレツ）、炒米粉《チャオミーフエン》（焼きビーフン）、鹹粥《シエンジョウ》（出汁粥）などの類で、どれも庶民的な性格を持っている。

もう一つ、はっきりうかがえる台湾料理の特徴といえば、見た目が水気たっぷりで、主材料が汁に浸っている料理がよく見られるということだ。それらは固体の部分は食べられ、液体の部分はスープとして飲めて一挙両得だ。たとえば仏跳牆《フォーティアオチアン》（さまざまな乾物と肉類の蒸しスープ）、菜尾湯《ツァイウェイタン》（ごった煮スープ）、鐤辺趖《ディンビエンスオ》（ひもかわうどん）、紅焼鰻羹《ホンシャオマンゴン》（紅こうじ漬けうなぎの衣揚げスープ）、魷魚羹《ヨウユーゴン》（スルメイカのとろみ汁）、生炒花枝《ションチャオホアジー》（コウイカの甘酢風味炒め）、四臣湯《スーチェンタン》（四種の漢方入り豚モツのスープ）、肉羹《ロウゴン》（豚肉に片栗粉をまぶしてゆでたもの）、猪血湯《ジューシエタン》（豚の血のスープ）、魚丸湯《ユーワンタン》（魚つみれのスープ）、白湯《バイタン》猪脚《ジュージアオ》（豚足の塩味煮こみ）などがそうだ。

台湾の食といえば小吃に重きを置く。そして台湾の小吃の大部分は、経済的に貧しかった時代に由来するものだ。経済的な地位の低さと生活の条件の厳しさが、懸命に労働し倹約するという食文化を形作っていった。これらの文化は変化しにくい一定のパターンを持つ。保守的で、反復されやすく、停滞しがちであり、簡素で質朴である。われわれは飲食における美とは何かを見極めようとすることで、古い時代のことを理解しやすくなる。たとえば昔の食べものや調理の方式、かつての食事のさいの雰囲気や飲食の習慣といったものだ。

台湾は移民社会であり、清代に福建や広東からの移民が台湾を開墾したさいには、しばしば独力で大海を渡ってきた。故郷を遠く離れた人々は不安にかられる上に、当時の医療の水準は低く、治安も安定していなかったため、信仰に頼る心理がさらに強まった。彼らは捧げものを通じて、神々や霊魂に庇護を求めた。仏寺や神廟に人波が寄せ、燈明や線香がさかんに焚かれると、やがて門前に市を成した。寺廟周辺の小吃は代々伝えられ、人々がよりどころにする古くからの滋味として根付き、厨房の火はますます盛んに燃えるようになった。

台湾の小吃はこのように、仏寺や神廟と歩みを同じくして発展してきたのである。

日本統治時代を経た後の太平洋戦争終結の前後には、物資が欠乏しており、台湾には格好の付くような料理店がなく、近しい親戚や友人が来訪してくれたさい、家で歓待するのでなければ、「酒家《ジウジア》」と呼ばれる店に行った。酒家は当時の高級レストランにあたり、そこで出される「酒家菜《ジウジアツァイ》」の特徴は福建南部、広東、日本などの料理を融合させたもので、とくに福州料理が主調となっていた。酒家菜は特定の時間と空間の中に生じた文化の混淆から生まれた料理で、台湾料理の構造における重要な基礎に当たるといえるだろう。

酒家では缶詰を副材料や調味料としてよく使った。またたとえば干しシイタケやスルメといった乾物もよく登場した。酒家での宴席に出た料理といえば、冷菜としては烏魚子《ウーユーヅー》（からすみ）、九孔《ジウコン》（トコブシ）、軟糸《ルアンスー》（アオリイカ）、生魚片《ションユーピエン》（刺身）、粉肝《フェンガン》（豚レバー）、焼鵝《シャオオー》（ガチョウのロースト）など、炒めものの類であれば桂花魚翅《グイホアユーチー》（フカヒレの卵炒め）、油条炒双脆《ヨウティアオチャオシュアンツイ》（揚げパンと豚マメ、クラゲの炒め）、スープ類では魚翅羹《ユーチーゴン》（フカヒレ）、魷魚螺肉蒜《ヨウユールオロウスアン》（イカとサザエ、葉ニンニク）、蛤仔鮑魚《ハーマーバウヒー》（アサリとアワビ）、魚丸湯《ユーワンタン》、猪肚紅棗《ジュードゥーホンザオ》（豚ガツとナツメ）など、また紅蟳米糕《ホンシュンミーガオ》（子持ちガザミのおこわ）、紅糟焼肉《ホンザオシャオロウ》（紅こうじ漬け豚肉の衣揚げ）、鶏捲《ジージュアン》（豚肉の湯葉巻き揚げ）、金銭蝦餅《ジンチエンシアビン》（エビのすり身揚げ）、排骨酥《パイグースー》（豚リブ肉の衣揚げ）などもよく作られた。

客の酒が進むように、酒家菜には揚げ物が多い。いま挙げた排骨酥のほかにも、蝦捲《シアジュアン》（エビ巻き揚げ）、爆魚《ポッヒー》（魚の細切り衣揚げ）、爆肉《ポッバー》（豚肉の細切り衣揚げ）、炸溪哥《ジャーシーゴー》（オイカワのから揚げ）、塩酥蝦《イエンスーシア》（エビのから揚げ）、炸白鯧《ジャーバイチャン》（マナガツオの姿揚げ）、炸溪蝦《ジャーシーシア》（川エビのから揚げ）などがみなそうだ。

比較的大きな規模をそなえた料理店として、酒家は社交の場所としても使われた。政治家や官僚の接待、商売の相談、争議の仲裁などがおしなべて酒家を取りまとめの場としたものだ。一九六〇から七〇年代にかけては、台湾の酒家文化がもっとも盛んだったときで、北投《ベイトウ》に酒家が立ち並び、さまざまな企業のボスたちや黒社会のアニキたちが酒を飲んでは楽しんだ。

酒家菜の起源は日本統治時代にあるが、日本人の目からすれば、当時の台湾は漢民族と西洋の文化が混ざり合ったものに映っていたことだろう。「江山楼《こうざんろう》」はまさにそうした文化が混淆した雰囲気を持っていた店だ。

一九二〇年代当時の江山楼は台北の三大建築の一つに数えられ、台湾総督府や台湾総督府博物館に比肩しうるものだった。また台北で最高級の料理店であり、権力とロマンス、文化が交錯する場所でもあった。一般の庶民がこの店に出入りすることは少なく、客はたいてい政治家や役人、大商人や地主、また文人墨客といった人々だった。経営者の郭秋生《かくしゅうせい》も一介の商売人ではなく、一九三〇年代に郷土文学に関する論争が行われたさいには「台湾話文」〔台湾語による言文一致〕の確立を推進し、文芸雑誌『南音《なんおん》』の創刊にも関わった。

江山楼の名声が内外に広まったのは、のちの昭和天皇たる皇太子裕仁が一九二三年に台湾を訪れたさいの饗応に使われたことが契機であり、江山楼が提供していたのは台湾の第一世代の酒家菜だった。対して一九六〇年代に有名だった北投の「吟松閣」、台北市内の延平北路にあった「五月花」や「黒美人」などは第二世代の酒家菜の代表と言える。依然として、酒席を飾る女性の声には事欠かなかったが、日本統治時代までのように芸妓が侍り伝統的な曲が歌われることはなくなり、「流し」がこれに取って代わった。流しというのは店を回り客の求めに応じて流行歌を演奏し代価をもらう商売で、ふつうは二人か三人が一組になる。これも日本由来のものだが、北投は台湾における流しの発祥地だ。一九八〇年代以降には北投の酒家が徐々に没落し、今度はカラオケが流しの文化に取って代わった。

日本料理は、台湾における食文化が国際化した最初期の痕跡に当たり、今では台湾の伝統的な味わいとして内面化されてしまっている。日本は台湾を五十年にわたって統治していたことから、台湾人はしぜんと上流社会にあたる日本人の生活様式をまねるようになり、だんだんに和風とも中華風ともいえない料理の形式が発展してきたのだ。たとえば「龍船生魚片《ロンチュアンションユーピエン》」は和漢の料理を融合したもので、船形の器に各種の海鮮が盛り合わせてある。イセエビにさまざまな魚の刺身、生ガキ、ケンサキイカ、ヒオウギガイ、ホタテ、ボタンエビにタラバガニ、アオサ——といったぐあいだ。船にはドライアイスまでが乗せられて雰囲気を出し、新鮮獲れたての台湾風味を演出する。

国共内戦を経て、一九四九年前後におよそ百二十一万人が国民政府とともに突如として台湾に移住してきた。これは中国の八大料理体系が一挙に台湾に押し寄せたことにも等しく、台湾の食文化に最も大きな変化を呼びこむことになった。

台湾が経済的な急成長を遂げたその後の時期は、食文化の発展の基礎をもたらした。その間、一九五〇年代から一九七〇年代までに、中国では反右派闘争から文化大革命などの一連の運動が起こったことで、精緻な伝統文化の多くが消えてしまったが、それらがかえって台湾には残されたといえる。

百二十一万人の新移民には軍人とその家族が多数含まれており、国民政府は緊急的な措置として「眷村《ジュアンツン》」を作って彼らを住まわせた。こうして「眷村菜《ジュアンツンツァイ》」が生まれた。私としては眷村菜を「長江流域各地の家庭料理の集合」だと定義しておく。

眷村菜は店で出されるさいにはしばしば「客飯《コーファン》」と表記される。客飯はどれも一種の懐古的な表情をそなえている。こうした料理店の多くは家庭式の経営を採用し、店の作りはごく簡素でときに粗末でさえあり、盛り付けや飾りに凝ることは少なく、質実剛健というべき良さがある。

実のところどの料理体系とは断定できず、たいてい江蘇・浙江の料理に四川・湖南の味わいを交えたものであり、総じていえば、各地の家庭料理をごったに合わせたものだ。これらの料理は飢えにも似た郷愁を慰め、彼らの集団的記憶を呼び起こす。たとえ後に経営者が代わり、料理人が替わってしまったとしても、醤油と油をたっぷり使った味わいはまだそのままだ。

思うに、客飯の「客」の字には、唐の詩人王維《おうい》のいう「ひとり異郷にあって異客となる」、つまりよその土地で孤独な旅人でいるという意味が忍ばされているのではないだろうか。見知らぬ土地で食事をすれば、故郷の味を懐かしまずにはいられない。

しかしそれは誰の故郷なのか？　それは一種のあいまいな郷愁にすぎず、どこか特定の場所を懐かしんでいるというわけではないのだ。現代詩人余光中《ユーグアンジョン》や梅新《メイシン》の詩がその一例として挙げられよう。当時、国民政府に従い台湾に移住した外省出身の軍人たちは相次いで退役した後、老兵という特殊なエスニックグループを形成した。移民というエスニックグループ全体における老兵たちは、とくに彼らの多くが家族や親戚と離散した身の上であったことから、ゲオルク・ジンメルいうところの漂泊する異郷人となり、進むにも退くにも頼るところがなくなってしまった。

今となっては、かつての外省人の故郷の味は、すでに内面化されてむしろ濃厚なまでの台湾の味となっている。私は大陸のどの地域にも、台湾の客飯の滋味に迫るものを見出しえていない。

日本語版の原書である『味道福爾摩莎』には合計百六十篇の飲食に関する散文を収録している。そのうち百五十八篇は台湾の特色をそなえた食べものについて書いたものだ。日本語版はそこから六十篇を選んだ。もともと、この本を書いた出発点は、「何が台湾の味なのか」という問いに答えるためだった。思いがけず、たった一つの疑問に答えるために十数年にもわたる歳月を費やしてしまった。どおりで妻が生前、私によく言っていたわけだ。

「あなたってほんっとにばかね。」

二〇二一年六月二十九日　台北にて

焦桐

味の台湾

目次

四

五

六

一

担仔麺

〈エビと肉そぼろ入り汁麺〉

台湾には、夜市に古い街区や寺廟の門前、百貨店など、どこにでもうまい担仔麺《ターアーミー》がある。

「担仔麺」と「沏仔麺《チェッガーミー》」はどちらも油麺《ヨウミエン》（カン水入りの黄色いゆで麺）を使い、金属か竹の鉄砲ザルを使って麺をゆで、ザルの中の麺を沸き立つ湯の中でゆでほぐす。はっきりとした違いはといえば、担仔麺は気の利いた感じの小碗で出され、肉そぼろを具にし、ときに麺の上にはエビが一尾、もしくは半分に切った煮卵が乗る。沏仔麺は分量がやや多く、鶏、アヒル、ガチョウなどを煮て取った高湯《ガオタン》（スープ）を基礎に、上には薄切りの豚肉か、ごくあっさりと豆モヤシにニラを乗せる。とはいえ、両者は影響を与え合い、沏仔麺にエビが乗ることもあるので、厳密に区別するのは難しい。

実のところ、担仔麺は油麺を使わなくてはならないわけでもない。台北市内は延平北路二段にある「担仔意麺」は意麺《イーミエン》（下揚げした麺）を使い、味はすこぶるつきだ。

担仔麺は台南《タイナン》で生まれた小吃《シアオチー》だ。「担仔《ターアー》」は閩南《びんなん》語で天秤棒を振り担ぐという意味だ。麺の屋台を担いで街角で売り声を上げていたことからついた名で、漁師の洪芋頭《こううとう》という人が始めたとされている。

毎年清明節から中秋節の間は台風の季節で海がひどく時化《しけ》るため、危険を冒して漁に出ることさえできないときには、しばらく麺を売ってしのいだことから、「度小月担仔麺」と名づけた。凪の多い季節には海辺の人々は漁に出られて実入りが良いので「大月」と呼ぶ。漁で稼げる「大月」に対して、屋台を担いでやりくりしなければならない時期には、しぜんと「小月」を「度《すご》」すことになった。

世の中の美味の多くは、つまるところこんな偶然によって生まれるものだ。洪芋頭が一八九五年に麺を売って台所をやりくりするのに始めた副業は、現在の四代目には企業化された経営を行うようになり、肉そぼろの工場を持ち、店で客に提供するのはもちろん、缶詰を作って売るまでになった。内外に名を馳せ、その人気ぶりといえば「台湾の光」と呼べるほどだ。小さな一杯の担仔麺が、台湾人の勤勉に努力するという価値観の核心を象徴している。

台南では、度小月担仔麺は長男の家族が継いだ「洪芋頭担仔麺」と、次男の家族の「度小月担仔麺」に分かれている。どちらの店も麺には新鮮なエビが一尾乗せられ、煮卵か貢丸《ゴンワン》(肉つみれ)かを選べる。「美食考古学者」こと王浩一《ワンハオイー》によれば、二軒の店の食べごたえには違いがあるという。「洪芋頭」は量が多く、スープも多い。「度小月」は小ぶりでやや繊細、肉そぼろとダシがやや濃厚だそうだ。どちらも台北に支店がある。

度小月の成功物語の影響はなお色濃く、当初、水仙宮の近くに小店を出したころの、赤い灯籠に低いテーブル、竹の腰掛け、背の低いかまどに小さな炉といったものは台湾全土で担仔麺を表す記号になり、担仔麺を商う店はみなそうした内装になっている。

長男の娘が創業した「赤崁担仔麵」は、洪家の味を受け継いでいるだけでなく、店はそうした懐古の味わいにも満ちている。麵のゆで場には低いかまどと炉がしつらえられ、小さな竹の腰掛けがある。この店の担仔麵の量はふつうと比べると多めで、麵にはエビが一尾、煮卵が一つ乗っている。私はかまどの後ろの黒塗りの壁が好きだ。そこには白墨でメニューが書かれており、ひなびた趣がある。他にも、台北ではたとえば「好記担仔麵」の古びた卓や椅子に飾り窓、遼寧街の「郭家担仔麵」の大きな赤い灯籠――どれも古めかしい食事の場の雰囲気で、「古早味《グーザオウェイ》（昔ながらの味わい）」を暗示している。

台北は新中街の「財神台南担仔麵」は、店内にしつらえられた屋台の前に座る職人が低い腰掛けで料理をするだけでなく、客がつく椅子やテーブルも背が低い。どんなに繁盛していても、麵のゆで場が一貫して清潔を保っているところは称賛に値する。この店は肉そぼろだけで、エビは乗せない。ここから、エビや貢丸、煮卵の類は飾りで、決して主役ではないことが分かる。

担仔麵は、たいていはエビだしと肉そぼろが味のベースで、そこに刻みニンニク、黒酢、香菜《シアンツァイ》、モヤシなどが具に入る。そのため、うまさのカギは肉そぼろにある。こうした麵屋には、鍋いっぱいの継ぎ足しの煮汁が不可欠だ。永楽市場の「永楽小吃」の担仔麵には、肉そぼろとモヤシ少々以外は、エビもゆで肉も煮卵も乗っていない。しかしそれがしっかりとうまいのは、麵にかけられた肉そぼろが、碗の中の麵とスープを品のよい絶妙の味わいに引き上げているからこそだ。

「好記担仔麵」の味は格別にいい。聞くところでは毎日二千杯は出るといい、その高湯はこだわりのもので、三十キロものブラックタイガーを使って煮出すのだという。鍋の中の肉そぼろは豚足を使

度小月
担仔麵
度小月

って作ったもので、麺の上には大きなゆで肉が一切れとエビが一尾乗っている。濃厚で香り高い肉そぼろが浸っていても、スープの味はすがすがしくうまみと甘みに富む。私が台北でいちばん好きな担仔麺だ。欠点といえば麺が少なすぎることで、私にとっては一息に五杯食べてようやく少々腹の虫の機嫌が取れるというところだ。

好記は台湾らしい味わいと台湾人のユーモアに満ちており、紙ナプキンにさえ「国家精強タルニハ、妻ニハ弱ク外ニハ強ク」などというジョークが記されている。すべての料理には見本が作られ、入り口に陳列されており、店に入るや、まずサービスで一皿豆腐が付く。豆腐は醤油膏《ジアンヨウガオ》（砂糖入りのとろみのついた醤油）に浸っており、上にはすりたての阿里山ワサビが乗せられている。醤油の香りが大豆の香りに伴奏し、さっぱりとしたワサビの風味とともに、味蕾は腹ペコの国へと誘われ、すっかり魅了されてしまう。揚げ出し豆腐ふうの「招牌豆腐《ジャオパイドウフ》」には玉子豆腐が使われ、上にはたっぷりと刻みネギがまかれる。私がよく注文する料理は、他には蔭鳳梨《インフォンリー》（パイナップルの豆麴漬け）と豆豉《トウチ》を入れて煮た呉郭魚《ウーグオユー》（ティラピア）や、埔里《プーリー》の紹興酒漬けにした半熟ゆで卵「酔蛋《ズイダン》」、招牌封肉《ジャオパイフォンロウ》（豚の角煮）などだ。

華西街の「台南担仔麺」は一九五八年の創業で、もともとは道端の小店であったのが、利益を上げたあとは変化の術もかくやの変わり身で台湾式の海鮮レストランになり、後には高雄《ガオシオン》、台中《タイジョン》、板橋《バンチアオ》、上海にも支店を出した。この店は堂々の貫禄にこだわり、食材は高級、内装はきらびやかで、食器はすべてイギリスのウェッジウッドや日本のエルシーといった有名ブランドを使っており、店が最も誇らしげに語るのは、麵は一杯五十元（一元は約四円）なのに対して、食器は一揃いで一万六千元だということだ。もっとも客たちの多くは担仔麵ではなく、高級な食事を目当てに来るのだが。むかし中国時報に勤めていたころ、上司はしょっちゅうここで宴会を開いて大事な客をもてなした。しかし私がいちばん好むのは、やはりこの店の、料理の後の点心に当てるのがやっとの小ぶりな担仔麵だ。その一杯からいつも思い出すのは、文芸副刊（新聞の別刷り）「人間」の編集に携わった十五年近くの日々と、文壇の往事の数々だ。

肉臊飯

〈豚角切り肉の煮こみぶっかけ飯〉

俳優の趙舜《ジャオシュン》と元記者の呉清和《ウーチンホー》が、台北は松山《ソンシャン》にある「財神台南担仔麵」に肉臊飯《バーソープン》を食いに連れて行ってくれた。たしかにうまい。われら太っちょどもは何杯もやっつけたうえに、碗に煮汁を足してくれとしきりに求めた。その振る舞いはまさに身を捨てて顧みなかった神風特攻隊のごとし。

その何日か後、今度は私が彼らを連れて「富霸王」に行き、またも肉臊飯を食べた。「富霸王」は豚足の煮こみで知られ、その肉臊飯はふつうのばら肉の煮汁の代わりに豚足の煮汁を使い、肉の角切りの代わりに煮崩したモモ肉を使っているから、ゼラチン質に富む。経済効率にもかなない、かつ想像の余地をも切り拓いた逸品で、台北で私が最も敬服する肉臊飯の一つだ。

私は日ごろから、台湾人の創意工夫を最もよく体現しているのは、米を使った食べものの複雑多様さだろうと思っている。台湾は小さいが、南北には飲食におけるこまごまとした違いがある。たとえば北部の人々が「滷肉飯《ルーロウファン》」と呼ぶところを、南部の人々は多くは「肉臊飯」と呼ぶ。この食べものは、豚肉の小さめの角切りを煮こんだ「肉臊」を具として白米の飯の上にかけるのだから、「肉臊飯」

というのがどちらかといえば正確ではないだろうか。

先ごろ、上海の復旦大学の陳思和教授が台湾を訪れ、街頭の看板に「魯肉飯《ルーロウファン》」とあるのを見て、不審そうに質問された。台湾の魯肉飯の「魯」の字はつまり「滷」の字でしょうか、と。私は「魯」の字を用いるのは、たしかに誤りではあるけれども、長らく習慣づいたもので、誤った字をそのまま受け継ぎ使い続けている店も多いのだと答えた。

「滷《ルー》」というのは材料を煮汁の中に入れ、長時間にわたって火を入れる中国料理の伝統的な技法だ。北魏の賈思勰《かしきょう》が記した『斉民要術《せいみんようじゅつ》』には、すでに「滷」にあたる技法が見られるし、清代のレシピ集である袁枚《えんばい》『随園食単《ずいえんしょくたん》』や童岳薦《どうがくせん》『調鼎集《ちょうていしゅう》』には、滷に用いる煮汁の配合や煮かたまで書かれている。

肉臊飯は台湾でごくふつうに見られる庶民の食べもので、その普及の度合いといえば、人煙の立つところには必ず肉臊飯があるほどで、ざっかけなく気ままな性格を持った食べものといえる。しかし「阿嬌的店」の荘月嬌のように、飯には自分で田んぼを借りて田植えした合鴨米を使い、肉には新北《シンベイ》は深坑《シェンカン》でおからを食って育った黒豚を使って酒だけで煮こみ、さらに松の実とからすみを合わせて、肉臊飯を実に洒落て精緻な逸品に仕上げる料理人もいる。

多くの人々が、やっと歯が生え出したころから食べ始め、歯が抜けすっかり入れ歯になるまで、肉臊飯を好んで飽きることがない。おそらく、台湾に早くから住んでいた人々が生活が貧しく苦しかったころに、豚肉をじゅうぶん使い切るために、肉のかけらまで醤油で煮こみ、飯の進む具に仕立てたのだろう。

肉臊飯にせよ、担仔麵にせよ、煮汁はふつう継ぎ足しで使い、材料と調味料を加え続けるから、煮汁は古くなるほど味がよくなり、中の材料はますます濃厚で芳醇なものになる。そのため、歴史のある店ほど、うちの煮汁は古くから使っていると強調する。店によっては、洗ったことがないという「狗母鍋《ゴウムーグオ》（球状の胴の煮こみ用鍋）」をわざわざ店先に出して、継ぎ足しの古さを見せつけたりもする。

茶碗に盛った白飯の上に、煮こんだ角切りのばら肉をかける。脂身と赤身のバランスと塩加減が適度であれば、脂は強いが口飽きすることはない。一杯の肉臊飯は、シンプルでありながら、それだけで十分で完全であり、副菜の助けを借りずともその味は完成されたものだ。しかし、肉臊飯を好きな人で、もうちょっと何か、と思わずにいられる人は少ないのではあるまいか。私は肉臊飯を食べるときには、煮こみ鍋に入ったアヒルの卵や豚モツ、豆腐を頼まずにいられないし、ふいに健康のことが頭をよぎったときには、青菜の湯通しを一皿頼んでお茶をにごす。

肉臊飯の作り方は単純で、何か伝来の秘訣があるようなものではなく、ていねいに作ってやれば、おいしくならない道理がない。カギになるのはうまい白飯を炊くことと、鍋の煮汁と中の肉については、材料を選び、くさみを抜き、香りを立て、煮こんでいく工程を一つひとつしっかりと理解してふんでいくことだ。

私が固く信じているのは、それぞれの家の路地の入り口あたりにはしばしば夢の肉臊飯の店があり、そうした近所の小吃店も名店の味に決してひけを取らないだろう、ということだ。

台湾人の心の中にはそれぞれ、これといううまい肉臊飯がある。たとえば台北の「通伯台南碗粿」、苗栗《ミアオリー》の「伝家堡」や「炸糊魯肉飯」、台中の「向宏魯肉飯」、嘉義《ジアイー》の「源」、台南の「卓家汕頭魚麵」、高雄の「老蔡虱目魚粥」や「三多黒猪肉臊飯専売店」――これらはみな、私の敬服する肉臊飯だ。

「伝家堡」の肉臊飯は正統な客家《はっか》の味わいで、提供のしかたは木のおひつに盛った白飯と、土鍋に入れた煮汁と肉が据えてあり、客が自分で肉をすくってあつあつの飯にかける、というものだ。店に行くたび、テーブルいっぱいの美味佳肴を前にしながらも、やはり耐え切れずに何杯も肉臊飯を平らげてしまう。

「通伯台南碗粿」は永楽市場の向かいにあり、私はしばしば桃園《タオユアン》にある勤め先の中央大学から台北に戻る途中で、この店に呼ばれている気がして、思わず立ち寄ってしまう。ここで肉臊飯と碗粿《ワーグイ》（醤油風味のライスプディング）、それからシイタケのスープを一杯飲めば痛快極まりない。もし故郷の高雄に帰るなら、朝食の第一候補は塩埕《イエンチョン》にある「老蔡虱目魚粥」の肉臊飯と虱目魚《サバヒー》の皮のスープに、虱目魚のワタの煎り煮だ。朝早くからこうした美味で胃腸をねぎらってやるのは、実に幸せなことだ。

「向宏魯肉飯」がさっぱりとしながら美味なのは、かなり高度な技といえる。その裏にはなみなみならぬ心配りがある。この店ではとろ火で長く煮こむことで、肉に滑らかで柔らかでありながらしっかりと詰まったよい食感を持たせている。それぞれの店でいっしょに肉臊飯を食べた友人たちのことも懐かしく思い出す。

台北の重慶北路二段と南京西路の交差点の近くには、三つの有名な肉臊飯の店が並んでいる。「三元号」「龍縁」「龍凰号」で、これらの店はみなもともと円環《ユアンホアン》（「マル公園」と呼ばれたロータリー）の中にあった老舗で、よく名が通っている。とりわけ「三元号」の肉臊飯は百年になんなんとする歴史がある。しかし私には煮汁が少々多すぎ、また肉が赤身に寄りすぎており、好みには合わない。

肉臊飯は脂っこいことから逃れられない。油脂分に富んだ煮汁はほとんど必要悪で、脂が香りと味わいのもとになっているため、脂を取ってしまうとうまみまでも同時に消えてしまう。たとえば「阿正廚房」はラードの代わりに昆布だしで煮こんでおり、美味なうえに健康的だが、惜しいことにどうしても豚の脂の香りに欠ける。

肉臊のうまさは肉の質で決まる。まずその日におとした「温体猪《ウェンティージュー》」を使うのがよい。肩ロース、ばら肉、豚トロを角切りにして煮こむ。決して機械で挽いたひき肉を使ってはいけない。次に、香りを立て、煮こむ技術だ。肉臊の煮こみ方は店によって異なる。たとえば「鬍鬚張」は豚の首肉を使い、角切りではなく細く切る。台南の「全生小食店」の煮汁は黒砂糖と甘草を加え、具には豚皮を使う。正統の台南風味で、かなり甘い。いや実に、台南の小吃は甘くないもののほうが少ないほどだ。煮汁の構成要素はおもに醤油と米酒《ミージウ》（米から作った蒸留酒）で、副材料といえば干しシイタケ、紅葱頭《ホンツォントウ》（赤小タマネギ）、氷砂糖、ネギ、ニンニク、コショウなどが欠かせない。したがって醤油の質と調味料の組み合わせが直接味に大きく影響する。

私が肉臊飯と最も合うと思っているのは、虱目魚の皮のスープや魚のすり身だんごのスープ、大根のスープなどだ。豚のスペアリブにニガウリや金針菜を加えたスープもなかなか相性がいい。こってりと白濁したような濃厚なスープを合わせるのは私の好みではない。

肉臊飯はたった一人静かに味わうのには向かない。にぎやかに沸き立つような空間で、店員たちがかまびすしく声を上げる中で、狂おしく腹をすかせた友人と食らいつくのにふさわしい。口に運ぶのにも行儀よくなどしていられず、大口で飯をかきこんでこそ気分が乗ってくるし、ぐいぐいと嚙んでいってこそ痛快なものだ。

以前、台北で肉臊飯の大食い大会が開かれ、ある参加者は口を開くや飯を口中にぜんぶ入れてしまい、水で流しこみ、一口も嚙まないままだった。肉臊飯はあつあつのうちに食べてこそうまいもので、その飯は炊き立てのものだった。それほど熱い米の飯を胃袋に直接入れるのは、ほとんどスタントショーのようなものだ。どんな訓練をして喉を鍛えたら、あんなふうにするする流しこめるのだろうか。

こうしたイベントはもちろん美味とは関わりはなく、『西遊記』の猪八戒の食べものに対するやり方を思い起こさせる。八戒はいつも腹をすかせてばかりいる。たとえば第二十回では、一行が村の宿を借り、王という主人が歓待してくれる。

家の息子が飯を持ってきて、卓に並べ、「お斎《とき》を召し上がれ」と声をかけると、三蔵法師は手を合わせて念仏を唱え出した。八戒は早くも一杯飯を平らげている。三蔵が何句かの経文を唱え終わらぬうちに、かのブタめは三杯平らげてしまった。

三分間で十杯半の肉臊飯を食べられる人もいれば、優勝を狙って吐き戻すまで食べる人までいる。台湾人が仕事に勤勉で、労苦に耐える度合いは世界に冠たるものだが、それには肉臊飯のようないい食べものが胃腸を慰めてくれることが必要だ。しかしゴミ箱をひっくり返すように、一気に胃袋に流しこんでしまうことはない。

そういう私も天性の大飯食らいで、肉臊飯を食べるとなると、すぐに趙舜や呉清和といった肉付きのよい友人たちを思い出し、ざわざわと食欲がわき上がるのを感じてしまうのだが。

白斬鶏

〈蒸し鶏〉

白斬鶏《バイジャンジー》は「白切鶏《バイチエジー》」とも呼ばれる。丸鶏をきれいに掃除した後、ゆでるか蒸すか湯に浸すかして火を通したものだ。その過程で香辛料を加えないことには、鶏肉の自然なうまみを引き出す狙いがある。白斬鶏は、おそらく清代に民間の料理屋で出されていた「白片鶏」に由来する。清の童岳薦による『調鼎集《ちょうていしゅう》』の記載によれば、その名は味つけをせずに白いままゆでて作ることに由来するもので、調理工程は実に簡便だ。焼《シャオ》（煮つけ）、燻《シュン》（燻製）、烤《カオ》（あぶり焼き）、滷《ルー》（醤油煮こみ）、糟《ザオ》（粕漬け）、醤《ジアン》（砂糖醤油煮浸し）、焗《ジュー》（蒸し焼き）といったさまざまな調理法が味をつけることにこだわるのに対して、この料理の要点は鶏肉のもとのままの味を留めることにある。そのため素材はことさら慎重に選ばなくてはならない。

福建西部では、この料理は年越しや節日にしばしば主菜として作られる。最も有名なのは「汀州《ディンジョウ》白斬河田鶏《バイジャンホーティエンジー》」だ。汀州河田鶏は中国全土に知られる鶏で、唐代以降は闘鶏にも使われてきた。闘って強いだけでなく、河田鶏は何といってもその美味で四方に名声を得てきた。この鶏で作る白斬鶏は、もともと福建西部の客家料理でも首位に置かれる。仕上がりは黄金色につやつやと輝き、香り高く、柔らかく、滑らかで皮の歯切れがよく、骨を取りやすい。とりわけ鶏の頭と足先、手羽はどれも酒のよいつまみで、俗に「カシラ一つで七杯飲《や》れて、モミジ二本で甕が空く」と言われるほどだ。

福建西部の客家は鶏を吉祥の象徴とみなす。寧化《ニンホア》一帯にはこんな習俗がある。婚礼のさいに鶏に先導させ、おんどりとめんどりを一羽ずつ、嫁迎えの隊列の前に歩かせるのだ。めんどりはもうすぐ卵を産む母鶏になる前のものを選び、新郎の家に着くとすぐに卵を産むのが最良とされる。これには家に早く男児が生まれるのを祈る意味がある。また、嫁迎えは夜に行われるが、鶏は夜の道を昼と同様に歩けるから、鶏に先導させると邪をはらってくれるのだという。

河田鶏は長汀《チャンディン》県の河田《ホーティエン》鎮に産する。山はみどりにして水は澄み、汚染のない自然環境で、もみがらや米ぬかに瓜や菜っ葉、イモなどを飼料として育つ。体はふっくらとして、肉質が柔らかく、皮は薄く骨が細く、食感はうまみと香りが高く柔らかく滑らかで、家禽類における珍品といえよう。この鶏は見た目に明確な特徴があり、「三黄三黒三叉冠」といわれる。三黄は鶏のくちばし、羽毛、足がどれも黄色いこと、三黒は鶏の首にぐるっと黒い羽が生えており、羽の先端にも三本から五本ほどの半分黒い羽があり、尾の端には七から九枚の黒緑色の尾羽が後ろに向かって垂れていることを指す。三叉冠とはとさかの先端が三叉形になっていることで、一本のとさかが立ったうしろにはっきりとした二股の部分がついている。めんどりは体が丸く脚がすこし短く、全身がうすい黄色で、首には黒い羽が斑点のように生えている。羽の先と尾の先の羽はやや大きめで短く、とさかは真っ赤だ。

白斬鶏で最も大切なのはやはり素材で、河田鶏だけでなく、海南島の文昌鶏もまたその名を天下に轟かせている。台湾にも有名な鶏がないわけでは決してない。たとえば珍珠鶏や烏骨鶏などがそうだ。文昌鶏の特徴を表す「三小両短」という言葉がある。その通り頭と首と足が小さく、首と脚が短い。さばく前の三十日の肥育期間で、落花生やココナッツを固めたものや、米の飯を混ぜて与えるから、この鶏の皮は薄く歯ごたえがあり、骨は細く柔らかく、肉質は柔らかく滑らかだ。私はかつて海口《ハイコウ》の「瓊菜王美食村」で文昌鶏を大いに食らったことを、平生の快事としている。

清の袁枚の『随園食単』には「肥えた鶏の白片は太羹《たいこう》、玄酒《げんしゅ》の味があるといえる。いなかの村に泊まるときや宿場にいるときなど、手のこんだ料理が難しいさいは、この料理が最も手間がかからない。煮るときに水をあまり多くしてはいけない」とある。太羹とは「大羹」とも書き、五味を加えず肉を煮た汁のことであり、玄酒とは清潔な水のことをいう。鶏胸肉の繊維は比較的長く、火の通しすぎになりやすい。袁枚が煮るときに水を多く入れてはいけないというのは、肉汁をできるだけ留めようということにほかならない。肝心なのは火加減で、鶏肉の柔らかさをよく把握しておく必要がある。長く煮すぎてはいけない。煮すぎるとぱさつく。白斬鶏には台湾の「螺王」印の醤油膏をつけるとよく合う。また刻みニンニクとトウガラシ粉を入れた醤油をつけてもよい。鍋から上げた鶏には米酒を塗り、塩をして叩いておいてもよい。

白斬鶏の工程はごく簡単なものではあるが、いくつか小さな点には注意しておかなくてはいけない。まず、冷めてから包丁を入れて切り分けなければならない。そうでないと身が割れてしまう。加えて、鶏は冷凍のものはだめだ。冷凍した鶏肉は調理するときに水が出てしまい、大きく品質に影響する。また、塊に切り分けて盛り付ける際には骨を取ってしまうのがよい。鶏の業者がさばくとき、血抜きがじゅうぶんでないことがしばしばあり、骨の間の血が残ったままだと、肉にくさみが移ってしまうからだ。

厨房で体現すべきは、常に一つたりともおろそかにしないという創作態度だ。すぐれた白斬鶏は鶏の品種にこだわるだけでなく、調理の手順にもいくつも守らなければならないことがある。たとえば、さばくときの血抜きと毛抜きはきれいにしてやらないとならず、ゆでるか熱湯の中に漬けておく時間をしっかり把握しておかないといけない、といったことだ。私が白斬鶏を作るときには大鍋を使い、水は鶏全体の三分の一以上が漬かるようにし、火加減のコントロールは忍耐強くせねばならない。そうしてはじめて皮につやがあり、肉がきめ細かく柔らかな仕上がりになる。水がじゅうぶん沸いてから鶏を入れ、二十から三十数えたくらいですぐに火を止める。この加減を過ぎれば火の通しすぎになり、柔らかくなるまで煮こむしかなくなるが、そうすると鶏の味はすべてスープに出てしまう。大切なのは鍋の中の湯の温度が下がったらもう一度火をつけて加熱することで、このようにして半分ゆで、半分熱湯に浸している状態で、サウナに入っているようにして、はじめてみずみずしい青春の体を保つことができるのだ。

四川出身の画家張大千《ちょうだいせん》はかつて、北京飯店の中にあった「譚家菜」の白切油鶏《バイチエヨウジー》を中国の美食の中の極みと評したし、『中国の食』で知られる作家の唐魯孫《とうろそん》は食べて率直に神品と認めた。この譚篆青《たんてんせい》の店の白切鶏は、育てるところからこだわりが始まる。脚にまだ毛の残るひな鳥を買って育て、酒かすやキリギリスの類などを飼料に慎重に加え混ぜ、鶏が十六か月から十八か月の間でようやく適齢とする。このとき鶏の胸と首の間には人の字の形をした鎖骨が発達し、触ると柔軟で弾力があり、肉質がうまみと柔らかさを兼ね備えるようになるという。

白斬鶏は、台湾料理において目立つ位置を占めているが、わけても客家の人々はこの料理を得意とする。大学二年のとき、付き合っていた彼女の実家にお邪魔した。一族のいちばん年上の孫娘がはじめて彼氏を家に連れ帰ってくるというのは、保守的な客家の集落においては一大事であったらしく、上の世代の親戚たちがみな集まって、三卓もの宴席になってしまった。かほどにうまい白斬鶏を目の前にして、私は一言も発さず、下を向いたまま懸命に食い続け、他の人たちがとっくに満腹になって、礼儀のためだけにテーブルについていることについぞ気づかなかった。親戚たちはただただ私のテーブルの上に壮観な骨の山が積み上がっていくのを見ていた。しかもそれは一時も止まる兆しを見せないのだ。

「ゆっくり食べなさい、先に客間に行っているから」と彼女の父がついに耐え切れずに言うと、私は一人残され、食卓の前で奮闘し続けた。

妻が長年がまんしたのち、私の自尊心を傷つけることはもうなさそうだと分かって言ってくれたことがある。あの日私が一人残って白斬鶏を食い続けていたところ、妹に「姉さんの彼氏、なんでまたあんな大食いなのよ。うちが農家やってたからまだよかったけど」と驚きあきれて言われたのだそうだ。

台湾で比較的質のよい客家料理店では、どこもうまい白斬鶏を出す。桃園は龍潭《ロンタン》の「三洽水郷村餐庁」の「郷下土鶏《シアンシアトゥージー》」は肉がしっかりしていて甘みがある。苗栗の三湾《サンワン》の「巴巴坑道」や、おなじく苗栗は南庄《ナンジュアン》の「飯盆頭」の白斬鶏は新鮮で甘く歯ごたえがあり、そこから朝から晩まで健康に走り回った土鶏であることが分かる。埔里《プーリー》の「亜卓郷土客家菜」も、指までしゃぶりたくなるうまさだ。

私が台北でとりわけ心寄せるのは「永宝餐庁」と「野山土鶏園」で、この二軒の作品はいつもこんなふうに思わせる。このいなかの土鶏たちはまるで毎日ジムに通って鍛えていたようだと。惜しいことに永宝はすでに廃業してしまったが、幸い新北は烏来《ウーライ》の「翠山飲食店」もお墨付きを出せる味だ。石碇老街《シーディンラオジエ》の「福宝飲食店」と「美美飲食店」は隣り合っており、二軒の豆腐と白斬鶏はどちらもうまい。雪山隧道が開通した後は、台北の人々にとって車を走らせて宜蘭《イーラン》の「黒鶏発担担麵」に白斬鶏を食べに行くことはずいぶん楽になった。

華人は、清明節に祖先を祀るときにも、除夜の年夜飯でも、白斬鶏を必ずと言ってよいほどよく作る。華人のいるところ白斬鶏がある、とさえ言えるだろう。たとえば香港の大埔《タイポー》にある「伍仔記」の「蛋家鶏《ダンガーガイ》」も、干しエビや干し貝柱などの海産物から作った薄い色の漬け汁をしみこませた、白斬鶏の一種と見ることができるだろう。

あれは懐かしむに足る夏だった。作家の白先勇《バイシエンヨン》と私はシンガポールの国際作家祭のイベントを終え、招待を受けてクアラルンプールに講演に飛ぶところだったが、短い数日のうちに、何度も白斬鶏を食べた。ムラカ市内、河畔にある「中華茶室」や、シンガポールの「津津餐室」や「五星海南鶏飯」などだ。

よくできた白斬鶏は、常に皮は薄く肉は柔らかく、清新であか抜けた美を持ち、あたかも青春への礼賛を捧げるがごときである。鶏は火を通しすぎてはいけない。火を通しすぎれば肉はぱさつき、出汁を取るのにはよいが、白斬鶏にするには向かなくなる。あらゆる鶏肉料理の中で、最も鶏のうまみと素材そのものの味を保つことができるものといえば、白斬鶏にしくはない。

最高といえる食べものは、なべて食材そのものだ。すばらしい食材は人の記憶と感情を呼び起こす。白斬鶏が表現するのは、本来の味をよしとする美学だ。土地や記憶と感情に結びつき、掛け値なしの食材そのものの味を表現しきっている。よい鶏肉の前では、どんな調理技巧も一歩譲るものだ。

肉円

〈豚肉とタケノコ餡の葛まんじゅう〉

下の娘の双双《シュアンシュアン》が生まれたとき、体重がかなり重く、ミニチュアサイズのベビーベッドいっぱいだったため、病院の看護師たちは娘に「肉円《バーワン》」とあだ名をつけた。おそらくかわいくて食べてしまいたくなる様子を言ったつもりだったのだろうが、その看護師たちの口ぶりを聞くかぎり、どうも豊満の美を鑑賞することを解さない様子だったので、今でもずいぶん心にひっかかっている。

最近では、コンビニでも肉円を売るようになった。しかしこうした商売は大掛かりにチェーン店を展開できるわけでもなければ、豪華な食事環境を提供できるわけでもなく、多くは路傍の屋台か小吃店だ。

肉円は「肉丸《バーワン》」とも呼び、鹿港《ルーガン》では「肉回《バーホエー》」と呼ばれる。台湾生まれ台湾育ちの庶民の食べもので、ごく一般的なものだから、ほとんどすべての土地ごとにうまい肉円がある。たとえば新竹《シンジュー》の「飛龍肉円」、鹿港の「肉円林」、台東《タイドン》の「蕭氏有夠讃肉円」などだ。特に夜市では、しばしば肉円の麗しい足跡を見出すことができる。こう断言することだってできよう——肉円のない夜市は、完璧な夜市ではありえない、と。

肉円の地域差はかなり大きく、地元ごとにある性格が強い。そのため街角のあちこちに見える肉円の多くは地名を掲げたりそれを店名にしたりしている。たとえば永和《ヨンホー》にある「潮州肉円」、台南の東《ドン》山郷《シャンシアン》にある「東山肉丸」、柳営郷《リウインシアン》の「柳営肉丸」、彰化《ジャンホア》人が鶯歌《インゴー》に移住して開いた「彰鶯肉円」など。また新竹肉円、員林《ユアンリン》肉円、台南肉円、屏東《ピンドン》肉円といった店はさまざまな土地に見られる。聞くところでは、彰化の北斗《ベイドウ》鎮こそは肉円発祥の地だという。北斗の肉円は外形は三角で、体積はごく小さく、私なら一度に十個は食える。新竹の肉円も一つが小さく、楕円形だ。ふつうの肉円はたいていつぶれた円形で、直径は六から八センチというところか。

台湾の肉円のスタイルは、たいていは南では蒸し、北では揚げる。北部は彰化を代表とし、餡は豚肉が主だ。南部は台南が代表で、たいていはエビのむき身が主役で、新鮮なシバエビに肉そぼろ、紅葱頭を合わせた餡に、きめ細かな外皮が加わる。

蒸した肉円のいいところは油っこくないことだが、私は揚げたほうの肉円を偏愛している。揚げたというものの、実際には温めた油の中に浸すだけで、二つの工程の組み合わせ——先に蒸して後で揚げる——なのだ。しかし彰化の「北門口」「阿三」は盛大に揚げる。油の温度は激情のごとしだ。彰化の肉円の揚げ油の多くは落花生油にラードを混ぜたもので、肉円は蒸して火を通して準備しておき、客が注文した後に油の鍋に入れて加熱する。油の中から引き上げたばかりのため、皮から餡まで非常に熱い。ふうふう吹きながら食べ、急いで美味を味わうことと口をやけどすることのぎりぎりの線にいると、ふいに爽快さと危険とはこれほど近くにあるのだということを悟る。ああ、人生には肉円を食べるときのように、あわただしく進まなければならない瞬間のいかに多いことか。

肉円が美味かどうかは三つの条件にかかっている。一つ、外皮の厚さが適当で、柔らかさと弾力を兼ね備え、見た目に半透明で中身が透けて見え、噛むと米の香りがあること。二つ、中の餡がたっぷり入り、材料の調和が取れ、味つけがよいこと。そしてつけるタレの良し悪しもまた成功のカギとなる。

肉円の作り方はなかなか煩瑣で、きちんとやるならこんな工程になる。一晩水に浸した在来米（長粒米）を水挽きして、湯の中に加えてかき混ぜながら火を通す。そこに片栗粉やサツマイモでんぷんを加えてさらにかき混ぜ、糊状にしたものが生地になる。生地が冷えてから型につめ、餡を入れたらさらに生地で覆い、蒸籠で蒸して形を固める。生地を作るときに、在来米にサツマイモでんぷんや片栗粉を加えるのは、外皮にしなやかさと粘りを増すためだ。ここにはさらにこだわりがある。サツマイモでんぷんはベニイモから取ったものを使ってはじめて蒸した時に崩れにくくなる。また肉円は蒸したあと扇風機で冷ましてやってからようやく取り出せる、などだ。

八卦山のふもとの「焼肉円」のメニューは三種類しかない。肉角肉円《ロウジアオ》（角切り肉入り）、肉糸肉円《ロウスー》（細切り肉入り）、脆丸湯《ツイワンタン》（つみれ入りスープ）だ。その肉円の外皮はサツマイモでんぷんしか使っておらず、米で作った生地よりも歯ごたえがある。

中の餡は豚肉が中心で、ふつう副材料としてタケノコの角切りか細切り、シイタケ、ネギが入る。

干しタケノコは刺竹《しちく》の角切りが上等だ。豚肉はたいてい肩ロースかモモ肉が使われ、あらかじめさっと炒めておく。紅糟に漬けてから調理することもよくある。蒸した肉円には肉そぼろが使われることが多く、油で揚げるものには肉を大きく使うことが多い。蒸したものはつけダレとしてエビみそが使われ、油で揚げたほうはたいてい米醬《ミージアン》が使われる。油の強いものには濃厚なタレの組み合わせということなのだろう。米醬とは、もち米を水挽きし砂糖を加えて煮たものだ。店によっては醬油膏や甜辣醬《ティエンラージアン》（スイートチリソース）と組み合わせることもある。

肉円を売るのは小さな商売とはいえ、よい店にはみな温かな心遣いがある。屏東夜市の「上讃肉丸」はカツオブシに豚ばら肉、冬菜で作った「感情湯《ガンチンタン》」を無料で提供し、飲み放題にしてある。これはまさしくなじみ客へ心遣いを向けているのだろう。台北ではタケノコを細切りにする。他の地域では角切りにする。店では肉円を客のところまで運んでくると、はさみで外皮を切り開いてくれることもある。

彰化肉円には北斗、彰化、員林の三つの拠点があり、それぞれに作り方と味わいが異なり、おのおの支持者がついている。彰化県の最も代表的な美食である。北斗肉円の店名はみな「肉円」の下に店主の姓名から取った一字がつく。たとえば「肉円火」「肉円生」「肉円瑞」「肉円詹」「肉円賓」「肉円儀」などというふうに。変わっているのはその形状で、三角形の肉円はまた元宝《げんぽう》（旧時の中国の貨幣）の形にも似て、台湾全体から見ても一種独特なものといえる。肉円生と肉円瑞はどちらも手でこねて形を作るので肉円には三本の指の跡がつき、たっぷり入ったタケノコの角切りがはっきり透けて見える。

彰化の「阿三肉円」の主人夫婦は美男美女で、この店の肉円は大と小とがあり、大のほうは肉の角切り、干し貝柱、揚げたアヒルの卵に大きなシイタケが入る。外皮はサツマイモでんぷんだけで作り、弾力が強い。肉円に合わせるスープには龍骨髄湯《ロングースイタン》（豚の骨髄）、猪肚湯《ジュードゥータン》（豚ガツ）、排骨湯《パイグータン》（豚スペアリブ）、金針湯《ジンジェンタン》（キンシンサイ）、苦瓜湯《クーグアタン》などがあり、出汁は丹念に煮出されている。

ある日、詩人の紫鵑《ヅージュエン》が私たち夫婦を招いて板橋の美食を味わわせてくれた。黄石市場にある「林円大粒肉円」を訪れたときにはすでに午後三時を回っており、さまざまなレストランと小吃の屋台を回った後だったが、私は一目でこの店を気に入ってしまった。この小さな店は肉円と虱目魚《サバヒー》の魚丸湯《ユーワンタン》（魚つみれのスープ）しか商っておらず、ふつうの店の売り物よりも少ないが、二十数年というものますます繁盛している。肉円の外皮はきめ細かく滑らかで、歯ごたえがあり、食感と米の香りが豊かだ。中の餡はさらにこだわりがある。豚のモモ肉にタケノコ、シイタケがいっぱいにつまり、さらにウズラの卵まで加えてある。タレもすっきりした味で、エビの頭と殻、それにエビの卵を入れて煮出してあるのだとか。この林円大粒肉円は、彰化市にある「阿章肉円」の昔のスタイルと近いが、阿章肉円は今では健康に配慮し、豚のレバーとウズラの卵は入れなくなっている。

中身を豊かなものにする手立てはそれぞれの店で異なる。基隆《ジーロン》市の「阿玲家肉円」はキュウリの薄切りを加える。新竹市の「飛龍肉円」の餡には栗が入れてある。台南の清蒸肉円にはエビのむき身がしばしば入り、保安路の「茂雄」や開山路の「友誠」はどちらもこれを蝦仁肉円《シアレンバーワン》と呼ぶ。

九份《ジウフェン》の「金枝紅糟肉円」には肉入りと精進の二つがあり、ふだんは私は精進の肉円は食べないが、九份に行くたびごとに、この店の精進の肉円を食べないと家に帰れない。大豆ミートにタケノコ、シイタケによって奏でられる不可思議な風味が恋しくなってしまうのだ。

南機場社区《ナンジーチャン》には一つ肉円の屋台があり、午後になってようやく短い時間現れて、すぐに姿が見えなくなってしまう。肉円の屋台が再び江湖に姿を現すや、屋台の前にはたちまち龍のごとき長い行列ができる。何度もタクシーに乗って並びに行ったが、だいたい半々の確率で売り切れの目に遭った。失望に打撃を受けることがだんだん多くなり、とうとう再訪する勇気を失ってしまっている。

妻は大学を卒業したころ、台北の頂好市場の裏側に住んでいた。近くの土地神廟の前には肉円の小店があり、かなりうまい店だったので、私たちはしょっちゅう道端に立って肉円を食べたものだった。米醤に加えて、刻みニンニクと自家製の辣椒醤《ラージアオジアン》（トウガラシペースト）がかけられていた。汗みずくになりながら食べると、その香りが周囲の空気に漂っていった。こんなうまい肉円にありつけるなら、香を焚いて神仏にお参りする値打ちがあるというものだ。

台中市にはうまい肉円が集まっている。たとえば中正路にある「丁山肉丸」「茂川肉丸」はどちらも凡庸ならざる出来だ。私が最も敬服する肉円はおそらく復興路の「台中肉員」で、これまで食べた中で最もうまい肉円でもある。

「台中肉員」は一九四一年の開業で、現在は二代目の周朝堂氏が跡を継いでいる。席数は非常に多く、店内はわずかに肉円、冬粉湯《ドンフェンタン》（春雨スープ）、魚丸湯を扱うのみだが、人の波が途切れることはない。壁には台中市長や議長から贈られた赤い「全台首円（台湾全土いちの肉円）」という扁額が掛けられている。私もその名に恥じないと思う。この店の肉円の皮は在来米にサツマイモでんぷんとタピオカ粉から作られ、正確に攪拌の工程を経ているために、驚くほどの美しさをたたえている。歯ごたえのある外皮の中身は、しまってうまみのある豚のモモ肉と、タケノコに調味料の合わさった団子状の餡だ。店の自家製の独特な甜辣醬も美味だ。私は素のままで、どんなタレもつけないほうが好きだが、この肉円は仔細に味わうに値する。加えて魚丸湯か冬粉湯を一杯頼めばさらに愉悦が増すというものだ。魚丸は旗魚《チーユー》（カジキ）で作られ、高湯《ガオタン》は豚骨で煮出してある。初めて「台中肉員」に行ったのは台中の料理店経営者の戴勝堂氏に連れられてのことで、戴氏と主人の周氏は旧知の仲だったので、二人の友人が食べながらあれこれとする話がまた、肉円というこの庶民の美食が持つ人情の滋味を増してくれたものだ。

私の肉円史は、一個台湾ドル三元から始まり、一個七十元にまでなった。台湾の物価の上昇が分かろうというものだ。

台中肉員
獨家美味
別無分店
台中肉員 40
冬粉湯 30
魚丸湯 30
全臺首圓

虱目魚

〈サバヒー〉

十数年前のことだ。私が毎日早朝六時に家を出るようになったことを、妻は疑わしく思っていた。虱目魚《サバヒー》にこれほどまでに執着して、雨風もいとわず十三キロも遠く離れた店に食べにいく人間がいるなどとは信じられなかったからだ。

「私も行く。」ある日、家を出る前に妻がふいに言った。その時私は大いに心動かされた。妻が睡眠を犠牲にし、南機場の朝市にまでついて来て、朝食に虱目魚のスープを一緒に飲んでくれようとは。しかし後に妻が友人にこう打ち明けていたのを知った。わたし、まだ焦桐のやつが朝に浮気をしてると思ってて、それでいきなりついて行ったんだけどさ、その店の虱目魚のスープ、じっさいおいしかったのよ――。

虱目魚は台湾で最も重要な養殖魚の一つで、養殖面積も産量も最大であり、南台湾を代表する魚といえるだろう。鮮魚として売られるほか、魚酥《ユースー》（魚スナック）、魚脯《ユープー》（でんぶ）、魚香腸《ユーシアンチャン》（魚肉ソーセージ）、魚水餃《ユーシュイジアオ》（魚肉入り水餃子）、魚露《ユールー》（魚醬）、魚氷棒《ユービンバン》（アイスキャンディー）といった加工品もある。

おそらく、虱目魚を煮たスープが乳白色になり、魚の頭あたりも乳白色であるからか、英語では「ミルクフィッシュ」と呼ばれている。台湾人は「虱目仔」「麻虱目」「安平魚」「海草魚」「殺目魚」などと呼ぶ。また「国姓魚」という呼び名は、鄭成功が台湾にやって来たときの伝説と由来が結びつけられたことからついたものだ。小さいころ、高雄近郊の旗津《チージン》の海岸に泳ぎに行ったとき、漁師たちが海岸で虱目魚の稚魚を捕っているのを見たことがある。小さな稚魚たちは透明で、肉眼では見分けにくいほどだ。魚の姿は二つの目とその間の小さな点が見えるばかりで、それを「三点花《サンディエンホア》」という。今では、台湾の虱目魚の養殖技術は世界一で、「完全養殖」が可能になっており、苦労して稚魚を捕る必要はなくなった。いわゆる完全養殖とは、親魚を育て、産卵受精、孵化させ、稚魚を育てて市場に出すまでを、一貫した養殖技術と管理システムを作り上げコントロールできることをいう。

　虱目魚は台湾では一種の文化となり、親近感を持たれ、一般家庭のふだんのおかずにされている。私は高校のころ、朝食には虱目魚と麵線を煮こんだものを食べていた。元気があふれ、私の生命が最も活力に富んでいた時期だ。

　台湾人が虱目魚を調理するには、おもに二つのやり方がある。一つは煎り焼きにすることで、もう一つは針ショウガを入れてスープに仕立てることだ。前者は台湾料理屋によく見られ、後者は道端の小店に多い。以前、私は仕事場に行くとき、十数年というもの、毎朝まず南機場の街区に行き虱目魚を食べた。ここの虱目魚の小店には二軒あり、どちらもスープとして調理していた。規模が比較的大きなほうは、「岡山肉臊飯」の看板を掲げ、およそ八時に開店する。お目当てはもう一つのほうで、

「台南虱目魚粥」と書かれ、邱という姓の夫婦が経営している店で、およそ早朝六時半には店を開ける。私は半世紀というもの虱目魚を食べてきて、その見識は決して浅いものではないと思っているが、この店の技術は台湾北部で第一のものといえ、台南で調査し見聞きしたものにも劣らない。

私はふつうまず乾煎魚腸《ガンジエンユーチャン》を一皿、魚皮湯《ユーピータン》二杯をおともに白飯を食べ、食べ終えたら魚粥《ユージョウ》を一杯、もし時間に迫られていなければ、さらに魚頭湯《ユートウタン》を一杯頼む。この店の澄んだスープが私は大いに好みだ。澄み切って魚の風味にあふれ、一口で飲み切ってしまいたいと思いながらもそれが惜しくてならない。皮にはうすく身がつき、火が通ると碗の中でくるりと巻いていて、歯ごたえがありたとえようもない甘美さだ。

注文される割合がいちばん高いのは魚腸で、出遅れた客はありつくことができない。魚腸はゆでても煎り焼きにしてもよし、揚げても卵と混ぜて蒸し焼きにしてもよいが、新鮮でなくてはうまくない。一尾分の魚腸は、腸に肝、砂肝などの内臓を含むが、私がとりわけ好きなのはレバーだ。道端の小店とはいえ、衛生の度合いはふつうの料理店を大きく上回る。邱氏が虱目魚の魚腸を煮るやり方は精緻で清潔だ。いつも細心の注意をはらって胆嚢を取り、腸の中の汚いものをしごき出し、一本また一本と注意深く小鍋の中で湯通しし、引き上げては期待に満ちた客たちに出す。それからきれいな湯に取り換えてゆでていく。苦みも生ぐさみもない。いささかの手抜きもない態度は人に敬愛の念を抱かせる。台北人はまことに口福に恵まれている。産地同様に美味な虱目魚を口にできるのだから。

虱目魚はかならずその日にさばいて売り切ってしまわなければならず、北門《ペイメン》、将軍《ジアンジュン》、七股《チーグー》などのおもな産地以外の土地では、つとめて鮮度を保つ工夫をしなければならない。

台南市公園南路にある「阿憨鹹粥」は虱目魚の粥を看板にしており、その粥は魚の骨で取った高湯で生米を煮る、いわゆる「半粥《バンジョウ》」というやり方だ。いいのは米粒が出汁を吸って滋味に富むことだが、いっぽう長く煮た汁は米のペースト状になり、色が悪くなって濃度が上がり、見た目によろしくない。しかし鹹粥《シエンジョウ》（出汁粥）の味はまことにけっこうで、中のカキや虱目魚の身はうまみがあり量もたっぷりだ。阿憨の虱目魚は台南の多くの料理同様に甘く、この店の醬油膏《ジアンヨウガオ》の甘さもまるでシロップのようだ。台南の影響なのか、台北の晴光市場にある「天香虱目魚専売店」も醬油膏をタレに使っている。思うに、つけダレはやはりワサビ醬油がよいだろう。醬油膏の甘みは故無く魚皮や魚肉の甘みをじゃましてしまう。よその人間はおそらくこうした根深い甘さには慣れないだろう。

西門路にある「阿堂鹹粥」のことを、朝な夕な思い浮かべてしまう。私は台南に泊まるたびに、この近くに宿を取ることにしている。このあたりは台南人の台所で、早朝に起き出してまず「阿堂」に行き、五目入りの鹹粥に魚腸、魚皮、蝦仁飯《シアレンファン》（えびめし）などを食べる。この店の魚腸が新鮮なのは言うまでもないが、魚皮も歯切れがよくうまい。あまり腹をいっぱいにしないほうがよい、阿堂の隣は「包成羊肉湯」だから、そこでヤギ肉スープを一杯食べてから出る。続いて散歩しながら国華街まで行けば、「葉家小巻米粉」がちょうど開店するところなので、またまた小巻米粉湯を一碗食べれば、その一日が希望に満ちたものになるだろう。さらに腹に余裕があれば、そのまま国華街三段まで出るといい。道沿いにはまだまだうまい店があり、たとえば「阿松刈包」などもそこで待っている。

台南人が魚皮を調理するときには、ときに皮の裏にすり身を塗りつけ、とろみのついた汁仕立てにして、油条《ヨウティアオ》（揚げパン）を合わせることがある。虱目魚は絶対に新鮮でなければならず、そのため小店の多くは早朝から営業する。「王氏魚皮」などは明け方の四時から営業だし、「林家魚皮」も朝七時には開けている。これは商売の正道とでも言うべきで、朝食なら早朝から営業するものだし、虱目魚を頼んでスープを飲めば健康で元気も出ようというものだ。台北の虱目魚の店は魚の皮を小さめに切る。たとえば吉林路の「景庭台南虱目魚」や寧夏路の「李家虱目魚」がそうだ。もっともこれは美味であるかどうかに関わるわけではないから、よけいなことかもしれない。

虱目魚は小骨にエラとワタの苦い部分以外は全身がよい食材で、手のこんだうまい一皿が作れる。その尾と背身には隠れた小骨が多く、上身ばかり食べなれた人には煩わしいだろう。背身は肉厚だが少々アクがあるので、魚丸《ユーワン》（魚つみれ）を作るのに使ったり、魚粥を煮るのに用いたりする。

私が魚丸を作るのにいちばんよく使うのが虱目魚だ。この魚丸はさまざまな魚の中でもいちばんうまいものの一つではあるまいか。その滋味はタラ、オキイワシ、カジキ、サメといった魚にも勝る。まず骨でダシを取り、濾した高湯で魚丸をゆで、刻んだ芹菜《チンツァイ》（細茎セロリ）と塩を入れれば、それだけで美味になる。またはヒスイ色のエンドウ豆を加えれば、色合いも味わいもひときわあでやかなものになるだろう。

世界でも最高の虱目魚の魚丸は台南の学甲《シュエジア》にある。学甲の通りを歩くとあちこちに「学甲虱目魚丸湯」の看板が見えるが、中でもその前を通り過ぎてはいけないのが「永通虱目魚粥」と「学甲虱目

阿堂鹹粥
永通老店
學甲
time 早上6:10-下午1:00
阿憨・虱目魚

魚粥」だ。学甲の虱目魚はお値打ちもので、新鮮で美味なうえに値段がよそよりもかなり安い。さらに称賛に値するのは、「永通虱目魚粥」が早朝五時二十分には開店することで、社会に対する強い責任感を持っていると言える。こんな美味を口にできたら、ここからほど近い慈済宮《じさいきゅう》に参拝し口福にあずかれたお礼でもしたいところだ。

虱目魚の腹身は脂が乗って小骨が少なく、最上の部位と言えるだろう。しかし腹身の味わいが最もよいのはスープではなく、煎り焼きにするか、醬油と米酒とゴマ油で煮こむ三杯《サンベイ》に仕立てるかだ。脂の香りをさらに引き出し、さくっとした感触をも持たせられるからだ。立派なレストランの品書きにはしばしば乾煎虱目魚肚《ガンジエンシームーユードゥー》（腹身の煎り焼き）があり、看板料理になっている。私は自分でも虱目魚の腹身を料理するが、その時には先に煎り焼きにしたあとオーブンで焼き、それからレモンの皮を少々削って上に飾り、風味を添えることにしている。

高雄市塩埕区瀬南街にある「老蔡虱目魚粥」には、私が愛してやまない魚肚麵線《ユードゥーミエンシエン》（腹身入りのそうめん）と乾煎魚腸がある。この店は私よりも年長で、虱目魚粥には油条も加えられており、台湾南部の人間にとっての昔ながらの味わいだ。「老蔡」が提供する料理はさまざまあるものの、私がとりわけ好きなのは乾煎虱目魚腸だ。濃厚で甘みがあり、ゆでた魚のワタにはない香ばしさがある。この店は私が生まれた場所に近く、昔のことを思い起こすと、鍋で煮こまれている魚の頭の香りを感じられるかのようだ。虱目魚の頭は澄んだスープにするのにも合うし、漬鳳梨《ヅーフォンリー》（発酵パイナップル）や蔭豉《インシー》（トウチ）、破布子《ポーブーツ》（いぬじしゃ）、醃瓜《イエングア》（白瓜の醬油漬け）などと煮こんでもいい。スープ仕立ては素材そのものの味わいを引き出せ、煮こみは甘み、塩気、香りの合奏が楽しめ、飯にも合う。

私は以前、「将軍牛肉麵」の創業者である張北和氏特製の「頭頭是道《トウトウシーダオ》」を味わうために台中を訪れたことがある。この料理は八個の虱目魚の頭を蒸し上げ、魚の尾を飾って八卦の紋様を形作り、真ん中にたっぷりと魚肫《ユージュン》（胃の出口部分の筋肉）が盛られているというものだ。くちびる、頰肉、目玉、頭の髄を口に入れてすすれば、その美味で空がきらりと輝いて見えたほどだった。うまみと香り、こってりとした味わいは何年経っても忘れ難い。しかしこの十数年というもの、張北和氏は体調がいま一つすぐれず厨房に立つのが難しいとのことだ。

虱目魚は熱帯・亜熱帯水域の魚類に属し、冷たい水に弱い。毎年寒流がやってくる時期には、たびたび虱目魚が凍死してしまったという報せを耳にする。このニュースにはいつも心が痛む。旧暦の六月、七月は虱目魚にいちばん脂が乗るころだ。台湾人は中元普渡、いわゆるお盆のときにも虱目魚を捧げて「好兄弟《ハオシオンディー》（無縁仏）」を祀ることから、この世だけではなくあの世でもこの魚が好まれていることが分かろうというものだ。

ひたすら、南機場の街区の邱氏夫妻が店を出してくれている限りはと朝食を食べに行っていたところ、それが長くなるにつれて、友人とも顔を合わせるようになった。カメラマンの劉慶隆や、詩人の呉岱穎に凌性傑など——ときには読者が本を持ってサインを求めて来ることもあった。近ごろ作家の王宣一がにわかに世を去ったことには、驚き悲しんだものだ。ある朝早く、彼女と詹宏志が夫婦連れだって来ていたのと同じテーブルで虱目魚を食べてから、それほど経っていないというのに。

米粉湯

〈米めん入りスープ〉

台北の木柵《ムージャー》には十数年の間住んでいた。そのころよく朝食を食べに出た中には、興隆市場の向かいや、景華街の角にある米粉湯《ミーフェンタン》の小店と、木柵市場に近い「阿葉」という米粉の小店があった。木柵から引っ越した後も、しばしばこの二つの店の米粉湯と、ほどよく軟らかにゆでられた瞼頰肉《リエンジアロウ》（ホホ）に頭骨肉《トウグーロウ》（コメカミ）、大腸頭《ダーチャントウ》（テッポウ）が懐かしく思い出された。

台北の米粉湯の多くは、太い「粗米粉《ツーミーフェン》」を用いる。ぱっと見には米篩目《ビータイバッ》（押し出し米めん）に似ている。粗米粉は大鍋の中で長く煮こまれると三、四センチほどに短く切れてしまうので、ちょうど口に運びやすい。食べるときには箸を使わず、レンゲを使ったほうがよい。レンゲの中にスープと米粉が一緒に入り、いかにも内容豊富だ。仕上げてテーブルに運ぶときには、刻んだ芹菜《チンツァイ》（細茎セロリ）に油葱酥《ヨウツォンスー》（揚げ赤小タマネギ）、白コショウが欠かせない。

台北の東門市場には、よく知られた米粉湯の店が三つある。「羅媽媽」と「黃媽媽」は隣同士で、もう一つは杭州南路一段一四三巷と、信義路二段七十九巷の交差点にある。こちらの店は名前こそないが、東門市場のいちばんの老舗で、歴史は半世紀を超える。道端の小店だが、清潔さは一目で見て取れる。汁の色は乳白色で、一般的な米粉湯にありがちな脂っこさが見られない。それはおもに、豚の大腸を煮上がったらすぐに引き上げ、米粉湯の中でずっと煮こんだままにしておかないためだ。また、鍋の中のダシは煮こむ間にたえず浮いてくるアクを捨て、きれいさを維持しているし、小さく沸き立ちながらも煮立たせない状態を保ち続けている。

「羅媽媽」米粉湯は女性たちの経営する店で、こちらも半世紀以上にわたり営業し続けている。こちらの米粉はやや細く、量は多めで、そのためダシが少ないが、飲み終わってしまったら足してくれる。ベースは豚の頭を煮こんで作り、米粉がダシをじゅうぶん吸いこんで、豚の脂の香りに満ちている。付け合わせの小皿も種類が豊富だ。大腸《ダーチャン》（シロ）、大腸頭、頭骨肉、肝連肉《ガンリエンロウ》（ハラミ）、瞼頰肉、脆骨《ツイグー》（ナンコツ）、白管《バイグアン》（ハツモト）、黒管《ヘイグアン》（ノドスジ）、猪肺《ジューフェイ》（フワ）、生腸《ションチャン》（コブクロのカタ）、脆腸《ツイチャン》（コブクロのホソ）、猪心《ジューシン》（ハツ）、厚揚げ、キャベツといった具合だ。ただし繁盛しすぎているせいなのか、肉やモツの煮上がりはじゅうぶん軟らかくはなっていない。「黄媽媽」米粉湯は家族経営で、ややさっぱりとしたスタイルで、「黒白切《ヘイバイチエ》」は店がお決まりで提供する。二軒の「媽媽」の出す滋味はかなり近く、どちらも繁盛している。

閩南語の「黒白」には、散らかっている、いいかげんにごちゃ混ぜにする、といった意味があり、「黒白切」というのは適当に少し何か切って食べるもの、ということになる。特にゆでた豚の肉やモツのことを指し、それらを適宜に切り分けて、ニンニク入りの醤油膏をつけて食べる。こいつは道端の小店や小吃の店にだけあり、立派なレストランは置かない。

米粉湯がうまいかどうかは、見た目だけでもすぐ分かる。米粉そのものにはさして差はない。うまさの源はまったくダシにこそある。そのためうまい米粉湯はかならず大きな鍋で各種の食材を煮こむもので、ダシの色はすっかり澄み切っていることはありえず、表面には薄黄色の油が浮かんでいる。それは肉質香（オスマゾーム）が溶けこんだスープで、人のよだれを誘う。オスマゾームとは肉の繊維の中にある味覚をもたらす物質で、水に溶けるとされている（オスマゾームについてはブリア・サヴァラン『美味礼讃』に詳しい）。

西洋に、うまいスープを煮出したければ鍋は微笑むに留めること、という言葉がある。それなら、スープを美味にするには鍋にうまいものを食わせてやらなければならない、とも言えるだろう。米粉湯の鍋の中では豚の肉とモツが煮こまれているから、出汁は非常に濃厚で、それ以上何の調味もいらないほどだ。がまんならないのは米粉湯のスープが味も素っ気もなく、うまみ調味料に頼ってごまかしているときだ。そんなうまみ調味料まみれの米粉湯を口にすると、詐欺にでも遭ったように絶望的な気分になってしまう。

豚骨を煮こんでダシを取るとこってりと白濁したものになるのは免れないが、いっぽううまい米粉湯は濃厚でありながら毛筋ほどのくさみもないものだ。たとえば基隆の「家弘米粉湯」は、煮こんだ後にさらに濾して余計なものと脂を除く工程を経ているため、甘く濃厚でありながら清らかで澄んだ味わいがある。

台北は景美夜市の「巷仔内米粉湯」の席はとんでもなく狭い防火用の路地の中にしつらえられているから、一人でも席を取るのが大変なほどで、ついに座って食べられたときには、その幸運に石の隙間から芽を出した草にでもなった気分だが、幸いこの店の味はなかなかのものだ。また黒白切の他に、さまざまの麺や米粉、糯米腸《ヌオミーチャン》（もち米の腸詰め）、臭豆腐《チョウドウフ》に炸豆腐《ジャードウフ》、鶏捲《ジージュアン》（豚肉の湯葉巻き揚げ）、天婦羅《ティエンフールオ》（てんぷら）などを扱っており、選択肢は米粉湯の店の中ではかなり多いほうだろう。

木柵の「老娘米粉湯」は私が信頼を置く老舗だった。店の外には看板はなく、店の中にかけられていた。ステンレスの棚には各種の黒白切が並べられていて、食欲をそそる。厨房の中の二つの大鍋にはまさに米粉湯が煮えており、ふわりと漂うその香りは、深く落ちついた重厚感があった。しかしこの世は無常というもので、数年後に再訪すると、間口は二倍になり、看板は夜目にも鮮やかに輝き、店内はますます繁盛しており、壁いっぱいにメディアに取り上げられた様子が貼られ、かつての趣を失っていた。私は街頭で嘆き感傷に浸った。美しいもののなんと移ろいやすく、たやすく手から滑り落ちてしまうものか。

米粉湯を食べるとき、いちばん合わせるのが好きな黒白切は頭骨肉だ。私はしばしば店で出るミニサイズの皿に満足できず、わざわざ市場の肉屋に行って注文し、持って帰って自分で煮て食うことがある。でかい豚の頭を提げて街を行くたび、好奇の目を惹き、何度か向こうから来た通行人にあいさつ代わりに「商売かい」などと訊かれたこともある。何が物珍しいのだか、商売でなければ豚の頭を提げて歩いていけない、ということもあるまいに。

台北の重慶北路と華陰街の交差点に近い路地にある「大稲埕米粉湯」は創業から六十年以上で、おもな売り物は米粉湯と鹹粥《シエンジョウ》（出汁粥）だ。数十年というもの炭火で調理をしており、昔ながらの味わいをにじませている。私は店の前の低い丸椅子に腰を下ろすのが好きだ。大きな鉄鍋の中を見ると、粗米粉の上に、猪心、猪肺、猪皮《ジューピー》（カワ）、粉腸《フェンチャン》（ヒモ）、大腸、肝連、小肚《シアオドゥー》（膀胱）、嘴辺肉《ズイビエンロウ》（ツラミ）、厚揚げなどが鍋のふちにそって閲兵式のようにぐるりと並んでいる。そのきっちりとして清潔なことから、調理が衛生にことに気を使って行われていることが分かろうというものだし、そこまできちんと整っているからには、この米粉湯を売る主人も何か心に堅く保つものがあるのだろうと思わせられる。

台北の米粉湯はどれも脂の香りがし、比較的簡素なものだ。台北を離れると、米粉湯は副材料が変わり、さまざまな顔を見せる。たとえば宜蘭では「阿添魚丸米粉」は魚丸《ユーワン》（魚つみれ）を加えた米粉湯を出すし、「猫耳魚丸米粉」は魚丸にさらに水晶餃《シュイジンジアオ》（浮き粉の皮を使った半透明の餃子）を加える。花蓮《ホアリエン》の節約街の米粉湯は貢丸《ゴンワン》（肉つみれ）と甜不辣《ティエンブーラー》（てんぷら）を入れる、というように。

さらに米粉湯には南北の違いもある。南部の人々は細い細米粉《シーミーフェン》を使い、海のものでダシを取る。たとえば台南の小巻米粉《シアオジュアンミーフェン》（ヤリイカの汁ビーフン）はヤリイカを煮たダシをベースにする。台湾は小さいといえども、台北の人々はこれにありつけない。

幼いころから海のものが好きなためか、私の心に最も深く残る米粉湯は、台南は国華街の「葉家小巻米粉」だ。この店は小巻米粉しか扱わない。火の通った小さなヤリイカは氷の上に置いて鮮度を保ち、ヤリイカで取ったダシには澄み切ったうまみがある。よく煮こんだ粗米粉は短く切れ、上には刻んだ芹菜が散らしてある。ヤリイカの火の通しかたが極めて正確なので、じゅうぶん弾力がありながら、身質が歯切れよく軟らかいちょうどよいところに合わせられている。あと一分長ければ火が通りすぎ、あと一分短ければじゅうぶん柔らかくならないだろう。季節が合えば、卵と白子が入ったものが食べられる。

台南では、朝食を一度食べるだけではこの朝食天国に申し訳が立たない。時に早く起きたら、まず西門路の「阿堂鹹粥」で虱目魚《サバヒー》の腹身の煎り焼きに、虱目魚の皮にワタや蝦仁飯《シアレンファン》（えびめし）を食べ、腹がくちたら「葉家」までぶらぶら歩いて小巻米粉湯を食べれば、世界が広々と見えだし、精神にはふいに海の気配が湧き起こる。

台北は永楽市場のそばにある「民楽旗魚米粉」と延平北路三段の「新竹旗魚米粉」は、ダシとして旗魚《チーユー》（カジキ）を煮こんでいる。その滋味は北部でふつう使われる豚骨と豚モツで煮出したものとはまったく違う。民楽は早朝から営業しており、朝に余裕のあるときに朝食にすることがある。旗魚は味つけして火を通した後にほぐして、米粉湯の中に入れ、油葱酥とラード、それからたっぷりのニラを加える。この店の旗魚米粉には黒白切は付かないが、揚げ物を提供している。カキ、エビ、イカ、紅《ホン》糟焼肉《ザオシャオロウ》（紅こうじ漬け豚肉の衣揚げ）、豆腐に甜不辣などだ。

そこから北に向かった延平北路三段にある延三夜市の「新竹旗魚米粉」はさらに良い。こちらの店も細米粉を使い、旗魚は角切りで、量も多く身質はきめ細かく、満足感がある。スープは澄んで爽やかでありながら馥郁として濃密、清雅淡味の美を表現している。揚げ物も民楽に勝るが、惜しいことに夜にしか店を開けない。不思議なものだ、これらはしょっちゅう口にしているのに、なぜその名前を書いているときにまで、しぜんとよだれが湧きっぱなしになってしまうのか。

ヤリイカに限らず、米粉湯は海鮮ととても相性がいい。じゅうぶん新鮮でさえあれば、どんな魚でも米粉湯と組み合わせるだけで美味になりうる。台湾料理の名菜の一つにマナガツオを使った白鯧米《バイチャンミー》粉《フェン》があるが、これは高級な宴席料理で、それほど親しみ深いものではないかもしれない。冬至が過ぎると、烏魚《ウーユー》（ボラ）がとても安くなる。一尾買えば、大鍋いっぱいの米粉湯が作れ、一家みなで腹いっぱいになれる。私は米粉湯が大鍋いっぱいに煮こまれているのが好きだ。湯気がもうもうと上がる中、あの香りはいつも記憶の深いところにまで漂っていく。

木瓜牛奶

〈パパイヤミルク〉

ペダルの上に立って、体重で踏みこみを補いながら、のろのろと土手を上り、橋を渡る。息を止めて前鎮《チエンジエン》工業地区が吐き出す色のついた排煙の中を突っ切る。色とりどりの煙に有毒な排出物が含まれていることは知っていた。足元の自転車はほとんど役立たずで、踏みこむのにひどく力が要った。脚の鍛錬ってかよ。土手を上がるのは避けられないルートで、引き返すわけにはいかず、必死に前に進むしかなかった。

大学入試の共通テストにまたもや落ちて、新聞配達の仕事をしていた。毎朝早くに自転車に乗り、九如路から三多路に出て、輸出加工区の隣で新聞を受け取り、それから家ごとに新聞を届けていく。三多路から出発し四維路、五福路、六合路、七賢路、八徳路を通って、仕事を終えて九如路に戻る。新聞配達料を受け取る日には、一日にこれを二往復する。強い日差しの下で汗をかくこともあれば、急に激しい雨に当たることもあり、いつも上着まで濡れていた。自転車で新聞配達するたび悲哀と怨嗟を感じずにはいられなかった。こんなに勉強が好きな人間を入れてくれる学校がないとは。また大学に受からなかったら兵役に行かなくてはいけない。退役した後は？　また新聞配達か？　試験で一生を終えるのか？

まるで最後のあがきをしているかのように、救いの手もなく怒りに満ちていた。毎日配達を終えて帰り、教科書を広げても、一分もたたずに目を離してしまう。まるでそこにある文字や符号が、私を読字障害にでもさせているように。再び試験に向き合う術などないのは分かっていた。将来の見通しがないのは決まっているかのようだった。

新聞を届けて四維路までたどり着くと、すでにのどが相当渇いている。そこで高雄師範学院のそばにあるフルーツショップで木瓜牛奶《ムーグアニウナイ》を飲むのが習慣になっていた。まるで意思のガソリンスタンドで、また元気いっぱいになって新聞配りに戻るのだった。共通テストの国語の作文の題目が頭の中をずっと回っていた。曾国藩《そうこくはん》は「風俗の厚薄は、一、二人の心の向かう所による」と述べたが、その意味するところを述べよ。荀子《じゅんし》に「吾《わ》れ嘗《かつ》て終日にして思えども、須臾《しゅゆ》の学ぶ所に如かざるなり」という一節があるが、その論ずるところについて述べよ。『礼記《らいき》』にある「言は必ず信を先にし、行は必ず中正」の説について述べよ――あきらめるわけにはいかない、どんなに筋肉にムチ打ってでも大学に行かなくては。

ある日、昼時に近くなって、私は急いで四階に駆け上がって新聞を届け、下りてきたところでふいに人相の悪い中年男が棒切れを持っているのに出くわした。そいつは「オレの新聞配りのショバを荒らしやがって」と悪態をつきながら殴りかかってきた。そのころ柔道やテコンドーをろくに習ってはいなかったが、棒切れでめった打ちにされながらも、たまたまこちらの蹴りが急所に入った。そんなふうに街頭でケンカをやらかすと、五福路で涼やかな木瓜牛奶を一杯飲み干して、ようやく湧きあがる怒りの炎を鎮めることができた。

　木瓜牛奶は台湾人の飲み物として行きわたっており、店では工場製のパックに入れられたものが売られ、街のフルーツショップではその場で作るものがある。味の良い店を挙げるなら花蓮の「木瓜牛奶総店」、台中は霧峰《ウーフォン》の「木瓜牛乳大王」、高雄の「牛乳大王」などだろう。おかしいのは好んで「大王」を掲げる店の多いことだが、どうしてどうして、木瓜牛奶は女性的な性格を持っているように思われる。泡だったミルクのふんわりとした滑らかさ、パパイヤの甘さ、そして二つが結びついた後の香り、濃厚さ、豊潤で後をひく感じ、新鮮な気配をにじませて人を魅惑する。作り方こそ簡単だが、店ではさまざまな可能性を開拓しようと試みている。たとえば彰化《ジャンホア》の「彰化木瓜牛奶」は木瓜牛奶の味がいいだけでなく、プリンもうまい。屏東《ピンドン》の「清福号牛乳大王」の木瓜牛奶には卵が入り、粉チーズを加えて風味の変化を楽しむ人もいる。

　木瓜牛奶は手押し屋台一つで売れるために、営業を始めるための敷居が低く、移動に便利で、再現性が高い。そのため台湾の夜市にはほとんどすべてにこれを売る店を見出せる。私が飲んだことのある夜市での佳作といえるものには、たとえば羅東《ルオドン》夜市「品味茶飲鮮果汁」、台北は寧夏《ニンシア》夜市「童年木瓜牛奶」、新北は三合《サンホー》夜市の「正老店木瓜牛奶」、中壢《ジョンリー》夜市の「欣鮮喝木瓜牛奶」、台中の中華路《ジョンホアルー》夜市「陳記正老牌木瓜牛乳大王」、同じく台中の逢甲《フォンジア》夜市「北回木瓜牛奶」、高雄は光華《グアンホア》夜市の「光華木瓜牛奶大王」、同じく高雄の六合《リウホー》夜市「鄭老牌木瓜牛奶」などがある。特に「北回」は規模が大きいので、どこにでもチェーン店が見つかる。

美味のカギは食材にある。必ず新鮮な牛乳を使う。粉ミルクで代用するなどもってのほかだ。それに上質なパパイヤが必要だ。また各種の材料の比率をどうコントロールするかも食感に影響する。売られている木瓜牛奶は主材料二種以外に、砂糖か練乳に水と氷を加える。パパイヤをミキサーにかけるときには氷を加える。一には風味を高め、二には温度を下げるためだ。ミキサーが高い速度で運転すると温度が上がり、果物の食感とビタミンを壊してしまうのが避けられない。

牛乳が果物に出会うと、しばしば溶け合って美味を作り出す。たとえばスイカ、イチゴ、マンゴー、バナナ、アボカドにモモなどがそうだが、どんな果物もパパイヤと牛乳の出会いのようにぴったりとはこない。パパイヤと牛乳はどちらも美味だが、その二つが一つになるのは、愛し合うものどうしの結びつきのようで、甘く濃い愛情のように、互いに高め合う効果がある。

木瓜牛奶の味わいは空気を生き生きとさせ、芳香はミキサーの回る音の中から立ち上がる。新鮮なものは変質しやすく、できたての木瓜牛奶はすぐに飲み終えてしまわなくてはだめで、さもないと苦みが出てしまう。それはまるで青春の日々が過ぎるのを惜しむことを象徴しているかのようだ。

私には木瓜牛奶を思い出すようには青春の月日を思い出すことはできない。青春は美しいものではあるが、あまりに衝動的で、反抗的で、感情が激発しては憂鬱にとらわれる。成長の道のりはあまりに曲がりくねり、多すぎる試験にかき乱されてしまう。

焼肉粽

〈肉入りチマキ〉

中学の時に、毎晩深夜に一人のおやじが自転車に乗って路地を行き来しながら焼肉粽《シウバーツァン》を売っていた。その売り声はたやすく空腹感を呼び覚まし、私の数年間の夜の勉強時間のおともだった。ずっと後に、ちょうど我が家の向かいの九如路に一軒のチマキ専門店ができた。歌手の郭金発を看板にし、どうも彼自身が開いたようで、店の中には彼が歌ってヒットした「焼肉粽」がたえず流れていた。

運が悪いとため息も出るさ　親父おふくろ苦労して　学校出させてくれたけど
仕事は一つも見つからず　しかたもなくてチマキ売り——

歌の調子は物悲しく沈鬱で、生活のつらさと、それでも懸命に働いていることを訴えるものだった。大学で学んでいたとき、哲学研究所に仲のいい友人の阿木《アームー》というのがいて、彼はこの歌が好きだった。まいど眉根をぐっと寄せてみなに歌って聞かせてやるので、私はよく彼を「悲運の哲学者」などとからかっていた。連絡しなくなってから長いが、悲運の哲学者は今どこにいるのだろうか。
チマキはもともと神への捧げ物に由来する。もとは「角黍《かくしょ》」という名で、キビを牛の角の形に包んで、いけにえの牛を象徴したのだという。古書にはさまざまな起源の説が記されている。屈原《くつげん》を祀る、天の神に捧げる、獬豸《かいち》（先秦時代の楚人が崇拝した一本角の神獣）の祭祀、祖先を祀る、幽鬼や龍を鎮めるため、など。そのうち神や祖先への捧げ物だったというのは比較的信頼できる説だろう。現在よく知られる屈原を祀るためだという説は、六朝梁の呉均《ごきん》の『続斉諧記《ぞくせいかいき》』に始まる。

屈原は五月五日に汨羅《べきら》江に身を投じて亡くなったので、楚の人々は彼を哀悼して、毎年命日に竹筒に米を入れて水に投げ入れて弔った。漢の建武年間、長沙の欧回《おうかい》のもとに白昼、ふいにみずから三閭大夫《さんりょたいふ》と名乗る士人が現れた。彼は欧回にこう言った。「あなたがいつも祀ってくれるのはたいへんありがたいが、いつも捧げ物が蛟龍《こうりゅう》に食われてしまうのに苦しんでいる。もし志あらば、竹にセンダンの葉で蓋をして、五色の糸で縛ってくれ。その二つはともに蛟龍が嫌うところだからだ。」欧回はその言葉に従った。世の人が五月五日にチマキを作り、五色の糸とセンダンの葉を添えるのはどれも汨羅の遺風なのだ。

チマキ一つに代々の華人の血脈と記憶、文化的な想像力が包みこまれている。もしチマキがなければ、屈原を知る人がどれほど残っていただろう。詩とチマキのつながりはこれほど密なのだから、詩人記念日をチマキ記念日に変えても反対する人はさほど多くないのではないだろうか。

唐・宋の時代には、チマキの外形には菱粽、錘粽、錐粽、百索粽、益智粽、九子粽などがあったという。今ではこれらの包み方の多くは失伝してしまい、三角形に長方形、ふたこぶ型などの数種類が残るだけだ。

台湾人がチマキを作るには、ふつう二枚の葉を使う。葉を重ね手の中で漏斗状に凹ませ、米と具を入れて平らにならし、きっちりと葉をくるんで再びならして糸でしばる。糸をくるときのきつさの程度は経験と腕前にかかっている。チマキをゆでるときには、膨張するすきまを残しておくことが必要だ。そのため糸はあまりきつくできず、またあまりゆるくもできない。まるで初恋の相手の手を握るように、柔らかく、だがしっかりとしめていく。

もち米は巻いた葉の香りを吸って、抗しがたい魅力をふりまく。ふつう使うのは青緑色の麻竹の葉か、黄褐色の桂竹のタケノコの皮だ。南部風のチマキは多く前者を採用し、北部のチマキは後者を使う習わしになっている。もちろんどちらを使うにせよ、先にゆでてきれいに掃除してやらないといけない。

台湾のチマキは大ざっぱに南北の二派に分けられる。南部のチマキは生の米と具をしっかり包んで鍋でゆで、北部のチマキは先に米を炒めてから蒸し上げる。南部のチマキは台南のものが尊ばれ、北部のチマキは客家風のものが代表だ。公館《ゴングアン》の「藍家割包《クアバウ》」の肉粽は南北の特色をあわせ持ち、南部風の長粒のもち米を北部風に炒めて使う。実のところ看板料理の割包よりもうまいほどで、特にここのチマキはタレにつけないのがいい。

チマキはそれだけで十分独立した味わいを持つ完成された食べもので、タレをつけたりする必要はない。私はチマキを食べるときにタレの類をつけるのがもともと好きでないが、中でもイヤなのは甜辣醤《ティエンラージアン》だ。どんなにうまいチマキでも、あれをつけると私の腹は受けつけない。

唐魯孫は台南の「吉仔肉粽」を追憶し、台湾小吃の雄品と讃えているが、私は食べたことがない。おそらくこの店はもう存在していないのだろう。チマキを数十年というもの食べているが、私は今でも台南のチマキを偏愛している。湖州粽《フージョウゾン》（短粒のもち米を使う江南風のチマキ）はぽろっと煮崩れるのをよしとしているようで、もとより私の好みではない。

今の台湾南部のチマキの基本要素といえば、豚肉、シイタケ、落花生、塩卵の黄身にほかならない。台南の「阿伯肉粽」では長粒のもち米を使い、先に水に浸しておき、包む前に肉の煮汁を米に混ぜて炒める。阿伯肉粽はもともと昔の体育館のそばで屋台を出していたため、看板にはわざわざ「体育館阿伯肉粽」と注してある。体育館が取り壊された後に友愛街に移り、それから永福路口に行った後、今の場所に引っ越してすでに半世紀以上も営業している。

私はまだ中学生のとき、「再発号」の名声を聞いて、わざわざ列車に乗って高雄から台南までチマキを食べに行った。「再発号」も長粒のもち米を使うが、こちらは吸水させないという。すでに百三十年以上の歴史があり、台湾で最も名の知れた肉粽の店といえるだろう。私がこの店のいちばんすごいと思うところは、肉そぼろの味つけのほどよい加減を正確に把握していることだ。具の脂身は口に入れたとたんに溶けてしまい、ほんのりとした甘みがあって実に魅惑的だ。台南の肉粽はもともと大ぶりだから、私のような大飯食らいに合っている。肉粽は葉が二層使われ、内側はゆでた枯れ葉を使ってもち米が葉につかないようにし、外側は生の桂竹の葉を使って香りと味を閉じこめるようにしてある。三種類に分かれ、基本のものは重さおよそ二百五十グラムあまり、中身はシイタケ、栗、塩卵の黄身、豚の赤身肉に肉そぼろだ。「八宝肉粽」の材料には干し貝柱と干しエビ、干しカレイのほぐし身が入って一つがおよそ四百五十グラムだ。「特級海鮮八宝肉粽」となると、一個の重さは五百グラム以上に達し、具にはイカにアワビ、サクラエビが加わる。三つのうちで私が一番好きなのはやはり基本のものだ。「再発号」は国立台湾文学館からほど近いが、李瑞騰は館長だったとき、しょっちゅう食べたりしたのだろうか。

台北でよくチマキを買いに行く店といえば八徳路の「王記」と復興南路の「古厝」だ。二店ともに南部風のチマキで、「古厝」の肉粽の中身は標準的な南部の作法による。赤身の豚肉一つにシイタケ、塩卵の黄身、いいところはもち米がやわらかい中にも弾力があることで、店でチマキを食べながら、夏にはタケノコとスペアリブのスープ、冬なら大根とスペアリブのスープ、もしくは虱目魚《サバヒー》のすり身だんごのスープを合わせるのはとてもよいものだ。またこの店の「塩水意麵」「塩水米糕」と「台南碗粿」も凡庸ならざる出来だ。

「王記」は南部のチマキが台北で発展した典型で、今ではいくつも支店がある。もち米は軟らかく煮上げられて、中身が豊富だ。豚ばら肉が一かけ、シイタケに栗が一つずつ、塩卵の黄身に落花生と干しエビだ。つけダレはつやつやとしてやや透明感がある。この店が落花生の粉を好きなだけつけてよいことにしてくれているところが好きだ。ときに肉なしのチマキを注文することもある。これにニンニクと店特製の辣油を加え、上からたっぷりと落花生の粉をふりかけ、豚骨で煮出した大根と魚団子のスープを飲めば、痛快極まりない。毎年端午の節句を迎えると、われらが二魚文化社ではいつも王記の肉粽を社員たちに贈るのを恒例にしている。端午にチマキを食べると、いつもすでに社を離れた巫維珍、鄭雅文、荘凱婷といった人々のことが浮かんでくる――彼女たちの願いがかなっていきますように。

チマキの味はもち米が指揮を執って決める。蒸したりゆでたりする加減は経験に頼るしかない。出来の悪いものは往々にして外側が煮崩れていたり、内側にうまく火の通っていない米粒が残っていたりする。また、具をやたらたくさん入れて、米を飾りにおとしめてしまう人があるが、見習いたくないものだ。われわれはみな豪華さがすなわち美ではないことを知っている。チマキの性格は素朴なものなのだから、やたらに張り切って思いつく限りの山海の珍味を中に詰めてみたところで、多くの材料が互いにぶつかり、やかましいだけの味になってしまう。

台湾北部の客家のチマキは素朴だ。基本要素は干し大根に赤タマネギ、ひき肉に干しエビといったところか。客家のチマキにはこの塩味のもののほか、粄粽《バンゾン》と鹼粽《シエンゾン》と呼ばれるものがある。粄粽は、短粒のもち米とうるち米を挽いて生地を作る。包む時には葉にサラダ油を塗る。鹼粽（あく巻き、もち米を灰汁に漬けて煮る）はハチミツや果糖シロップをつけて食べる。これは北京の人々が甘いチマキを食べるのに似ている。チマキといえば絶対に白砂糖か水あめをつけるもので、彼らからしてみると塩味のチマキを食べるというのは端的に言って理解できないことなのだ。

苗栗は三義《サンイー》の「九鼎軒」の客家風のチマキは、岳母が作るものとほとんどまったくそっくりだ。高速道路で三義を通過すると、時おりインターチェンジを下りて買いに行く。九鼎軒の創業は一九一八年で、むかしは三義に最初にできた木彫りの工芸品を売る店だったのが、今の主人の呉裕民氏が複合式の経営概念を取り入れ、自分が木彫りの創作に取り組むほかに、客家風の米の加工食品も売るようになったのだ。私の見るところ、奥様が取り仕切る客家風の米の加工食品は木彫りよりもずっと名声が勝っているようだ。

この店の艾草粿《アイツァオグオ》（草餅）も食いがいのあるものだから、あるときいくつか買って帰ったところ、妻は一口かじるや、飲みこみもしないうちに「うちの母の作ったもののほうがずっとおいしいじゃない」と言ったものだ。たしかに岳母が作る艾草粿はまことにけっこうな出来だが、よその家のものとはいえ九鼎軒のものも悪くない。もちろんお決まり通りヨモギで作っており、いい加減な店のようにヨモギ粉で代用していない。妻の親孝行は讃えられてよいが、といって九鼎軒の作品をやっつけるのは間違いだろう。

私がチマキを食べてきた歴史は、マンゴーとつながっている。チマキを食べ終えるころには、いつも季節を迎える地もののマンゴーを食べたいという欲求が湧きあがってくる。台湾のチマキがことに魅惑的に思える原因の一部は、地もののマンゴー、天下無双のマンゴーの滋味とつながっていることにもあるのではないだろうか。

私の母方の伯母と叔母はチマキを作るのが得意だ。おばたちは私をかわいがってくれており、私がもう年を取っているというのに、毎年お手製のチマキを送ってくれる。二人のおばが作るチマキの味はほぼ同じで、中の具は豚ばら肉にシイタケ、落花生、塩卵の黄身だ。私は心中、おばたちのチマキこそ天下第一と思っている。

芒果牛奶氷

〈マンゴーミルクかき氷〉

自転車をこいで新聞配達をするのはつらくキツかったし、同級生や彼女はみな台北で大学に通っていたから、いつも英雄の末路というべき悲愴感を持っていた。私には分かっていた。ほどなく兵役に服して入隊し、二年か三年経って退役して戻るころにはみな大学も卒業しているのだ、ということが。私はそのころ意欲も大志も欠け、少しの時間教科書を読むのにも耐えられなくなっていた。深い苦境に落ちこんで、出口が見つからない。憤懣は日ごとに激しくなった――頭上にある強い日差しよりも強烈なほどに。

疲れ切って、高雄師範学院の隣の書店に入り、その月の給料をはたいて『資治通鑑《しじつがん》』を一揃い買い、となりの氷菓店でかき氷を食べた。そのころ、マンゴーだけをかき氷に入れたものはまだ現れていなかった。後から思ったものだ。芒果牛奶氷《マングオニウナイビン》さえあれば、あのころの新聞配達人生の憂鬱も少しは晴れただろうにと。

芒果牛奶氷は近ごろ台湾で流行しているかき氷で、多くはふつうのかき氷かミルク入りの雪花氷《シュエホアビン》をベースに、上を新鮮なマンゴー果肉、練乳、マンゴーアイスで覆ったものだ。雪花氷は食感がきめ細かで、マンゴージュースを円柱状に凍らせたものから作ることも多い。

台湾にはこれほど多くの良質な果物があるのだから、かき氷にするのはマンゴーばかりではない。イチゴを氷の上にかけるのもぴったりの組み合わせだ。台湾人は冬から春にかけてはイチゴのかき氷を、夏にはマンゴーのかき氷を食べる。マンゴーとかき氷は生まれながらの好一対だ。二つがともに夏の日のラブソングを奏で、人々に生活の中の美しさに気づかせる。私が中年になってから、夏の暑さが憂鬱になったことがないのは、芒果牛奶氷があるからだ。それは熱暑の季節のためにこそ存在する。

台北で最も有名な芒果牛奶氷の店は、かつては永康街《ヨンカンジエ》の「氷館」だった。羅駿樺夫妻が一九九五年に創業したもので、彼らはさまざまな品種のマンゴーを使って芒果牛奶氷を作り、台湾のマンゴーかき氷の伝説となる物語を作り上げ、それを国際的な舞台にまで押し上げた。マンゴーかき氷は台湾を観光するさいに欠かせない美食となり、休日には一日で三千人以上の客が押し寄せた。市場での成功は多くの模倣者を生み、多くの氷果店に豆花《ドウホア》や湯円《タンユアン》の店までもが必死にマンゴーかき氷を売り出した。

羅駿樺の創業の物語は連続二十回のテレビドラマ『マンゴー・ドリーマー』として撮影された。私は以前、永康街にこの世で最もマンゴーかき氷を売った男を訪ね、彼の奮闘物語を出版することで話をまとめた。しかしそれから数日、彼ら夫婦の間に問題が起こり、財産をめぐる争いまであったことが報道され、「氷館」は突然営業を止めてしまった。二年後、羅駿樺は再び江湖《ぎょうかい》に現れ、「Ice Monster」

の首席顧問となり、さまざまなアイスデザートをデザインした。特に「超級芒果氷《チャオジーマングオビン》」は、マンゴーソルベとヨーグルトを加え、ソルベの中にはドライマンゴーも入って、価格は百八十元という高さになった。また店の食器や空間の雰囲気にはおしゃれさも加えられていた。これは正しい。たくさんの恋人たちが外国ブランドのアイスクリーム店でデートをする中で、台湾のアイスデザートだけが、汗みずくでがやがややかましい環境で食べなければならない理由などないのだから。

しかし優雅なデート向きの環境以外の点では、台北でマンゴーかき氷を食べることは、劣等感を抱かせられがちだ。南部の人々はおそらく台北のマンゴーかき氷が高くて器が小さいことに耐えられないだろう。台北の芒果牛奶氷は、パッケージングとマーケティングにすぐれ、できるだけ表面を飾り立てる。対して南部のものはマンゴーが大ぶりに切られ、飾り気がなく実際的な表情を見せ、一皿の分量はさながら人の顔——それも美しい輪郭を持つ顔だ。

台北の家賃はかくも高いうえ、食材を運んでくる距離も比較的長いとあっては、尽きることないアイディアとマーケティングが必要なのも確かだ。しかしアイディアは天馬が空を駆けるがごとく気ままというわけにはいかない。台南の「泰成水果店」はプリンをまる一個加えて、味はケンカするというところまではいかないが、いくつかの店のようにマンゴーかき氷の上に色とりどりのチョコレートスプレーや綿あめを乗せるとなると、客に媚びるのもいきすぎということになろう。

芒果牛奶氷は、愛文《アイウェン》(アーウィン)マンゴーを主役とする。台湾では一九六〇年代になって愛文マンゴーを植え始め、一九九二年に台南の玉井《ユージン》老街に最初のマンゴーかき氷が登場した。玉井は阿里山山脈の南側の分岐にあたり、美しい山と川がよいマンゴーを生む。台湾マンゴーのふるさとと呼べる土地だ。出盛りのころには、玉井の青果市場には美味で安価なマンゴーのかごが山と積まれる。周りの小売業者たちは呼び声をあげてマンゴーかき氷を売り、空気の中にさえマンゴーの香りが満ちる。玉井のマンゴーかき氷はマンゴーの密度が全土でも最も高く、人の琴線を震わせるものがある。玉井の農業組合もマンゴーかき氷店を出しており、質がよいのに値が安く、器いっぱいに新鮮なマンゴーの果肉が乗り、その魅力は尽きることがない。

台南のマンゴーかき氷の特徴は、マンゴーソルベとさまざまな品種の新鮮なマンゴー、マンゴーアイスが二つ乗るほかに、さらに情人果《チンレングオ》と呼ばれる、マンゴーの青い未熟果の砂糖漬けが飾られる。その色合いはほんとうに美しい。明るい黄色の果肉に、緑がかった情人果、雪のごとき白さの雪花氷、オレンジ色のマンゴーアイスにミルク色の練乳が、マンゴーの交響楽を合奏する。夏にはこれさえあればよい。

玉井こそはマンゴーかき氷をぱくつくための場所だ。玉井のマンゴーかき氷は台北のように値段の高さに圧倒されることはない。価格が台北の半分にもいかないくらいなのに、マンゴーの分量は台北を上回る迫力があり、かき氷の上にはその場で切った愛文マンゴーが二つ、練乳に情人果、マンゴージャムにマンゴーアイスが入って、一皿を二人で分けてもじゅうぶんなほどで、あたかもカーニバルのごときにぎやかさだ。

「阿月古早味芒果氷」では、練乳は客のかけ放題になっている。「有間氷舗」のソルベは自家製で、

玉井青果集貨
芒果牛奶冰
ICE
MONSTER

マンゴー果汁を凍らせたかたまりから削り出すので、新鮮で自然で、人工の添加物の心配はない。看板メニューの「芒果無双《マングオウーシュアン》」はまるで甘い詩のようで、舌先から胃腸まで、称賛の声が体に響き渡る。すばらしいマンゴーかき氷となると、マンゴーは一品種だけを使うのではない。たとえば「氷郷豆花氷菓屋」では、愛文、金煌《ジンホアン》、烏香《ウーシアン》の三種類の新鮮なマンゴーの果肉を使い、そのうえその場でミキサーにかけた濃厚なマンゴー百パーセントのジュースをつけてくれ、客がマンゴーを食べ終わったあとにかき氷の上にかければ、マンゴースムージーの出来上がりというわけで、一皿で二つの食べ方ができる。

高雄にもよい店は多い。高雄の六亀《リウグイ》は金煌マンゴーの故郷であるうえ、高雄は玉井との距離も近く、その地の利が「品元糖口」のような店を生んでいる。激しい日差しが降り注いでも、店の外にはやはり長い行列ができる。店内には氷菓なら何でも揃っているようで、数十種のトッピングは壮観だ。とりわけ私のお気に入りは「芒果爽雪花氷」で、南風が海を吹きわたり、港町にあるこの店の中にまで吹きこんで来るようだ。

いつもマンゴーの季節がだんだん遠ざかると、離れがたい気持ちになる。灼熱の夏の日、もし芒果牛奶氷がなければ、どんなに気落ちしてしまうことか。それは人を熱狂させる食べものでもあり、その魂を鎮めるような滋味は、舌先に触れたとたんに胸が温かさに満たされ、心の中に留まって離れない。私は毎年春から、マンゴーの季節が巡って来るのを心待ちにしてしまう。

埑仔麺

〈モヤシとニラ入り汁麺〉

「埑仔麺《チェッガーミー》」に使うのは油麺《ヨウミエン》（カン水入りの黄色いゆで麺）だ。生地を作る時点でソーダを加え、グルテンを強化するため、色は黄色味を帯びる。この種の麺は工場から卸すさいに先にゆでてしまう。ゆでてサラダ油を和えてあるのは、表面をつやつやさせて、麺どうしがくっつくのを防ぐためだ。油麺は半調理済みなので、大幅にゆで時間を短縮できる。そのため小吃の業者が押し寄せる客に素早く対応するのに向いており、台湾では長らく流行している。

客の注文が入ると店員は油麺をステンレスの長い網じゃくしの中に入れる。湯の中で上下にゆするのは麺がからまるのを防ぐためで、二、三度ゆすって温まったらもう出来上がりだ。「埑」の字は閩南語で使われる字であり、湯の中で軽く火を通すという、標準語でいう「煠《ジャー》」「涮《シュアン》」「灼《ジュオ》」といった意味がある。ふつう店では「切」仔麺と書くが、これでは湯の流れが麺に当たる意味が欠けてしまうため、やはり「埑」のほうがどちらかといえば正確なのだろう。

台湾全土の市場や廟宇、古い街区にはどこにもうまい埑仔麺がある。とりわけ私がいちばん好きなのは炎仔《イエンザイ》の沏仔麵だ。大稲埕《ダーダオチョン》にある「売麵炎仔」の四文字の看板は本来の店名である「金泉小吃店」よりも大きい。「炎仔」は初代の主人の名で、涼州街の屋台を出していたころから数えてすでに創業八十年を超え、沏仔麵の尊敬すべき年長者、といったところか。私は炎仔氏に会ったことはないが、「背は低いががっしりとして、眉が濃く目がぱっちりとして威厳があって口数少なく、上下の唇をきゅっと結んでいた」という。

私はいつも混雑が嫌なのでわざとふつうの人の行く時間を避けるのだが、それでも空いていた試しがない。あるときは午後二時すぎまで腹を空かせ、店が終わってしまうかもしれない危険を冒してまで行ったが、それでも外にはまだ行列ができていた。この小さな店はいつでも客があふれていて、それは料理がすっかり売り切れてしまうまで続く。

「売麵炎仔」はあちこちが古びている。古めかしい店先にしみのついた壁、昔からの常連客、簡素な店内はややごちゃついていて、あらゆる料理はカウンターの上に出しっぱなしだ。沏仔麵は大盛りで香り高く、スープは鶏肉と豚の各種のモツで取られている。非常に濃厚な豚の脂のにおいがして、一口で痛風の発作がおきそうだ。麵にはモヤシにニラ、油カスが入って、昔ながらの本格の滋味は、一口食べ始めたら止まらない。

沏仔麵に比して、おかずの類は安いとはいえず、湯通しした豚のレバーにハツや花枝《ホアジー》（コウイカ）に白斬鶏、鯊魚煙《シャーユーイエン》（サメ肉の燻製）、炒下水《チャオシアシュイ》（鶏モツの炒め）などはどれも柔らかくうまみがあって、その材料選びの厳格さの一端を見て取ることができる。「売麵炎仔」と題したエッセイを書いた楊健一は幼いころにこのあたりに住んでいたそうだ。そこに「大橋頭市場の鶏問屋は、早朝に台湾各地から運ばれてきた鶏やアヒルを卸すさい、市場が開く前に必ず炎仔に選ばせる。彼がじゅうぶん選んだ後、残りが市場に出されて売られていくのだ」とある。とりわけ紅糟焼肉は、紅糟《ホンザオ》（紅こうじ）に漬けて片栗粉をまとわせ油で揚げた豚ばら肉で、表面はかりかりさくさくとして、中は甘みとうまみにあふれて柔らかく、噛んでいる間にも弾力に満ち、口いっぱいに肉の香りが広がる。店特製の甜辣醤《ティエンラージアン》（スイートチリソース）をつけるとさらに美味が増す。まさに店の看板料理というにふさわしい。

沏仔麺を商うさいには、ふつうこのように醤油煮こみやゆでもののおかずも出す。豚モツや肉に海産物などだ。たとえばMRTの双連《シュアンリエン》駅にほど近い「阿国切仔麺」の紅糟焼肉はごく薄く切られ、軟骨つきだ。スープは澄み切り、油麺にはモヤシ、油葱酥に刻み芹菜が乗っている。この店はメニューを備え、おかずの選択肢が多く、紅油抄手《ホンヨウチャオショウ》（ラー油和えのワンタン）でさえ載っている。「進財切仔麺」の沏仔麺にはかなり小さめの豚肉が二切れと煮こんだ豚皮が乗る。

景美夜市の「鵝媽媽」は麺の老舗とは呼べないが、沏仔麺に二切れの豚ロースが乗り、滋味深く新興勢力の中では群を抜いている。この店の高湯はガチョウの肉と骨から煮出したもので、甘みとうまみに富み、米粉、粄条《バンティアオ》（太い米めん）、冬粉《ドンフェン》（春雨）どれをスープに入れてもうまい。店で出す腐乳に甘みそ、トマトケチャップで作ったつけダレもさっぱりしていて、自家製の辣椒醤《ラージアオジアン》（トウガラシペースト）を加えると、トウガラシ独特の香気がうまく表現され、ガチョウかアヒルの肉を一皿頼みたくなる。われわれは凡庸なガチョウ肉を何度も食べさせられているだけに、こうした高尚なガチョウを口に運ぶと感動を禁じえない。

王永慶〈台湾の松下幸之助と呼ばれた事業家〉は生前、第三夫人こと李宝珠と晴光市場に出かけて「張媽媽切仔麵」で麵を食べるのを好んだという。この店のガチョウは肉汁たっぷりでうまみがあり、ゆでた豚の嘴辺肉《ズイビエンロウ》（ツラミ）や、紅糟焼肉も悪くない。沏仔麵は和え麵で出され、それにガチョウのモツや鶏モツのスープ「下水湯《シアシュイタン》」を頼み、サツマイモの葉の炒めを頼めば、これは幸せな組み合わせだ。

西門町《シーメンディン》の「鴨肉扁」の沏仔麵は、麵の上に大きな豚肉の薄切りが乗っていることを除いては、麵とスープはその滋味、分量ともに売麵炎仔と鵝媽媽に一歩ゆずる。この店は一九五〇年の創業で、店名に反してガチョウの専門店で、「鴨（アヒル）」は扱わない。店名の「扁」は創業時の主人の名から取ったもので、始めたばかりのときはアヒルを商っていたのが、一年経ったところでガチョウのほうがいい商売になるというので、アヒルをやめたのだという。これがいわば「鴨頭《おうとう》を懸けて鵞肉《がにく》を売る」ことになった理由で、看板を掛け換えるのがめんどうだったというだけだそうだ。

鴨肉扁が掲げる「土鵝」とは「獅頭鵞」と呼ばれる品種で、体が大きくやや四角張っていて、額とほおのところに肉こぶが発達しており、くちばしに覆いかぶさっているため、正面から見ると獅子頭のように見えることから名がついた。もともとは広西と広東の東饒県溪楼村で育てられていた。成長が速く経済効率が高い食用のガチョウだ。そのガチョウを少しゆでた後に軽く燻製をかけ、肉をゆでるのに使うスープはガチョウの骨で煮出したもので、それを湯通しした油麵にかけ、一枚豚肉を乗せれば、ふるさとの味、伝統的な沏仔麵の出来上がりだ。

この店の沏仔麵がある種の滋味に富むのは、ガチョウの骨で煮出した高湯にカギがある。その香りと味は、あまたの食客たちを遠きも近きもみな招き寄せてきた。その高湯のおかげでこの小さな店は西門町に立ち並ぶ飲食店たちの中で半世紀にわたって高い地位を保っている。今でははっきりとこの地のランドマークといってよい。二十数年というもの、私は西門町のすがたがたえず変わっていくのを目の当たりにしてきたが、鴨肉扁は何一つ変わらず、交通の激しい街角に立ち続け、変わらぬ香気は忙しく行きかう人々を惹きつけている。店に入ってひととき座れば、味覚を通して、かつての時間、かつての人情、かつての滋味を思い起こすことができる。

私は大学一年のとき、運よく時報文学賞を受賞した。授賞式典は西門の中山堂で執り行われた。そのころ時報文学賞はまだ設立されたばかりで、賞をたいへん重んじていたので、まるで映画の金馬奨の授賞式なみの規模だった。私はそのころ住んでいた陽明山からバスに乗って賞を受け取りに行き、ぴかぴか光るフラッシュからなかなか冷めやらずに、死ぬほど浮かれきっていた。トロフィーをカバンに入れて、中山堂をふらふら歩み出たところで、調子に乗り過ぎてうっかりし、まだ中華路まで出たあたりだというのに、生まれて初めてもらったトロフィーをぶつけて壊してしまった。落ちこんでトロフィーを確かめながら、どうやって胸中の怒りと傷みを吐き出していいのか分からないまま、魂が飛び出してしまったかのようにあたりをやたらにうろついていた。その時何か不思議な力が私を「鴨肉扁」に引き寄せた。沏仔麵を一杯食べ、それでも足らずにもう一杯とガチョウの肉を一皿平らげて、トロフィーを壊してしまった痛手からようやくむりやり立ち直ったのだった。

四臣湯

〈四種の漢方入り豚モツのスープ〉

「四神湯《スーシェンタン》」は本来「四臣湯《スーチェンタン》」と書くべきだが、閩南語では「臣」と「神」が同音のため、誤ったまま伝わるうちに、間違いが正しいものとされてしまったのだろう。これは台湾の伝統的な薬膳料理で、北部で盛んである。主要な材料は漢方薬の四臣だ。すなわち淮山《わいさん》、芡実《けんじつ》、蓮子《れんし》、茯苓《ぶくりょう》で、この四種の漢方薬材は脾胃《ひい》の働きをよくする効能がある。

淮山とはヤマイモのことで、五臓の働きを助け、筋骨を強め、脾胃の働きをよくし、肺を助けて喉の渇きを止め、目と耳をはっきりさせる、という。治療効果は胃腸の虚弱、倦怠感、渋り腹が続く、食欲不振、喉の渇き、痰のからみ、腎から来る疲れ、足のだるさ、おりものにごり、早漏、頻尿、皮膚の赤みのあるむくみなどだ。『神農本草経《しんのうほんぞうきょう》』には「味は甘にして温、内臓の疾患に効果がある。体の虚弱を補い、寒熱の邪気を除き、補中益気の効果があり、肌によい。長く服し続ければ耳目は聡明となり、体を軽くし、長生をたもつ」とある。

芡実（オニバスの実）は、腎の働きを高め、脾を補い湿を去るという。『本草綱目《ほんぞうこうもく》』には「気味は甘

神農本草經
食療本草
本草綱目
茯苓
芡實
淮山
蓮子
四臣湯

にして平、苦みがある。湿気からくる体の不調を癒し、腰、背骨、膝の痛み、胃腸を補い、発作を減らし、精気を増し、志を強め、耳目を聡明にする。長く服すれば、身を軽くし、老化を防ぎ神仙に至る。胃を開き気を助け、渇を止め腎を強め、失禁や早漏、白いおりものを止める」とある。

蓮子（ハスの実）は心を落ち着かせ、食欲を出し、人体の免疫機能を高めてくれる。『食療本草《しょくりょうほんぞう》』には、五臓の虚を癒し、内臓の損傷があり気息が弱くなっている時、十二経脈と二十五絡の血気を補うのに効果があるという。

『本草綱目』の茯苓（サルノコシカケ科の菌類の菌核）の記載によれば、気味は甘にして平、食欲を増し吐き気を止め、「精神を安らげ、空腹を止めて寿命を延ばす。喉の渇きを癒し寝つきをよくする。腹の張りや残尿感、胸に痰がたまる、水がたまり小便が出にくくなるなどの症状によく、胸のつかえを取り、内臓の調子を整える」とある。

医学書を読んでも目がちかちかしてくるだけだ。四種の主材料の中には、どれ一つ取っても好きで食べているものはない。特に茯苓は繊維が多く含まれ、食感が良くないので、小さく薄切りにするのがよい。後に、ある人が思い切って茯苓の代わりにハトムギを使ったところ、効果は近く、食感はぐっとよくなった。漢方医はこういう。ハトムギは清熱にして、体内の水の通りをよくし、神経痛を和らげ、脾胃の働きをよくする。皮膚の新陳代謝と保湿能力を高める働きがあると。

唐魯孫は『天下の味』に嘉義《ジアイー》の中央市場にあった「益元堂」という漢方薬店が四臣湯を売るようになった話を書いている。

益元堂の主人は、もともと船員の出身だった。一年じゅう海の上で仕事をし、風雨にさらされて、うまく食事ができず、胃腸が弱ってしまい、終日食が進まなかった。病状が進んで命も危うくなったころ、ある人に秘伝の処方を与えられ、毎日朝食夕食の後に一杯の四臣湯を飲み、その煮出したかすまで合わせて飲むようにしたところ、ひと月余りが過ぎると、はたして胃腸がうまく働くようになり、徐々に健康な体を取り戻した。彼はあまりにきつい労働をしている人たちがこうした病気にしばしばかかっていることを知り、そこで発心して世の人を救うため、益元堂という漢方薬店を開き、門前に四臣湯を売る屋台を置いたのだという。

私は四臣湯を飲むときに、その薬効について考えたことはない。淮山、芡実、蓮子、茯苓などの薬材はうまみに乏しいが、しかしそれらを一つに合わせ、豚の胃や小腸、生腸、粉腸などとところ火で煮こむと、その効果でついに美味なるスープが取れるというわけだ。漢方薬のすばらしいところは、薬効があるだけではなく、美味をも生み出せるということだ。誰が西洋薬を食べものにできよう？

美味を追求するために、四臣湯は豚のモツを副材料にしたが、やがて副材料は主材料を超えてしまった。いちばんよく使われる材料は豚の小腸だ。小腸はきれいに掃除しないといけないが、処理の速さを優先して化学薬品を使って処理するのはだめだ。きれいに掃除された小腸はくさみが出ることはなく、煮こんだ後にはすがしくさっぱりとして、かすかに脂の香りがする。以前はミョウバンと粗塩と小麦粉でモツをもみこんでいたが、後にはビールやコーラの洗浄効果がさらによいということが分かってきた。

四臣湯の作り方は実に煩雑だ。ホットクッカーの類で先にネギ、ショウガ、ニンニクと豚モツを柔らかく煮てしまうのがいちばんよい。干したハスの実は別に煮ておき、淮山、芡実、ハトムギ、茯苓と処理したモツを入れ、ハトムギと芡実に火が通って柔らかくなるまで煮る。そこにハスの実を加えてさらに煮る。仕上がりの前に塩で調味し、食卓に出す前に米酒を少々垂らす。

この小吃《シアオチー》は二十世紀の台湾が貧しかったころに起源がある。まだ勤労の精神がそのまま保たれていたころで、屋台の四臣湯を売る店では、チマキ、肉円《バーワン》、肉包《ロウバオ》（肉まん）、大腸麵線《ダーチャンミエンシエン》（モツ煮こみのせ汁そうめん）、肉羹《ロウゴン》（豚肉に片栗粉をまぶしてゆでたもの）、碗粿《ワーグイ》（醬油風味のライスプディング）、糯米腸《ヌオミーチャン》（もち米の腸詰め）、炒米粉《チャオミーフェン》（焼きビーフン）などの小吃も売られていた。台湾の夜市や廟宇の付近には、たいてい美味な四臣湯がある。台南市の「鎮伝四神湯」は武廟の近くにある店で、ここの豚モツは柔らかいが歯ごたえがあり、脂も残って口当たりは滑らか、出汁は濃厚馥郁としている。

よい屋台の店はみなこの「鎮伝」のように、毎朝新鮮な豚モツを選ぶ。豚モツは冷凍を経ると食感が損なわれるからだ。買って帰ったあとにはひっくり返して洗い、沸いた湯で下茹でし、それから漢方薬材とともに柔らかく適当な歯ごたえのある状態まで煮こむ。

大稲埕《ダーダオチョン》の一帯は台北の小吃の重要拠点と呼べる。霞海《シアハイ》の城隍廟にお参りし、迪化街《ディーホアジエ》をぶらついてさまざまな乾物類を買う時には、「妙口四神湯」を通り過ぎるわけにはいかない。この店は昔ながらの味を推し出し、四臣を等量入れるという正統を貫いている。四臣湯がうまいだけでなく、肉まんも美味で、その味は決して鹿港《ルーガン》の「阿振肉包」に引けを取らない。この店は彰化銀行の門口にあるのだが、銀行の心意気にはまったく感じ入るばかりだ。

スープの類であるからには、大切なのはよいスープを煮出すことだ。寧夏《ニンシア》夜市近くの「阿桐阿宝」は豚の大腿骨を五、六時間煮こむので、スープは乳白色だ。この店の営業時間はたいへん長く、小腸は特にきれいに掃除されている。スープの中には小腸とハトムギ以外に、四臣は見当たらない。もともとこの店では、四臣が長く煮こむのに耐えられないことから、粉にして出汁に混ぜているのだという。評価に値するのはテーブルの上に当帰を漬けた米酒が用意され、客が自分で入れてよいことと、スープのお替わりが無料なことだ。

「劉記四神湯」はわれらが二魚文化の仕事場に近く、私は二、三日に一度は食べに行ったものだ。この「四神湯」は伝統的な四臣ではなく、主役は豚の腸と胃袋類で、スープの中にはハトムギしか入っておらず、まったく看板に偽りありというところだが、ほんとうにうまいのだ。主人はモツの調理に注意をはらい、その日に買った材料をその日に売り切っている。

景美夜市の「双管四神湯」は、油飯《ヨウファン》（おこわ）と蚵仔麵線《オーアーミースアン》（カキ入りそうめん）も商っている。いわゆる「双管《シュアングアン》」とは「双小管《シュアンシアオグアン》」とも呼ばれ、小腸を二重にして厚みを増し、食感が豊かになるようにしたものだ。厚みが倍になれば嚙みごたえも倍になる。その代わりくさみ抜きにも、煮こみにも二倍気を使わなくてはならない。

大稲埕は慈聖宮《じせいきゅう》の前にも、私が好んで食べる四臣湯がある。この店の豚モツ類はみなていねいに洗ってあり、出汁はサトウキビを加えて煮こんでいる。仕上げの時に米酒をたらさず、純粋な滋味がある。この店の四臣湯を飲んだら、肉まんを頼まないわけにはいかない。ここの肉まんは他の店より大ぶりで、皮もはっきり分厚い。一口噛むと、麦の香りが湯気とともにあふれ出す。続いて中のがっしりとした肉の球が、なんともいえない肉の香りと醤油の香りを湧き立たせるのだ。

四臣湯は貧乏人のための滋養を補う「補品《ほひん》」だ。スープの中の漢方薬材と豚モツはどれも安価なものだ。貧乏人には滋養がいる。貧乏人こそはしばしば滋養が足りていないものだからだ。貧しい時にうまいもので滋養をつけられると、思い入れは格別深くなる。多くの台湾人は幼いころ、母親の煮た四臣湯を食べたことがある。どの思い出も、目に涙があふれるのを止められなくなるようなものばかりだ。

この一杯が、白黒の味気ない記憶に色彩を加えてくれ、平板な生活に感動をもたらしてくれる。この一杯は、健康と祝福とともに、貧乏人の碗に盛られるのだ。

鱔魚麵

〈甘酢風味のタウナギ入り汁麵〉

旧暦の五月から七月にかけてはタウナギの繁殖の季節にあたり、脂ののったタウナギが食いしんぼうたちに呼びかける。

台湾人が鱔魚麵《シャンユーミエン》を食べる歴史は浅く、杭州人の悠久たる歴史には遠く及ばない。思うに、銭塘江、西湖一帯は古くからタウナギの名産地だったからだろう。しかし江蘇・浙江料理のタウナギは、油で歯ざわりよく揚げた「脆鱔《ツイシャン》」や、とろみをつけたところに熱い油を注いでじゅっと音を立てる「響油《シアンヨウ》鱔糊《シャンフー》」はもちろん、私が上海でよく食べる「蝦爆鱔麵《シアバオシャンミエン》（軽く炒めた川エビのむき身と揚げたタウナギを乗せた汁麵）」にしても、どれもみな台湾の「鱔魚意麵《シャンユーイーミエン》」とは大きく異なる。

鱔魚意麵は南台湾に独特の小吃で、とりわけ台南はおそらく鱔魚意麵の密度が最も高い都市だろう。たとえば「老牌鱔魚意麵」「真味鱔魚意麵」は江湖にその名が広く知られて久しい。よその土地の人が台南を訪れて、昔ながらの味わいを口にしたいとき、もしあてがなければ「阿」の字のつく店を探すとよい。たとえば「阿美飯店」や「阿霞飯店」だ。小吃でもそうで、例を挙げるなら開元路の「阿銘鱔魚意麵」に、公園路の「阿輝炒鱔魚」、西門路の「阿鉄鱔魚意麵」、民族路の「阿江鱔魚担」などだ。

鱔魚麵には大きくいって炒麵《チャオミエン》と滷麵《ルーミエン》の二種がある。私が以前から高雄で食べていたのは多くは滷麵だ。先に麵を湯がいて引き上げ、皿に盛る。それからラードでタマネギ、ニンニク、タウナギを強火で炒めて香りを立て、高湯《ガオタン》を入れて味つけし、甘酢のあんかけにして、麵の上にかける。

台北の鱔魚麵は多くは炒麵に属し、工程は逆になる。まず鍋を熱し、タマネギとニンニクを香りが出るまで炒めたら、タウナギと高湯を入れ、味つけをしてさっと炒めて、鍋から上げる。それから鍋の中に少し残ったスープで意麵をさっと炒めたら皿に盛り、最後に鱔魚を麵の上にかける。この二種類の料理は使う麵も異なる。滷麵のほうはしばしば油麵《ヨウミエン》（カン水入りの黄色いゆで麵）を使い、炒麵はといえば多くは意麵を用いる。ここでいう意麵は、台南は塩水《イエンシュイ》の、小麦粉とアヒルの卵だけで作った意麵とは異なり、いわゆる「伊府麵《イーフーミエン》」のことだ。伊府麵は一種の半製品で、主要な製法としては、小麦粉を練るときに卵液を加え、延ばして細い麵に切り分け、七分通りゆでたところで油で揚げるか乾燥させたものだ。

その伊府麵は一玉ずつ屋台に並べられていると、ぱっと見にはインスタント麵のようだ。鍋に入れると、まるで喉が渇き腹を空かせたように、とろみのついた汁を吸いこみ、たちまち柔らかくなる。

鱔魚意麵の最大の特徴はその甘酸っぱいとろみのついた汁にあり、名店と呼ばれるところには独自の配合がある。黒酢に米酒、砂糖などで調味し、酸味と甘みのバランスがとれていないといけない。その滋味はちょうど「五柳羹《ウーリウゴン》（野菜などの細切りの甘酢風味のとろみ汁）」に似ている。このうち、最も大事なのは酢で、こだわりのある店は何種類もの酢を使って調味する。もちろんこれは門外不出の秘方だ。

要するに、仕上がりは常にふわりと滑らかな食感になり、かつそのなめらかさの中にも十分な弾力を持たせる。私たちは小さいころからこの料理を「鱔魚炒意麵《シャンユーチャオイーミエン》（タウナギの意麵焼きそば）」と呼んできた。ただ、強火で手早く炒める動作はあるものの、実のところ炒めるのはタウナギであって、実際にできあがった料理は本来は「鱔魚意麵羹《シャンユーイーミエンゴン》（タウナギと意麵のとろみ汁）」とでもすべきところだろう。黄色の麵に褐色のタウナギがつやつや黒々として、淡い塩味にはっきりとした甘みと酸味がある。

多くの店ではタウナギをうまく処理することができず、身肉には泥臭さが残ってしまう。よい料理人は食材を理解するのに心を砕くものだ。ときにはそれには生育環境や季節、そして調理上の特性についても含まれる。主役たるタウナギは、澄んだ水のなかで一両日は活かしておき、泥臭さを取る。そのうえでさばいてすぐに調理しないとうまみと甘みがでない。ニンニクとタマネギは重要な脇役で、調味料の用い方はおとなしすぎてはだめだ。その次がようやく、キャベツやニンジンの細切りとネギの小口切りなどの色取り、ということになる。

今ではタウナギは冷凍の輸入ものが多いが、これは手本とするには足らない。台南は新営《シンイン》の「清香鱔魚麵」では、今なお野生のタウナギを使っている。思うに、新営は池や渓流が多く、農民たちが夜に野生のタウナギを捕らえて、翌日に市場に担いで売りに来るから、「清香」はこれにより毎日野生のタウナギを調理できるというわけで、その滋味は絶佳といえる。これは古法に則った調理法を守ることの典範とすることができよう。「古法」の精神が内に備えるのは、決して現代化への抵抗ではなく、美味を守り続けることであり、そこには素材へのこだわりや調理にまじめに手間をかけることが含まれている。「清香鱔魚麵」はタウナギを炒めるためのかまどですら、まだもみがらを燃料にしている。もみがらは発火の温度が低く、強火になるのが早いので、強い火加減で短い時間で炒める場合に向いている。そのうえ、タウナギには淡く燻香がつくというわけだ。

また、もみがらを燃料にするだけではなく、焼け残った灰を使ってタウナギのぬめりを落としているそうで、始末のよいことだ。このほか「清香」ではタウナギの骨からだしを取り、無料で客にふるまう。ここまで懇切なやり方を、どうして他の店がまねをしないのか不思議なくらいだ。

強火で爆炒《バオチャオ》にするのは、タウナギの食感を残し、しゃきっとなめらかで歯ごたえのある状態にするためだ。台南の沙卡里巴《さかりば》にある「老牌鱔魚麵」は「二十七秒速炒め」を標榜している。意味するところは、タウナギを鍋に入れてから炒め上がりまでたった二十七秒しかかけず、それによりタウナギの食感が保たれるというのだ。毎回担当する料理人が強火で素早く炒めるたびに煙がもうもうと上がる。私は時おり、その様子から台湾の初期の移民たちの荒っぽい性格を連想する。

十代まで私は高雄市に住んでいた。家の前には小吃の屋台が集まる夜市があり、私はそこでしょっちゅう鱔魚麵を食べ、場所の便利さによる恩恵にあずかっていた。この小さな夜市はだんだんにぎやかになり、わあわあいう声や拳を打つ掛け声などがたえず耳につくようになった。中でもイヤなのは、ビールを飲んだ連中が我が家の横の防火用の路地で小便をすることだった。日ごと月ごとに、小便のにおいが強く漂うようになり、家の中でもにおうようにまでなった。高校一年のころ、ある夜にまた窓の外で小便の音が聞こえ、こらえきれずに文句を言いに出て行ったところ、思いもよらず一発ぶんなぐられた。やられた鼻っぱしらを押さえ、血を止めるのもそこそこに、ナイフをつかんでもう一度家を飛び出したが、その酔漢どもはもういなくなっていた。

実のところ、彼らの顔すらもうあいまいだったが、私はナイフを隠して、毎日夜市で仇《かたき》を探していた。民衆のために害悪を除かんとの志を抱いて。しかしそれも家の前で何発かの銃声を聞くまでのことだった。高雄市はそのころ台湾における銃撃闘争の震源地となっており、六合夜市で銃撃事件が発生して以来、黒社会の住人が銃を持つのは日増しにふつうのことになっており、とうとう拳銃が、自分の家の門口にまで押し寄せてきたのだ。突然ふところのナイフがまるでおもちゃのように思えた。

私がその時仇をやっつけてやろうとしたナイフはタウナギを捌くための包丁に少し似ていた。四方八方から銃をかまえて来るアニキたちに立ち向かうなどまるで無理だ。まな板に目打ちで止められた、もはや助けの来ないタウナギの相手をするのがせいぜいだったろう。タウナギはしきりと動き回り、皮もつるつる滑るので、すばやく包丁を動かさなくてはいけない。正確に刃を入れる深さを把握し、一気に腹を割り、背骨を取る。これがタウナギを扱う小店でよく見られる捌きの光景だ。

台湾の鱔魚意麵は強火で炒める「爆炒《バオチャオ》」と、甘酢あんかけの調理技術を組み合わせたものだが、その鱔魚意麵と味わいが近い小吃として、「土魠魚羹《トゥートゥオユーゴン》（サワラのとろみ汁）」や「生炒花枝《ションチャオホアジー》（コウイカの炒め）」などが挙げられる。私の鱔魚意麵の記憶は、ごうごうと上がる炎と音の勢いと結びついている。この独特な味わいは、大きなレストランではまったく見られず、ただ市井にのみ伝わるもので、典型的な庶民の気楽な食べものだといえるだろう。

白湯猪脚

〈豚足の塩味煮こみ〉

大学を卒業したばかりのころ、ある日急に豚足が食いたくなり、市場で豚の後ろ脚を一本買って、借りている部屋まで持ち帰った。ニンニクに青ネギ、ショウガの薄切りと水を加えて二時間近く煮こんだ。香気が四方に漂い出し、スープは実に濃厚だった。私の料理はそのころまだよちよち歩きで、雄叫びを上げるすきっ腹を慰めるにはなんとか足りたものの、こうした白湯猪脚《バイタンジュージアオ》がぱっと見には単純だが、その実、高度な美学的技巧を要するものだとは、もちろんまだ分かっていなかった。

台湾人が豚足を調理するときには、醬油で煮こむのがふつうだ。白湯猪脚、つまり豚足の塩味煮こみは、台湾では出す店は決して多くなく、どちらかといえば南部よりは北部で見られるものだ。

清末の徐珂《じょか》『清稗類鈔《しんはいるいしょう》』には豚足の煮こみ方が載っている。「生の豚足を煮こむ方法には二つある。白蹄と紅蹄だ。紅蹄は醬油と氷砂糖を用いるが、白蹄にはこれらを用いない」という。白湯猪脚の出汁は、豚足と大腿骨をいっしょに煮こむ。ゼラチン質を強化してやるだけでなく、香り高く芳醇な風味を増すことができる。そのため、白湯猪脚のスープはごくごく飲める。対して醬油で煮こんだ豚足は、ふつうスープとしては飲まず、飯にかけることのほうがずっと多い。

白湯猪脚の専門店はしばしば「猪脚原汁」を掲げているが、経緯をたどれば、その意味するところは二つだ。第一に、水だけで煮こみ、当帰《とうき》などの漢方薬材や醤油を使わないこと。第二に、スープの濃厚さを強調し、豚足を煮こんだ味そのままで、調味料を加えていないことだ。

醤油の援護がないと、その豚足の肌が美しいか、形が端正か、その滋味が人を魅了するに足るか、すべては人々の目前にさらけ出され、逃げ場はない。香料も着色もなしで、あらゆる美味の条件はすべて豚足が自前でまかなわなくてはならない。

豚足を塩だけで煮るのはまるで詩を書くようなものだ。自然で、作為がなく、一から始めて混じり気なしに保ち、忍耐と細心さが必要だ。それは芸術家が作品のために力を尽くすのとそっくりだ。

気の短い人は、しばしば強火で豚足を煮こむ。鍋の中の湯はごぼごぼと沸騰し、豚足を急激に浮き沈みさせる。これはまちがいだ。思うにあらゆる肉類は強火で煮こむと、たんぱく質が分解してアクになり、肉から来るうまさがすっかり消え失せてしまう。聡明で細心な料理人がスープを煮るときには、ぐらぐらと煮立たせるようなことはしないものだ。

丸ごとの豚の脚は、ふつう三つの部分に分けて客の選択に供される。腿肉《トゥイロウ》、中圏《ジョンチュアン》、脚蹄《ジアオティー》だ。腿肉は純粋な豚モモ肉で、香り高く柔らかいうえ、皮はまだ弾力に富んでいる。脚蹄は最も噛みごたえがあり、そのとろりとした筋の部分は魅惑的だ。私が偏愛するのは中圏だ。皮も筋も肉も骨も揃っており、それぞれの部分のいいところを兼ね備えている。

豚足は長時間煮こめば、皮と肉はほろりとして柔らかく、脂っこさはない。骨髄のうまいところは吸えばちゅっと飛び出てくる。店では、たいていトウガラシ入りの醤油をタレとして添えてくれ、スープを飲みほしたらお代わりを注いでもらえる。

台北は大稲埕にある慈聖宮の門前には、さまざまな小吃を商う小店が数多くある。「許仔の店」はその中の一つだ。この店は白湯猪脚麵線の専門店だ。私は乾麵線《ガンミエンシエン》（和え素麵）を一皿に、猪脚湯を一杯と分けて注文するのが好きだ。この「門前の豚足屋」の名声は数十年も続いている。ここに座っているのはほとんど乾麵線と猪脚湯を一杯頼む客一色だ。その白く煮上げた豚足は透き通るようで、香りも味もその濃密さはほどけぬ情愛のごとく、弾力に富み、あまりの美味に、一口また一口と息つくこともできない。私は一口ごとに自分に言い聞かせなければならないほどだ。ゆっくり、もう少しゆっくり食え、差し歯が持ってかれちまわないようにな。

「許仔の店」はおとしたばかりの豚の脚を厳選している。主人は豚足が健康で傷がないことと、毎日新鮮なままその場で煮こむことを強調する。大きな鉄鍋で大量の豚足を煮るから、甘みがあってうまい。あふれるほどの肉質香にほんのり米酒の香りが漂い、痛風の発作のことも考えず飲み干したくなる。その高湯はゼラチン質に満ちており、意地汚く二杯よけいに食べたことが何度もあるが、ついには上下の唇が一つに貼りつき、開くときに強い抵抗を感じたほどだ。

猪脚湯を売る店はほとんど麵線もともに扱っている。手作りの乾麵をちょうどよく湯がき、豚の高湯の中で煮立てて、スプーンいっぱいの刻みニンニクとラードを加える。これは庶民の食べものの中でも、シンプルでいながら実に豊かな美しさを持つ。豚足を売る場合には麺線を添えるほうがふつうで、白い米の飯を扱うことは少ない。みなもそれが習慣になっている。これは台湾人が猪脚麺線を食べることには、恐れや驚きをしずめ、運気を変える効能があるとする習俗によるのだろう。

白湯猪脚を出す店で最も有名なのは、おそらく基隆の愛四路にある「紀家猪脚原汁専家」だろう。この店は一九六四年の創業で、商売がうまくいっているおかげで、店の入っているアパートの二階を客がそこで食べられるように借りている。「紀家」の豚足はその場ではかり売りで、定価は一両〔三十七・五グラム〕あたり十五元だ。価格は観光地なり、というところか。商売が繁盛するおかげでよい循環が生まれている。豚足は新鮮で、大鍋で大量に煮こまれた豚足の高湯は、しぜんとじゅうぶんにこってりとした上物に仕上がり、ゼラチン質と肉質香に満ち、甘みとうまみが際だつ。これにはどんな人工の甘みも加える必要はない。

基隆の義二路にある「林家原汁猪脚」も一両ごとのはかり売りで、脂とくさみをかなり徹底して除いてあり、肉は柔らかでありながら歯ごたえがある。

彰化市中正路にも「紀家猪脚」という店がある。こちらも白湯で煮こむが、その出汁にはアヒルの肉と漢方薬材を加えて煮こんであり、特に当帰の味わいははっきり感じ取れる。

白湯猪脚に何か風味を添えるなら、当帰はおそらく最初に挙がる選択肢だろう。たとえば、豊原の廟東小吃街にある「永芳亭」の四神猪脚湯は、当帰、川芎《せんきゅう》、熟地《じゅくち》、桂枝《けいし》などのさまざまな漢方薬材を用い、卓に出す前に当帰入りの薬酒を一回しする。台北の師大《シーダー》夜市と饒河街《ラオホージェ》夜市にある「連猪脚麺線」

も、当帰などの数種の漢方薬材を入れて煮こむ。

うまい豚足はきれいに掃除してやることが必要で、一筋のくさみも残してはいけない。これが前提条件だ。およそ食べものは愛情をかけてやって初めて美味となるものだ。豚足を調理するには、第一に衛生を重んじる。ブタというのは、一生涯足を洗ったことがない。そこにキスして食べようというのだから、ブタのためにもよくよく脚の毛を抜いてやり、きれいに洗ってやらなくては。家で豚足を煮るときには、毛抜きで一本ずつ毛を抜き、金たわしで脚を洗ってやる。そのあと軽く湯がいて鍋から上げ、また洗って湯通しする。それを繰り返すこと三回、はじめて心安く食べられるというものだ。

鹹粥

〈出汁粥〉

鹹粥《シエンジョウ》は福建は泉州《チュアンジョウ》の「半粥《バンジョウ》」に由来し、当初は農業社会であった時代の台湾の農村で流行した。私は小学校に上がる前、母方の祖父母の家に住んでいた。祖父の田んぼはまだ人に刈り入れを手伝ってもらっていたから、午後になると、祖母は大鍋いっぱいに鹹粥を煮て、田んぼの中まで担いで行き、手伝いの人たちに取り分けて食べさせていた。秋の陽光のもと、たわわに実ってふくらんだ稲穂は、まるで合唱隊のように風に吹かれて規律ただしく黄金色の髪を揺らしていた。私は人と稲穂の影の間を行き来しながら、心の中は興奮でいっぱいだった。鹹粥で元気をたっぷりつけて、食べ終わるとまたかけ声を上げながら田仕事を続けるのだ。

清末の徐珂《じょか》が編んだ『清稗類鈔《しんはいるいしょう》』の粥の項は、一般的な粥と特殊な粥に分けてある。一般的な粥とは、うるち米のもの、もち米、大麦、緑豆やアワを混ぜた粥など、穀類のみを煮こんだ清粥《チンジョウ》を指し、いわゆる特殊な粥には、ツバメの巣、鶏ひき肉、魚のぶつ切り、牛肉や火腿（ハム）入りのものが含まれ、食材はかなり多岐にわたる。

台湾で流行、発展した鹹粥は特殊な粥に属するもので、その内容は完備されおのずから充足しており、副菜の助けを必要としない。一般的にはうるち米を用いるが、台北延吉街の「汐止車頭」はもち米を使い、出汁はイワシの煮干し、タケノコの細切り、干しエビから煮出す。

台湾式の鹹粥の中身は南北で差がある。大きくは北は肉、南は魚といえる。北部では豚骨を使い、南部では魚のアラを使う。北部では豚肉を副材料に使って肉粥に仕立て、店ではしばしば焼肉《シャオロウ》（豚肉の唐揚げ）や、エビやカキの揚げ物、厚揚げなどが売られる。南部では魚の身を副材料にするので魚粥になり、客はよく油条《ヨウティアオ》（長い揚げパン）を添えて食べる。たとえば台南の「阿憨鹹粥」は虱目魚《サバヒー》の粥にし、薄切りにした虱目魚の身は新鮮でうまい。同じ台南の「阿堂鹹粥」にはさらに土魠魚《トゥートゥオユー》（サワラ）の粥もある。土魠魚は煎り焼いて火を通してから、ほぐして粥の中に加える。どちらも新鮮なカキを脇役に配する。

南部の魚粥の中身の豊富さは、北部の肉粥にはるかに勝る。もちろん値段もそれなりで、「阿堂鹹粥」の土魠魚粥は一杯六十元ほどするし、「阿憨鹹粥」の虱目魚肚粥は一杯九十元だ。しかし虱目魚の大きな腹身の他に、カキや魚の切り身も入って、かなり豪華だ。鹹粥のことを考えると、自分が台北に住んでいることによって不意に劣等感に苛まれ、自分の生活が味気ないものにさえ感じられることがある。

幸い台北では邱氏夫妻が、南機場《ナンジーチャン》の街区で虱目魚粥を売ってくれている。邱氏の実家は台南で、長い付き合いのある養殖場があるので、毎日新鮮な魚をこの店のためだけに運んできてもらえる。そうしてはじめてわれわれは早朝から、精緻に美味なる魚粥にありつく幸運に恵まれるというわけだ。

虱目魚は頭から尾まで、どの部位も非常にうまい料理を作ることができ、そのため多くの店は魚の腹身や皮、頭にすり身団子、魚腸なども商う。魚腸や魚皮は美しいこの世の象徴とさえ言えよう。この虱目魚腸とは、実際には魚の内臓全体のことで、肝臓に腸、胃袋や心臓のそれぞれの味わいは異なり、食感もさまざまで、それらが濃やかに奏で合うことで、口の中に入れた瞬間、モーツァルトの調べが聞こえてきたような心持ちになる。

虱目魚の内臓は鮮度を保つのが難しく、冷凍すると食感を損ねてしまうので、産地を離れてしまうと新鮮なものを口にするのは難しい。私の見るところ、台南の学甲《シュエジア》が最も他に誇るべき文化的風景は「永通虱目魚粥」にこそある。この店は早朝五時には開店する。それは学甲が虱目魚の名産地である北門《ベイメン》、将軍《ジアンジュン》、七股《チーグー》などに近いからで、人々はそれによりこの店の魚頭紅焼醃瓜《ユートウホンシャオイエングア》（魚の頭とシロウリの漬物の醤油煮）にありつくことができるのだ。

南部の魚粥のベースは魚のアラを煮たもので、うまみが強い。作り方は、多くは出汁を炊けた飯に加えるので、汁かけ飯に近く、仕上げに刻んだ芹菜《チンツァイ》（細茎セロリ）と油葱酥《ヨウツォンスー》（揚げ赤小タマネギ）を入れ風味を増す。しかしだからといってそれがすべてではない。澎湖《ポンフー》の「阿嬤鹹粥」は魚粥ではあるが、広東式の粥の趣がある。独特なのはここで使う魚が季節に応じて変わることで、春夏には嘉誌魚《ジアジーユー》（アジアコショウダイ）を、秋には竹午魚《ジューウーユー》（ミナミコノシロ）を、冬は土魠魚を使う。この土地ならではの強烈な色彩を表現しており、添え物には油条や目玉焼きを選ぶことができる。

北部の肉粥は豚骨を煮出して高湯を取り、それと水に浸した生米を煮る。米は半透明にはなっていても粒がはっきりしているように仕上げている。これには火加減がカギで、ベースの粥はペースト状にならないうちに米粒を引き上げてしまい、どろどろになるまで煮こまない。これを半粥と呼ぶ。広東式の粥がどろりととろけているのとは異なる。

台北は大稲埕の慈聖宮の前の小道、すなわち保安街四十九巷は、小吃を商う屋台が集まる通りで、質、量ともに基隆の奠済宮《でんさいきゅう》の門前の小吃街に匹敵する。惜しいことに、若い人は昔ながらの滋味を解さないらしく、ここに来て食べているのはたいてい歳がいった人間だ。慈聖宮の本殿の前は広場になっており、広場の一方の大きなガジュマルの樹の下には、卓と椅子が並べられ、これらの屋台の外側に共有された開放的な空間になっている。私はここに座って鹹粥を食うのが好きだ。時に隣の店の肉まんや蚵仔煎《オーアージェン》、また九号の屋台の原汁排骨湯を持ちこむこともある。

その「葉記」の「肉粥」の味つけは絶妙で、それは鹹粥の最も素朴な表現といえる。芹菜や刻みネギ、香菜《シアンツァイ》なども乗せられておらず、粥は褐色に染まり、醤油こそはっきりかかっているものの、粥そのものを除いては、見えるのは大根の細切りや肉羹《ロウゴン》（豚肉に片栗粉をまぶしてゆでたもの）に小さな干しエビくらいだ。この粥は決して安いからといい加減にそうしているのではないことは、中にうまい肉羹が三つも入っていることからも分かる。

その粥のベースになっているのは、味からするときっと豚骨と大根の出汁だろう。心温まる味わいだ。私はここで粥を食うときには、ついでに紅糟焼肉、カキ、エビ、豆腐や紅こうじ入りの衣をつけたハモなどを揚げてもらう。

万華《ワンホア》の「老艋舺鹹粥店」はすでに六十年以上の歴史がある。醬油を使わないので粥は白く、さっぱりとした味だが、上には紅糟焼肉が二切れに油葱酥、油揚げ、小ぶりな白菜に刻みネギ、ところどころタケノコの細切りも見いだせ、彩りがよい。

カキは新鮮、油揚げと紅糟焼肉もうまい。この店の紅糟焼肉は色合いがすこし鮮やかで、食感は柔らかめなところが、衣がさくっとした「葉記」や「周記」とは異なる。注文するときには、店員が親切に「赤身多め？ 脂身多め？」と尋ねてくれるだろう。

広州街の「田仔周記肉粥店」の歴史はすでに半世紀を超えている。ここの鹹粥はやや小ぶりで、暗褐色を呈し、肉羹が一つ、油葱酥と干しエビ、刻んだ油揚げが入る。この店は今まで挙げた店の中で最も人気が高いが、有名な紅糟焼肉以外の品の味わいは前述の「葉記」と「老艋舺鹹粥店」にやや譲る。

また台中の大甲はヤツガシラの産地で、「福宴国際創意美食」で食べた「鮮蚵芋頭粥」には、たっぷりとカキとヤツガシラが使われ、刻みネギと香菜を薬味にし、うまみと甘みのあるカキと馥郁たる芋の香りが手を取り合い、たしかに私が経験した中でも最も豪華で美味な「鹹粥」だった。

鹹粥は理想的な朝食であり、さらには台湾人の創意工夫が発揮されて産業となり、レトルトに向くことから全世界に売り出されている。

緑豆椪

〈緑豆あんの白月餅〉

緑豆椪《リュードウポン》は台湾式の中秋月餅の一つだ。幼いころの私にとっては、月餅といえばこれのことだったし、後々の月餅の味の好みについても、私は常々よい月餅とは、緑豆椪のように甘みが軽くあっさりとしているか、あるいは少しの塩気の中にかすかな甘みがあるべきだと思っている。あらゆる月餅の中で、緑豆椪こそがいちばん満月に似ている。雪のように白く、丸くしっとりとしてほろほろくずれる多層の酥皮《スーピー》、中身は黄金色に輝く緑豆あんだ。

この菓子を焼く技術は単純なものではない。皮をいくつもの層にしないといけないうえに、ふつうの酥皮を焼くとしばしばもっと色の濃い黄金色になるところを、白いまま保つためには、オーブンの温度を厳密に管理しなければならない。また、私のような腹の底からの台湾人の月餅食いからすると、とかく酥皮に使うのはラードでなければうまくない。

うまい緑豆椪は、まず質のよい皮なしの緑豆を原料として、香り高くきめの細かい緑豆あんを作らなければならない。そこに天然の乳脂を入れる。緑豆のすがしい香りに満ち、また豆の細かな粒が見えていながら、口に入れるとすっとほどけなければいけない。また、油葱酥も、悪くなった油のにおいがつかないように揚げたてでなければだめだ。

「郭元益」と「旧振南」が、私の二十年の前半生における緑豆椪への感覚のほとんどを決定づけている。旧振南の前身は「正利軒餅店」といい、一八九〇年に台南で創業し、のちに高雄に移ってきた。ここ数年では、ますます商売が繁盛しているようで、高速鉄道の駅にも売店があるほどだ。この店の緑豆椪は四種類ある。李白、蘇東坡、香菇《シアングー》（干しシイタケ）に蛋黄《ダンホアン》（塩卵の黄身入り）なのだが、「李白」が純粋な緑豆あん入りを指し、「蘇東坡」が味つけ豚肉入りというのは、ひと昔前のナンセンス趣味というやつか。

緑豆椪を作るさいには、ふつう油葱酥を入れて香りを立てる。それはまるでブラームスがハンガリー舞曲の中にジプシー音楽を取り入れたようなもので、多彩に変化する装飾であり、一種の燃える激情を、淡々とした緑豆あんの中に加えてくれている。百年以上にもわたって、さまざまな菓子職人たちはたえずこのレシピを解釈し、改編し、演繹してきた。

台中は菓子のふるさとと言ってよく、わけて豊原《フォンユアン》は「餅窟《ビンクー》」と呼ばれるほどに名店が立ち並ぶ。南陽路の「徳発餅行」、中正路の「雪花斎」「老雪花斎」などだ。老雪花斎の「雪花餅《シュエホアビン》」は、下からだけ火を入れるやり方を採っており、薄い表皮は一層また一層と重なり、雪のように白く、かすかにふくらんでいる。豆あんは色がとりわけ薄く、食感はほろっと崩れるようだ。同じ中正路にはさらに「聯翔餅店」「宝泉食品」もある。宝泉の小月餅は私のような血糖値が高すぎる太っちょにも親切だ。私が惹かれる理由はおもにその小ささで、中のあんこに白花豆を使っているからではないのだが、白花豆でも緑豆でも、ていねいに作ったものであればどちらもうまいものだ。

「裕珍馨」は大甲《ダージア》の媽祖を祀る鎮瀾宮《ちんらんきゅう》のそばにあり、菓子もうまいが建物もよい。近ごろではいつも各種の文化活動を主宰しており、菓子工芸を宗教、文化と結びつけて大甲の見事な景観を作り出している。鎮瀾宮にお参りをして、ついでにこの店に入って手土産を買わなければ、何かを裏切ったような気さえしてしまうほどだ。

植物由来の材料だけを使った精進の緑豆椪といえば、社口《ショーコウ》の「朱記素餅」が知られている。この店はラードに代えてピーナッツ油とカナダから輸入した菜種油を使い、干しシイタケとユバを豚肉の角切りと油葱酥の代わりに使っている。また、「香菇彩頭酥《シアングーツァイトウスー》」は細切りの大根と干しシイタケを緑豆あんに合わせており、これも称賛に値する。うまいうえに廟にお参りをする信徒の世話もするというのだから、この緑豆椪は単に人に甘い美味を与えてくれるだけでなく、きっと神様にも幸福を感じさせているのだろう。

「犁記餅店」もその隣に、精進の緑豆椪の専門店を開いている。この店は張林犁氏によって一八九四年に創業された台湾中部で最も歴史のある菓子店で、今は「社口犁記餅店本店」と名乗る。店名はひどくややこしいが、店では製造直売を強調し、全世界でこの店舗だけが特製の緑豆椪を売っており、他に支店も直売店もないとする。「犁記」で最も有名なのは緑豆椪で、製菓技術は手作りで緻密だ。出来上がった外形は不均一で、皮はごくうすく、時に緑豆あんがこぼれて見えていたりもし、燃える情熱のように、こちらの食欲に訴えかける表情がある。

犁記は「照起工《ジアウキーガン》（正しい工程を一つひとつふむ）」という伝統的な美学を堅持し、誠実に、正直に、まじめに菓子作りをしている。四代にわたって緑豆椪を売り続け、今でも昔ながらのやり方で、松の木の桶で緑豆を蒸し、月餅の皮は両面から焼き上げ、化学香料や膨張剤はいっさい添加しない。その緑豆あんはふわりと軽く、すっきりさらりとして、皮にはさくっほろっとした食感がある。犁記の本店は中山高速道路の豊原インターチェンジの近くにあるので、私は車で通るたびに、いつも耐え切れずに寄り道をし、社口派出所の近くのこの老舗で緑豆椪を買ってしまう。

緑豆椪は台中を本場とするものの、台北人も卑下することはない。永和《ヨンホー》には「王師父餅舗」があるからだ。王師父の「金月娘」は、ラードの味こそしないが、甘みと塩気の溶け合い方が非常に心地よい。台湾の政治家はもう少しよけいにこの店の緑豆椪を食べるべきだ。どうしたら異なるエスニックグループを心地よく溶け合わせられるかを学べるだろう。ある年の謝恩会で、卒業生が教員にひと箱ずつ王師父の金月娘を贈ってくれたことがあった。私は平素、謝恩会に参加するのを好まないし、その時何の料理を食べたのかもさっぱり忘れてしまったが、金月娘を提げて店を離れるとき、うれしさでいっぱいだったことだけはよく覚えている。

私は『辞源』『辞海』『中文大辞典』『漢語大詞典』などを繰ってみたが、どれにも「椪」の字は載っていなかった。『広韻』や『集韻』のような韻書にも見当たらず、『康熙字典』にすら載っていない。わずかに一九五〇年に出版された台湾語字典『彙音宝鑑』の注釈に、椪柑（ポンカン）、椪鬆（髪がふわふわ膨らむ様子）の意味で用いる、とあった。ここからすると、中国語の中にはもともとこの字はなく、pengという音で、ふくらむ意味だということが分かるだけである。思うに閩南語から転化して来た近代の造字なのだろう。また、緑豆椪はまた「緑豆凸《リュードウトゥー》」とも呼ぶから、「椪」と「凸」はどちらも外見が膨らんで出っ張っていることを表すのだろう。そのことから私は、正しい字はきっと緑豆「膨《ポン》」で、みなに長く伝えられるままに、「膨」から転じて「椪」となってしまったのだろうと思っている。

緑豆椪はとてもよい茶請けになる。朝早くや午後に、濃い茶を一服淹れて、緑豆椪を食べ、読書し音楽を聞けば、生活のゆるやかさを学び、生命の美しさに感謝するようになろうというものだ。

飲食とは人生と同じで、いつもほんのわずかずつ修正し、調整していくものだ。当初の緑豆椪の中には、緑豆あんに細かく刻んだ豚の脂身も混ぜられていた。今では、脂っこくない豚の赤身の小さな角切りに代え、あんこの糖分も大幅に下げられ、現代人の健康への要求に沿うようにしてある。しかしどれほど変化しようとその根本からは離れることなく、豚肉の角切り、油葱酥、ゴマ、緑豆あんを鍋で練り、まるで管弦楽が共鳴するかのように、細緻に綿密に溶け合わせ、その豊かな食感で中華菓子というものを解釈してみせている。この味はすでに伝統のものとなり、長らく台湾人の集合的記憶の中で香気をふりまいている。

蚵仔煎

〈カキのオムレツ〉

蚵仔煎《オーアージエン》は福建南部の「海蠣煎《ハイリージエン》」に由来する。香港では「煎蠔餅《ジンホウバン》」「蠔仔餅《ホウザイバン》」と呼ばれる。

伝説では、この料理は五代十国の閩王《びんおう》、王審知《おうしんち》の料理人が発明したことになっている。五代後梁のころ、王審知は閩王に封じられ、租税を軽くし徭役を減らし、治水に力を入れ学校を建て、中原の名士を招いてともに当地を開発し、福建を治め「文儒之郷」と称されるような安定と繁栄に導いた。王審知は中原の光州〔現在の河南省信陽市〕の出身であったため、長らく海鮮の貝類は食べつけなかった。そこで故郷から一人の鄭という姓の料理人を雇い入れ、海鮮で口に合う料理を作らせた。鄭氏は考察と研究を重ね、この海鮮と鶏卵とでんぷんを組み合わせた新たな料理を作り出したのだ、と。

福建南部の海蠣煎と台湾の蚵仔煎の最大の違いは、前者は皿に盛りつけるときに一さじ「菜頭《ツァイトウ》酸《スアン》」を加えることだ。菜頭酸というのは大根の漬物のことだ。おもな材料は白い大根で、薄切りにして少量のニンジンの細切りを加え、砂糖と酢で漬けこむ。これには食欲を増し油っこさを除く効果がある。

台湾人が蚵仔煎を食べるときには、甜辣醤とケチャップ、味噌に砂糖、醤油膏《ジアンヨウガオ》と水で作ったタレをかけることになっている。対して香港人は煎蠔餅に魚醤と豆瓣醤をつけるのを好む。そうなるとやはり私としては、店にはタレを小皿に入れて別添えにしてほしいと思ってしまう。誰もがタレが口いっぱいに広がるのが好きなわけではないからだ。

蚵仔とは牡蠣（カキ）のことだ。最も大衆化された海鮮であり、多くは港で養殖される。養殖家の多くは固定の杭打ち式か、海に浮かせる吊り下げ式かを取る。カキの成長は非常に速く、およそ二から三週間でもう太ってくる。とりわけ東石《ドンシー》、布袋《ブーダイ》、安平《アンピン》、東港《ドンガン》一帯のものがふっくらとしてうまい。福建南部から伝わったとはいえ、蚵仔煎は今では台湾の小吃のうち最も有名なものの一つであり、台湾全土、わけて夜市にはよく見られる。蚵仔煎は台湾人の人生における体験にぴったりとつながっており、今に至るも、古くからの台北っ子たちは円環《ユアンホアン》にあった「順発号」の蚵仔煎を懐かしく思い出す。思うに、夜市に不幸にも蚵仔煎が欠けていたなら、実に寂しく情けない気持ちになるだろう。

蚵仔煎はたいていの場合は、カキに青菜、卵に水溶きでんぷんから構成される。仕上がりは周囲は薄くぱりっとして、中はもっちりしっとりと柔らかく、口当たりが滑らかだ。いちばん重要なのは、必ず新鮮なカキを使うことだが、次に大切なのは水溶きでんぷんを作る時に、純粋なサツマイモでんぷんを使うことだ。青菜は季節に応じて春菊か小白菜を使う。しかしこれには各地でいささか差がある。たとえば嘉義市文化路の「老店」の蚵仔煎はバジルを加える。豊原廟東《フォンユアンミアオドン》の小吃街にある「正兆」の蚵仔煎は下にほうれん草を敷いてあり、意外さに驚かされる。この店のタレには落花生の粉が加えてあるようで、廟東を訪れて食べるところを探すときには、「清水排骨麵」や「永芳亭扁食肉粽」とともにこの店を素通りはできない。

多くの店が、蝦仁煎《シアレンジエン》（エビ焼き）、花枝煎《ホアジージジエン》（イカ焼き）に蛋煎《ダンジエン》を扱う。これらは蚵仔煎の変奏と言ってよいだろう。しかしカキを加えない「蛋煎」となると、これは蛋餅《ダンビン》に近づいていってしまう。

鹿港《ルーガン》の海鮮レストラン「光華亭」は一九一八年の創業で、店には店名よりも大きな「三番錦魯麵」という看板がかけてある。なぜ「三番」かといえば、この店が鹿港で三番目に電話を引いたからだそうだ。光華亭の蚵仔煎は、カキと卵、青菜と少々のネギだけで作り、水溶きでんぷんをいっさい加えない。これは昔ながらの上等な味だ。今の街中の店の蚵仔煎はたいてい精製されたいわゆる片栗粉でたっぷりとろみをつける。時間と手間を惜しもうというのだろうが、店から店へと伝わって大勢を占める悪い習慣になってしまっている。

呉清和《ウーチンホー》は『小吃のためなら地の果てまで』で、蚵仔煎こそ台湾の小吃で最良のものと断言する。彼の両親はどちらも蚵仔煎作りの名人だったが、二人の作り方はまったく違っていた。父はとろみをつけるのを嫌い、母はとろみなしでは好かないというので、「蚵仔煎はあやうく家庭の不和を招きかねなかったが、しかしおかげでアメリカで大学に通っていたときの危機を切り抜けさせてもくれたのだった」という。というのも、彼がアメリカで学んでいたとき、恨み骨髄に徹するほどに厳しい課題があったのだが、縁あってその担当教授を食事に招いて蚵仔煎をふるまったところ、よい成績で通過できたのだと。呉清和は鼻につくほど自慢げに、台湾じゅうでもとろみをつけない蚵仔煎については、自分で作ったものほどうまいものにお目にかかったことはない、などという。

蚵仔煎にとろみをつけずに調理する技術は比較的難しいものだ。カキと青菜はとろみで寄せて水気を与えてやらなければ、形はばらばらになりやすく、卵も火の通しすぎになりやすい。蚵仔煎の構造全体を、卵液だけに頼って固めないといけなくなる。

蚵仔煎には必ず平底の薄鍋を用いる。基隆の奠済宮の門前、廟口《ミアオコウ》三十六号の店の主人の曹賜発氏は日本統治時代から早くも境内で麺屋を出していたという。太平洋戦争が終結したあと、新たに店を開くときに炭火焼きの蚵仔煎を扱うようにしたとのことだ。その鍋は特注の分厚い鋳鉄でできており、長年使いこんで、真ん中がくぼんでいる。この店のいちばん独特なところはガスでなく、鉄板の下で石炭を燃やしていることだ。主人は石炭を使うのは、焼きあがった蚵仔煎の味がよくなるためだと言う。いわゆる「火には火の味あり、鼎《かなえ》には鼎の味あり」というところか。カキは新鮮で量もたっぷり、焼き上がりの直前で、横に別に生地を垂らしておき、まとめた蚵仔煎をその上に置く。このひと手間を加えることで、皮が一層厚くなり、仕上がりにぱりっさくっとした食感が足されることになるのだ。

金門島にある「金道地」の女主人ははっきりした目鼻だちで、よく日焼けしている。長きにわたって強い日差しのもとで働き続けてきた美人といった感じで、はじけるような笑顔に少々はにかみも見える。彼女が作る蚵仔煎は実にうまい。純粋なサツマイモでんぷんだけが出せる、ぷん、と香り立つような生地で、そこに新鮮で量もじゅうぶんなカキが入る。私としては台湾でも指折りだと思っている。

最も忘れがたいのは、ペナンのジョージタウンで食べた「蠔煎《ハオジエン》」だ。林忠亮氏の店のあるところは、おそらくカーナボン通りでも最も有名な風景だろう。近づくと、あの沸き立つような香りが押し寄せて鼻をつく。ジョージタウンの住人たちの中には、一日これを欠かすと人心地がつかないという人も多いのだとか。林忠亮氏は一九五八年から蠔煎を商い始め、これしか売らない。実のところ、父親もその前に四十数年この料理を作っていたのだという。二代にわたって蠔煎で暮らしを立て、百年近くもの間、ずっとこれを売り続けてきたのだ。

林氏は油と汗にまみれて鉄板の前に立ち、着ているベストは汗で透け、首にはタオルを一本かけている。火がごうごうと燃え立つ中、油を鉄板に流すと、先にカキと青菜を入れて、水溶きでんぷんの生地を入れ、卵を割り入れる。香気が湯気とともに四方に湧きあがり、興奮したように油のはねが舞い踊る。平底の鍋の中の蠔煎はうっすら黄金色になり、ひっくり返して焼き上がると、コテですくい取って皿に乗せ、甜辣醬をかける。

私は台湾でもしょっちゅう蚵仔煎を食べるが、これほどさくっぱりっとして、味よく値が手ごろなものに当たったことはない。この店の蚵仔煎は、大量のカキにニラと水溶きでんぷんの生地を加え、油で揚げて搗《つ》き崩したタマネギを加えてあった。「煎」と名乗るものの、油をたっぷり使っており、揚げているというのに近いほどだったが、まったくこれがうまかったのだ。

民國XX創立
蚵仔煎
蚵仔煎
蚵仔煎
Oyster Omelet

羊肉爐

〈羊肉鍋〉

羊は放牧で飼いやすく、繁殖も成長も速い。地球上で習俗として羊を食べない土地は、豚肉や牛肉を食べないところよりもずっと少なく、広く人類に愛されてきた。

中国の北方で羊肉を食べるときには涮羊肉《シュアンヤンロウ》（羊のしゃぶしゃぶ）にすることが多く、食材選びから包丁のわざ、調味料に至るまでどれも精緻を極める。切り出した肉は紙のように薄く、色が透けるほどでなければならないうえに、肉のくさみがまったくない「西口大尾巴肥羊《シーコウダーウェイバーフェイヤン》」を選ばなければならない。作家の唐魯孫は北京の羊売りのことをこう書いている。

立夏を過ぎるとすぐに、羊の群れを張家口の刺児山まで連れて行き、暑さを避けさせる。かの地は木が茂り谷は深く、湧き水や小川は玉を洗うがごとく、足元の草は緑のしとねのよう、高い木はまるで雲に届かんばかり。羊の群れは水辺に遊び草を食むという環境の中で、夏から秋にかけて体も大きくなりよく肥えてくる。すると羊売りたちは群れを連れて一組また一組と山を下り、街道沿いに宿場を渡って北平に向かって進んでいく。西直門外まで来たら、もう四、五日ほど羊たちを囲っておくのだという。玉泉山から高亮橋に流れ寄せる湧き水をたっぷり飲ませ、それから城内に入っておとしてさばくのだ。

台湾人も涮羊肉を食べはするが、羊肉を「黄瓜条《ホアングアティアオ》（シンシン）」「上脳《シャンナオ》（肩ロース）」「下脳《シアナオ》（前バラ）」「磨襠《モーダン》（ウチモモ）」「三叉児《サンチャール》（ランイチ）」「肚条《ドゥーティアオ》（ハチノスの細切り）」「軟里肌《ルアンリージー》（ヒレ）」などと十数種もの部位に細かく分けるほどこだわるのは難しい。台湾では輸入ものの羊肉はかちかちに凍らされており、それを機械で薄く切り出して筒状にしてしまうのだ。しかし、決して卑下する必要はない。われわれは羊肉爐《ヤンロウルー》を発明したのだから。

涮羊肉と羊肉爐のおもな違いは、前者が羊肉を薄切りにし、食べるときになって鍋でしゃぶしゃぶするのに対して、後者は羊肉をかたまりで煮こむことだ（台湾ではヒツジとヤギをともに「羊」と呼んで区別を設けることが少ない。以下の各店も台湾産のものはヤギ肉のこと）。煮る出汁のほうはといえば、前者があくまで簡素な火鍋のやり方を堅持するのに対して、後者は漢方薬材を加えてその効能を補い、数時間もじっくりと煮こむ。台湾では渓湖《シーフー》の羊肉爐だけが肉を薄切りにし、中国北方の涮羊肉に近い。

出汁の中に入れる漢方薬材は数十種の多きに上るために、名店にはそれぞれ門外不出の秘方があり、味わいは各店で大きく異なる。その薬材とは当帰《とうき》、党参《とうじん》、枸杞《クコ》、川芎《せんきゅう》、黄耆《おうぎ》、熟地《じゅくち》、陳皮《ちんぴ》、黒棗《こくそう》、紅《こう》棗《そう》、甘草《かんぞう》、桂枝《けいし》、肉桂子《にくけいし》、淮山《わいさん》などにほかならず、加えて欠かせないのはニンニク、ショウガ、ネギ、米酒だ。肉はかたまりのまま、ゴマ油とショウガとともに強火にかけて焼き色をつけ、香りと味の密度を増したうえで、骨とともに煮こむ。

この料理は台湾でごく一般的な庶民のための滋養を補う「補品《ほひん》」であるため、どこにでもうまい羊肉爐がある。たとえば基隆の「呉家」、永和の「小徳張」、新荘《シンジュアン》の「羊城林」だ。竹南《ジューナン》には「越式」、彰化《ジャンホア》には「阿本」、渓湖には「阿枝」がある。斗南《ドウナン》なら「日日興」、阿蓮《アーリエン》なら「満福土産」、岡山《ガンシャン》に「明徳」と「源座」あれば高雄に「水源」がある。緑島《リューダオ》にさえ、「東昇」「福記」といったいい店がある。

どの店もそれぞれ独自の秀でたところがある。一般的には台湾産の子羊を使っていることを強調する。しかし桃園市の「来来正港現宰羊肉」は肉質が成熟して安定していることから二歳の成羊を選び、毎日北港《ベイガン》から羊を活きたまま運び、冷凍した肉を一切使わないことを店の売りにしている。屠畜後に冷蔵・冷凍を経ない「温体」の羊を使うというのは、ほとんど羊肉爐における美学的な共通認識となっているようだ。台北の「重炭焼火炭羊肉爐」でも冷凍肉は使用しないことを標榜している。この店の特徴は、大鍋を使って煮こむのではなく、個別に小さな深い土鍋で煮上げることだ。「温体」の生の羊肉と大腿骨、漢方薬材を土鍋の中に入れ、米酒を加えて数時間漬け、炭火で一時間近く煮こむ。するとスープは薫り高くうまみに富み、肉質は新鮮で柔らかく、柔らかさのなかにも弾力がある。

同じく台北の「阿里不達」の鍋の中身は実に豊富で、リンゴやトマトなどのたくさんの野菜が入り、スープの味には格別の甘みがある。おもしろいのは、この店は「宦官」の羊を使っているというところだ。オスの羊を選ぶのは正しい。思うにメスの羊は特有のにおいがあるのを避けがたい。しかし私としては去勢した雄羊が、そうでないものよりも美味であると軽々しくは信じられないところだ。

伝統的な羊肉爐は多く陶製の鍋を使うが、我が家の近くにある「莫宰羊」では鉄鍋とガスを使い、ニュージーランドやオーストラリアの冷凍羊肉を用いる。味つけはいいが、調理用具と肉の味の趣はやや譲るところがある。しかしこの店には独特の食べ方がある。骨の中にストローを差して、ねっとりと香り立つ骨髄を吸うのだ。

いろいろ食べてきたが、私はやはり台北の「金吉林家」の羊肉爐を偏愛している。この店はたいへん繁盛しているので、毎日夜七時以降になると、二間ある店はいっぱいに混んでしまう。もし寒風の中でつらい思いをして待ちたくないなら、いちばんいいのは開店と同時に席を確保してしまうことだ。羊肉爐は添え物を選ぶことができる。針ショウガに菜心（サイシン）、大根、ニガウリ、アスパラガス、ニンニク、冬瓜、タケノコ、それに最近店が推している焼酒羊などだ。私がいちばん気に入っているのは菜心羊だ。菜心のすがしい甘みと、羊肉の香り高くこってりした味わいが合わさり、そこにクコや針ショウガ、アサリも加わって鍋で沸き立ち、えも言われぬ美味を奏でる。

店は台湾産の去勢羊を仕入れ、当日にさばいたものを使うと掲げている。聞くところでは、羊を生きたまま買って、さらに二、三か月放牧しておき、羊にじゅうぶん運動させて、肉質をさらにしまったものにするのだという。この点については、私は半信半疑でいる。家畜の運動会を開催するのでもあるまいに、肉の味がうまいかどうかは一生の運動量だけで決まるものではないはずだ。

冬に食物をもって不足を補うという伝統的な観念から、ほとんどの羊肉爐は、漢方薬材か薬酒を入れるのがふつうだが、「林家」はこのやり方を取らない。羊骨で煮出した高湯をベースにしているので、スープは肉質香（オスマゾーム）に満ち、そこに野菜とアサリ、羊肉を同じ鍋で煮こむ。その羊肉爐は、すがすがしくうまみと甘みがあり、口に含めば余韻を残し、脱俗の趣がある。一目みればその美しさに見惚れ、一口飲めばはや離れがたい。羊肉爐の羊肉は皮つきで、やや弾力のある食感で、かなり歯ごたえがある。客の多くは生の羊肉の薄切りを頼む（腰内肉の薄切りは七百元で、たしかに少々値が張る）。それをしゃぶしゃぶして食べれば、みずみずしく柔らかく、うまみと甘みが広がる。弾力のある肉を一口、次に柔らかな肉を一口。これは羊肉爐という主題を、二部の変奏で楽しんでいるかのようだ。

かつてローマの街角で、たまたま小さな教会に入ったところ、なんと中にはミケランジェロの作品があった。はからず美に出会った感動に、涙がふいにあふれ出した。その時もだが私は実に幸運だ。台北の街に住むことができ、これほどうまい菜心羊を口にできるとは。いつも菜心と羊肉が鍋の中で沸き立っているのを見るたび、感動で涙をこらえなければならなくなる。

「林家」は羊肉を扱う専門店であり、羊肉爐の煮こみ方は見事というに尽きるが、滷味もすごい。私が特に好きなのは滷羊脚《ルーヤンジアオ》（脚肉の醬油煮こみ）だ。その滋味はすぐれた豚足の煮こみにも勝る。その他、湯通しや炒めにした羊の尾や羊のハツ、レバーに羊鞭《ヤンビエン》（キンツル）などもいい。しかし羊肉がうまいのに白飯を出してくれないことには、不満を感じざるをえない。白飯はただ米好きな客のための親切ということを除いても、味覚をゼロに戻してくれる重要な主食でもあるのだから。米の飯はすぐに空腹感を和らげてくれる。さらに、そんなにたくさん羊肉を腐乳のタレにつけて食べていれば、味蕾にひと息つかせて再出発させ、別の食べもの、違う味つけを味わえるようにしてやるのは急務だ。たとえば、ゆでた羊のハツを食べた後に、羊のアキレス腱の醬油煮こみを口に運ぼうというとき、一口の白飯が、先に食べて舌先に残った味を拭い去ってくれる。食事の間じゅう、ひたすら羊肉ばかりを食べられるのはよほど鈍いやつだけだろう。

ところが「林家」は麻油麵線《マーヨウミエンシエン》（ゴマ油和えそうめん）しか扱わない。これは間違いだ。白飯を売る利益は少ないだろうが、置かなくてはいけないものだ。もし儲けにならないのが嫌なら、少々高く売ればいいだけのことで、どうしてまったく置いてくれないのか。何といっても、その麵線はまあふつう、といったところで、驚くほどの美味というわけではないのだから。

鍋いっぱいのうまい羊肉爐は、人に冬を賛美させるに足る。中国医学の観点からみれば、羊肉は味甘にして大熱、性は火に属すという。食べれば補中益気、安心止驚、開胃健力の効能があるとされる。羊肉爐を体験するには、にぎやかな環境の中で、ぴゅうぴゅうと吹く寒風が奏でる音楽を背景にするのがふさわしい。

客家小炒

〈客家風の豚肉とスルメの炒め〉

客家小炒《コージアシアオチャオ》は台湾の客家の女性が発明したものだ。

十九世紀のイギリスの学者アイテルは『客家漢人民族誌略』においてこう断言する。「客家の女性は、中国でも最も優秀な働く女性の典型といえる。」またあるアメリカ人宣教師の記録には「客家という民族は、牛乳の上にたまるクリームにたとえるべき輝きを持つが、その少なくとも七割は、客家の女性たちに由来するものといえる」ともある。

この料理は祭祀と関わりがある。客家が神に祈りを上げる際に準備する三つの捧げものは、たいていゆでた丸鶏に豚肉の塊、そしてスルメを用いる。招く神々は多きにわたるため、整える食材も貧相なものにはできない。客家の女性たちは祈りを捧げた後に、残った豚肉を細切りにし、スルメを水で戻してこちらも細く切り、自分の家で植えた青ネギを加え、醬油を垂らし、強火でさっと炒めることで、この塩気があって香り高く、よい飯のおかずになる美味な一皿を作り出したのだろう。

客家の捧げものは閩南人〔福建南部に由来を持つ人々〕とは異なる。閩南人が土地神を祀る場合、ゆでて火を通した鶏と豚肉のほか、ふつうは魚を捧げる。台湾の民間信仰の中の祭祀における捧げものは、生のものと火の通ったものに大別できる。生のものを捧げるのは関係が比較的遠いときで、火の通ったものは逆に関係が深くなじんでいることを表す。これに従えば、客家小炒はその前身から、親しみ深さ、という意味に関連していたことになる。

客家小炒は親しみ深い家庭料理として、客家料理の店ならどこでも食べられるものだ。客家の人々はもちろん、もっぱら自分たちに帰属するこの料理を「客家小炒」とは呼ばないうえに、台湾の南部と北部でも呼び名が異なる。南部の客家は「炒魷魚《チャオヨウユー》」と呼び、この名からは魷魚(イカ)が主材料であり、豚肉の細切りは飾りにすぎず、あってもなくてもよいことが見て取れる。北部の客家ならば「炒肉《チャオロウ》」か「小炒《シアオチャオ》」と呼び、こちらはしぜん、豚肉が主役ということになる。後に、客家小炒はだんだんに変化していき、押し豆腐に芹菜《チンツァイ》(細茎セロリ)、トウガラシにニンニクの芽、バジルに干しエビなどが加えられて、さまざまな顔を見せるようになった。

台湾における客家料理が重視されるようになったのは八〇年代以降で、特に選挙の時期となると、台湾の政治家はしばしば客家の出身であると訴え、客家料理が大好きだと言う。エスニックグループの一体感に呼びかける意図はあからさまだ。

政治家たちはイデオロギーを操るのが巧みで、何度もの大型選挙を経て、台湾の社会はすでに両極に引き裂かれて、水と油のごとく互いに許容できないところまできているが、こうした現象は非常に戯画化されたものだ。今となっては、この両極化したエスニックグループを融合させることができるのはおそらく飲食だけではないだろうか。どちらの陣営のどんな色の旗の下にいるにせよ、みなが美食を信奉しているからだ。たとえば蔣経国は名料理人であった李阿樹の「紅焼下巴《ホンシャオシアバー》（ソウギョの兜煮）」に夢中になったし、同じく李登輝は彼の「清蒸牛腩《チンジョンニウナン》（牛肩ばら肉の蒸し煮）」を称賛し、李登輝の右腕と呼ばれた宋楚瑜は「棗泥核桃糕《ザオニーホータオガオ》（ナツメ風味のクルミ入りヌガー）」に心惹かれ、台中市長を長く務めた林柏榕は「醬爆青蟹《ジアンバオチンシエ》（ノコギリガザミの醬油炒め）」にご執心、ロシアの文豪ソルジェニーツィンでさえ、彼の料理した北京ダックを深く愛したという。

　客家小炒の油と塩気と香りに富んでいるという美点は、客家らしい味わいをよく表現している。厳密にいえば、その主役は豚のばら肉とスルメで、脇役が押し豆腐にニンニクの芽、トウガラシに芹菜ということになる。スルメは肉厚で大きめのものを選び、戻した後で繊維に沿って細めに切る。最も難しい工程はスルメの戻し方で、戻しすぎれば歯ごたえがなくなってしまうし、戻し時間が短すぎると、これまた歯が丈夫でない人を軽んじることになる。また、豚肉を細切りにするときのやり方にもコツがある。切るときに、豚肉の皮を自分の方に向け、反対に向けないようにすることだ。炒めるときにはあまり油をけちってはいけない。あまり油を多く使って炒めると健康にさわりがあるとはいうものの、油が少ないと味わいに欠けるのは避けられない。私としては鍋から皿に移すときに、余計な油は皿に盛らないというやり方をお勧めしておく。

　北部の客家小炒はかならず芹菜を加えるが、南部では芹菜を加えず、ニンニクの芽を入れるだけだ。閩南人の影響を受けて、客家小炒は多くの場合、砂糖を加えて調味するが、その甘みは、実のところ客家小炒の初志には背くものだ。

私は三峡《サンシア》にある「牧童遥指客家村」の「苗栗小炒《ミアオリーシアオチャオ》」を評価している。調理を担当する女主人は苗栗の生まれだから、彼女の作る小炒には地名が冠せられているというわけだ。この一皿の主役は豚肉の薄切りで、スルメは脇役にすぎない。しかしスルメの戻し方はちょうどよく、香りも味も十分発揮されている。カギはおそらく肉を長めの薄切りにしているところにあり、調味料と脇役たちの香味を吸わせるのに効果があるうえ、食感も非常によく、ふつうの店の小炒が肉を細切りにしてしまうのとは段違いのうまさだ。

苗栗の銅鑼郷《トンルオシアン》にある「福欣園」の客家小炒は、先に豚肉の皮を取ってしまい、スルメにネギ、トウガラシ、干しエビと合わせて炒めてある。スルメの戻し方は正確で、嚙みごたえがしっかりとあるけれども、差し歯を欠いてしまうようなことはない。おそらくスルメを戻すさい、米酒を加えてあるのではないだろうか。そうでなくては、これほど香り高くはならないだろう。比較的独特なのは干しエビが入っていることで、何種もの食材が力を合わせて、その塩気、香り、油の表現するところは、文章なら傍点をつけて讃えてやりたいところだ。そうとも、油だ。この一皿を食べ終わると、皿の底にはまだたっぷりと油がたまっているほどだ。

苗栗の公館郷《ゴングアンシアン》にある「鶴山飯館」の客家小炒も豚肉を炒める時に皮を先に除いてある。これは何を美点として評価するか、という考え方の違いで、豚皮を除くのは食感の調和を求めるためで、豚皮を残すのはその嚙みごたえをスルメの歯触りと呼応させるためだ。たとえば「釀香居」では豚皮は残すが、それがまたうまい。

その桃園は平鎮《ピンジェン》市にある「醸香居」の客家小炒は、押し豆腐が柔らかく、スルメは歯ごたえ十分だががさがさせず、スルメの味が肉の細切りとともに、ニンニク、ネギ、バジル、トウガラシなどの香味によって表現しつくされ、墨をたっぷりと含んだ筆が勢いに乗って走っているかのようだ。醸香居は、懐古趣味を前面に出した客家料理店で、内装や小物は濃厚な懐旧の味わいをたたえている。壁にかけられた古い蓑に、ずっと昔の映画ポスター、骨董家具にアンティーク調のカウンター、ごはんを入れる木のおひつ、という調子だ。

「首烏客家小館」にはいくつも支店がある。平鎮市の店の一番の売りはもちろん生薬の何首烏《かしゅう》入りの鶏スープなのだが、予想を超えていたのは、客家小炒も決していい加減なものではないことだ。その他、封肉《フォンロウ》（豚肉の醤油煮こみ）や燜鯽魚《メンジーユー》（フナの煮こみ）、煎豆腐《ジエンドウフ》（豆腐の煎り焼き）などもみな指までしゃぶって味わい尽くしたくなるほどだ。また、家郷麵疙瘩《ジアシアンミエンガーダー》（ちぎり麵）も、鹹湯円《シエンタンユアン》の変奏というべきで、創意に富み、その滋味は称賛に足る。

桃園市の富岡《フーガン》駅前にある「信義飲食店」の客家小炒のうまさの秘訣は、伝来のネギ油にある。その香味は、ふつうに醤油で味つけをしたものからすると、背中も見えないほど隔たりがある。この店で最も特色のある料理は姜糸炒粉腸《ジアンスーチャオフェンチャン》（豚の十二指腸のショウガ風味炒め）で、粉腸は炒める時間が長いために、からっと香ばしく炒め上がり、ふつうの店の姜糸炒粉腸とはまったく異なる。

台北は華陰街の「広東客家小館」の客家小炒は、全体として味がやや甘すぎる。押し豆腐は揚げてあり、さっくりとした食感を足している。スルメは固すぎ、肉の細切りもややがさつき、芹菜やネギの表現も思うにまかせないようだ。

客家の祖先は唐宋時代以降、大量に南に向かって移住していき、まず福建・広東・江西の境界地域に集団で居住し、その後さらに南方、海外にまで移っていった。現在では数千万の客家が世界各地に分布しており、海あるところ客家ありとも言われる。

昔から「山にであえば必ず客家あり、客家がいなければ山に人は住まぬ」という言葉がある。これはもともと客家が中原から南方に移った時に山岳地域に身を寄せたことを指していたのだが、台湾に移住した時にも閩南人に半テンポ遅れてやってきたため、ここでもまた「客（よそもの）」となってしまった。よい場所はみな閩南人が先に占めてしまった。農業に適した土地は狭く、さらに勤勉に、さらに質朴に生活することを迫られた。地理から見ると高山が障壁となり、文化的な境界としてはたらき、エスニックグループの性格を形作っていった。客家の精神に内在するものは非常に豊かであり、団結すること、勇をふるって前進することはともに客家の文化の中心をなしている。

こうした性格は彼らの食生活にも影響を与えている。一種の閉鎖的な特質を帯びているために、相対的に飲食習慣全体を保存することになり、特殊な飲食文化の様相が形成されたのだ。たとえばさまざまなおかずと主食を兼ねる食品が作られ、「素、野、粗、雑」の四字で表される客家独特の伝統的な食事のありかたが形作られたのである〔客家料理は「素食（精進のもの）」に長け、野生の食材を使い、粗末な食材に手をかけ、雑穀をよく食べることに特色があるとされる〕。

ある日、「飲食文学特講」の教室で大学院生たちと客家小炒に関する経験について討論していたところ、学生の一人廖純瑜は自分の叔母の作る客家小炒がいちばんうまいといい、その秘訣は水ではなく米酒でスルメを戻し、炒めるときに醬油の代わりに肉の煮汁を使うことだといっていた。私はまだ実践したことはないが、聞く限りその道理にはうなずける。肉の煮汁は醬油だけよりも当然味が深くなるし、米酒だけで戻したスルメは水で戻すよりもうまいだろう。

封肉

〈豚肉の醤油煮こみ〉

詩人の二毛《アルマオ》は北京で「天下塩」というレストランを経営している。詩歌の芸術を厨房の芸術に溶けこませ、メニュー全体が台本のようにデザインされている。たとえば「第一幕」では自分の詩句を引用する。

ある種の口づけは脂身のよう　ある種の口づけは赤身のよう　ある種の口づけはばら肉のよう

ばら肉を口づけに喩えたのは、それが脂身と赤身が層を織りなし、柔らかく滑らかで、めずらかに香り、彼に豊満な姿態の美女を連想させたからだろう。二毛は肉を扱うのが得意で、その多くは四川料理の調理法を採り、味は非常に濃厚だ。彼ははたして台湾の客家風の封肉《フォンロウ》を食べたことがあるだろうか。

客家の封肉とは煮こんだ肉、滷肉《ルーロウ》のことだ。大封《ダーフォン》、小封《シアオフォン》の区別があり、大封は豚の脚肉か、大き豚ばら肉のかたまりを煮こんで作る。小封とはつまり紅焼肉《ホンシャオロウ》（角煮）だ。封肉の「封」の字は調理の過程で鍋の蓋を開けず、材料を容器の中に密封して、柔らかくなるまで火を通すことを指す。封の発音は豊富、豊満に音が通ずるのに加えて「勅封」の封の字の寓意もあり、高い官職に「封」じられることをも象徴する。

福建南部の同安《トンアン》にも「封肉」がある。肉をかたまりのまま鉢の中に入れ、栗にシイタケ、八角、桂皮、干しエビを加えて、蓋をして蒸籠の中で火を通し、テーブルに運んでから蓋を開けるのだ。

台湾客家の封肉はこれとは違う。大きな豚ばら肉のかたまりを用意し、先に湯に入れてゆでてから油で揚げる。揚げ加減は皮がふくらむまでだ。これはよけいな脂を抜く工程で、こうすると煮こんだ後に脂っこさが表に出ない。煮こむさいには醬油、ニンニク、紹興酒、甘いのが好きなら加減して少々氷砂糖を加えてもよいが、多すぎてはいけない。素材そのままの味にこだわるなら、八角や漢方薬材の類は入れない。また氷砂糖を入れずに、鍋底にいくらかつぶしたサトウキビを入れて合わせて煮ると、色合いと甘みを増すことができる。

万家香醬油の董事長の呉仁春氏はインタビューを受けてこのように語っていた。「客家の封肉は文化的な深い意味合いを持った食べものだ。初期の客家の人々の暮らしは苦しく、多大な体力を費やして労働せねばならなかった。そこで脂身の多い豚肉を好んで食べて熱量を補ったのだ。苦しい時代に封肉を食べるのはぜいたくな楽しみで、年越しか特別な時でなければ食べられなかった。封肉は客家が祝い事の宴会を開くときの名物料理だったが、後には閩南人たちの辦桌《バンドー》と呼ばれる宴会の主菜ともなっていった」と。

客家人は干しタケノコ「筍乾《スンガン》」が好きで、客家が作る封肉にはしばしばこれが入る。筍乾は必ず水につけて酸味を除いてから煮なくてはいけない。京劇の名優朱陸豪《ジューールーハオ》は幼いころ家が貧しく、年越しのときでなければ筍乾封肉《スンガンフォンロウ》を食べられなかった。この料理は筍乾を脂身の多い豚肉や鶏肉、鶏の骨とともに煮たものだ。朱陸豪は演劇一家の出身で、舞台で生まれ、その舞台で活躍した。美猴王こと孫悟空を演じて、生き生きと舞台の上で跳ねまわっては立ち回りをしたため、「台湾第一の武生《ウーション》（荒事を主とする立ち役）」と呼ばれた。武功にこれほど秀でていたのは、きっとしょっちゅう筍乾封肉を食べていたためだろう。

封肉にはいい醤油がたっぷり一瓶必要だ。醤油は肉を煮こむさいのうまさのカギといえる。目下のところ、世の中にある多くは混合式の醤油で、アミノ酸分解液を原料として、醸造した醤油を添加して作るもので、コストは安く済む。肉を煮こむには一般的に三十分以上はかかり、そうなると甕つぼで純粋に発酵させた黒豆蔭油《ヘイドウインヨウ》を使ってはじめて、煮こめば煮こむほどうまみが出る。黄大豆から作ったものでは、この甘く芳醇な風味に及ぶのが難しい。ましてや化学的に作った醤油はわずか数日で出来上がるもので、健康にもよいことがなく、歯牙にかけるまでもない。

台湾の「黒龍」「瑞春」は私が高く評価する醤油の蔵元で、ごくごくまじめに黒豆で醸造し、甕つぼのまま屋外で熟成させること百二十日以上、製造工程は四か月から六か月に及ぶ。かつて、嘉義県の民雄《ミンシオン》に「黒龍蔭油」の工場を訪れたことがある。そこで下洗い、浸水、蒸し上げ、麴造り、手入れ、麴洗い〔醬油の伝統的な製法では小麦を加えず大豆だけで麴造りをし、一度水洗いをする〕、蒸らし〔四十度から六十度程度を保って発酵を促す〕、塩を加えて甕に入れ、日にさらして熟成し、搾り、濾過、火入れなどの複雑な工程を経る。まことにゆったりとして長い道のりだ。好漢は苦境に磨かれることを恐れず、艱難《かんなん》汝を玉にす、というが、人はこんな励まされるような物語を求めているものだ。

古代の祭祀に豚肉を用いるさいには、角を立ててまっすぐに切らねばならなかった。孔子さまの言うところの「割《き》ること正しからざれば食らわず」というのがそれだ。作り方はといえば、かならずとろ火でゆっくりと煮こんだ。蘇軾《そしょく》の「猪肉頌《ちょにくしょう》」が示すとおりだ。「水は少なめに、薪をくべる加減は煙は立っても炎は立たず、煮えるのを待って急かしてはならぬ。」これはほぼ封肉を作るさいの方程式そのものだ。こうすることでのみ、肉質は滑らかで柔らかく弾力に富み、脂身は口に入れればとろけんばかり、赤身も柔らかくなり歯にやたらと挟まるようなこともなくなる。

清の袁枚は『随園食単』に、三種の醬油煮こみの肉の調理法を記しており、それは東坡肉の作り方にも似ている。

甘い味噌で味つけするか、醬油を使うか、また醬油も味噌も入れず、肉一斤あたり塩三銭を入れ、酒だけで煮こむやり方もある。水を用いるやり方もあるが、この場合には煮つめて水気をすっかり飛ばさないといけない。三種の調理法は、みな琥珀のような赤色にするが、焦がした砂糖で色を出してはいけない。加減が早すぎると黄色っぽくなり、ちょうどよいと赤く、遅すぎると

封肉
純
蔭油
黑龍
KIKKOMAN®
萬
龜甲萬
筍乾

赤が濃くなりすぎ、肉の赤身が固くなってしまう。鍋の蓋をたびたび開けると、油が出てしまい肉の味が油の中に抜けてしまう。およそ肉を切るさいには四角くはするものの、柔らかく煮こんでその角が取れ、口に入れると赤身のところもみな溶けてしまうのをよしとする。それにはまったく火加減が大切なのだ。世によく「粥は火を強めに、肉は火を弱めに」というのはまったく至言である。

それでは私たちが渇望する紅焼肉とは具体的にはどんなものなのだろうか。その基準には、優良な農畜産物であること、ある地域の特色を持つこと、高い調理技術によって作られ、官能に悦びをもたらすこと、合理的な消費の仕組みを持っていること、などが含まれるべきだろう。食品の安全、栄養、美味は、業者個別の成果にとどまらず、その地域全体の文化的水準をも表してくれる。安全というのは食物が化学物質や工業廃棄物、有害微生物などに汚染されていないことを指す。

遺憾なことに、私は肉を食べるときしょっちゅうびくびくせずにはいられない。台湾には常に不道徳な商人たちがおり、われわれに口蹄疫にかかった豚肉や、病死した豚の肉を流通させてくる。自然豚の誕生は、手痛い失敗の経験を経た養豚家たちによる。彼らは一九九八年に「肉品運銷合作社」を一般の市場からは離れる形で組織した。自分たちの牧場の豚を、HACCP《ハサップ》と呼ばれる国際的な総合衛生管理のプロセスを導入し、生産から流通までの過程を管理するようになったのだ。豚の出生から飼育、屠畜から包装、運搬に至るまでの各過程で安全と衛生を強調し、抗生物質やサルファ剤やホルモン剤を使わず、二重の認証を経るとしている。こうした「夢の豚肉」の最大の特徴は、豚の品種でも肉質でもなく、豚の飼育場の管理にある。これは優良な畜産業の最初の一歩であったし、飲食文化の向上のための有効な道筋になるだろう。

最近、上海の崇明島の泰生農場を見学した。そこでは二万頭もの豚が飼われているそうだ。農場では豚の排泄物を清掃するほか、発酵床を利用し、豚舎に木くずやもみがらを敷き、豚の排泄に役立てるほか、常時攪拌し、微生物を発生させることで、悪臭のもとになる物質を分解する。豚舎の周囲にはクスノキを植え、高い生垣を設けてある。また噴霧用の配管を設置し、オゾン水を撒いて臭気を分解しているとのことだった。アロマオイルを含んだものも撒かれているそうで、どうりで近づいても嫌なにおいはかなり薄かった。

農業部門の総監督である林宗賢教授が私を連れて堆肥の製造の場に行き、説明してくれた。豚の排泄物を固体と液体に分離した後に、どのように稲わらやアシ、雑草や野菜くず、残飯などと混合して堆肥を作るか。汚水は汚水処理槽に流され、六つの処理槽を経て浄化され、豚舎に再び利用されるか、水田の灌漑に使われる。発生したメタンガスを有効利用し、廃棄物や有害物質の排出をゼロにすることを目指すという。

封肉のいいところは、時を経てますます篤い義理堅さのように、温め直しても味を失わないところだ。また梁山泊の好漢のごときその性格をも備えている。かたまりで肉を食らい、大口で飯を頬張れば実に豪快で気風がよい。

封肉と合わせるには、あっさりとして熱いものがよい。やけどするほどあつあつの白米が、その脂の香りを最もよく表現できる。その肉の味、息遣いは挑発に満ちており、こらえきれない激情のようだ。情欲に満ち、人を魅惑する封肉のかたまりがあるのに一杯のあつあつの白飯がなければ、どんなに寂しいことか。

かたまりで肉を食らい、大口で飯を頬張れば、そのうまさは神の名を噛みしめるがごとし。激情と渇望が思うさま引き出され、心中に駆け上がってくる。人はみな、脂身を食べすぎれば健康に悪いと知っている。しかし実のところ、どんなによいものでも食べすぎれば身の毒だ。封肉は情欲にあふれた性格を持ち、常に人を誘惑しよだれを流させ、狂おしい悦びを与える。危険を忘れさせ、養生の限度を超えさせる——まるで禁断の場所に立ち入らせるかのように。

鹹湯円

〈白玉だんごのスープ〉

大学二年のころ、初めて彼女の実家を訪ねた。約束通り一人バスで桃園の新屋郷《シンウーシアン》の通りまで行くと、謝家のお父様がバイクで迎えに出てくれた。彼はどうも私と同じように口下手らしく、初対面のときに会釈をして微笑んでくれた以外は、道みちずっと無言だった。もうすぐだ、とついに口を開いてくれ、バイクはぐっと曲がって、小道に入っていった。

「あちらがお宅ですか?」私は自分でも交際下手なのは分かっていたから、なんとか話題を探そうとして、稲田の向こうの古びた赤レンガの農家らしきものを指さした。

「あれは豚小屋だ。」そっけない答えが返ってきた。その赤レンガの豚小屋の前を通り過ぎる時には、たしかに鼻が曲がるような臭気がただよっていた。私は急に自分がまるで脳たりんのブタのように思えた。

さっそく昼食ということになり、最初にテーブルに運ばれたのは客家風の鹹湯円《シエンタンユアン》だった。私はきまり悪くて口もきけず、熱烈な歓迎の雰囲気にも染まれずに、湯円が喉につまってのみ下せなくなったときのようなありさまだった。

客家の人々は、節句や祝い事など大切な日には集まって鹹湯円を食べる。それは物事が丸く収まることの象徴だからだ。台湾式の湯円は小ぶりで、中には何も入れない。作り方はもち米の生地をこねて小さな球状にし、一部は赤く色づけする。赤砂糖入りの糖水に入れれば甜湯円《ティエンタンユアン》になり、野菜や肉類などの材料を加えれば鹹湯円になる。閩南人が湯円を作るさいには、甘いもののほうを好む。最近、結婚式で流行している、揚げた紅白の湯円を落花生の粉につけて食べるのは、その結婚が丸く整うようにということだ。

鹹湯円を食べるのは客家人の習慣だ。新屋出身の歌手、謝宇威《シエユーウェイ》は湯円が好きで、客家人がしょっぱいものが好きなのは、客家の先祖たちが畑仕事や肉体労働をして、塩分を補給する必要があったため、だんだんにエスニックグループの飲食における基本要素になったのではないか、と解釈している。

「客家人は甘いものも入れないし、すっぱいものも入れない。客家人は甘いものを好かないので、醤油膏も口にしないんだ。」

同じ客家とはいえ、地域ごとに湯円の呼び方は異なっている。高屏《ガオピン》、六堆《リウドゥイ》などでは「円粄《イエンバン》」と呼ぶ。東勢《ドンシー》、西螺《シールオ》では「惜円《シアイエン》」、新竹や苗栗では「粄円《バンラーン》」と呼び、わけても桃園一帯の「雪円《シエイエン》」という呼び方は響きがよい。

台湾は小なりといえども、客家の湯円は南北で作り方も異なる。北部の湯円はやや小ぶりで、副材料はスープのほうに入る。南部の湯円はやや大粒で、肉餡を包む。小湯円は中身を入れないので、粄娘《バンニアン》と呼ばれる生地はほんの少しで形を作るにじゅうぶんだ。大湯円は菜包《ツァイバオ》（野菜まん）と同じように、多めの粄娘を取って丸める。こちらの生地はより軟らかく弾力に富んでいる。生地をこねて丸く整えるのは吉祥の暗示だ。客家人は新築の家に移る時、結婚、祝い事などのにぎやかなイベントのときには、かならず円満と家族のだんらんを象徴する湯円で祝うのだ。

鹹湯円の作り方は二つの手順に分かれる。もち米の生地を丸くこねて、湯で浮き上がるまでゆでる。シイタケ、干しエビ、豚肉の細切り、ニラ、ネギなどをそれぞれ別に炒めて調味し、各種の食材ごとに異なる効果を持たせておく。それらを鶏のスープに加え、仕上げにさらに油葱酥《ヨウツォンスー》（揚げ赤小タマネギ）を加える。湯円と副材料は別々に味を調えるが、行きつくところは同じだ。そのスープこそは肝要のところで、いい加減に調味料を加えてごまかすなどもってのほかだ。埔里《プーリー》の老舗「蘇媽媽湯円」のスープは豚骨、豚の赤身肉、干し貝柱、ニンジンなどの十数種の食材をまる一日煮こむ。数十年というものわれわれが信頼するのも不思議はない。新竹の「栄記」は中身なしの小さな湯円で、出汁はやはり豚骨で取り、肉質香（オスマゾーム）とシイタケ、油葱酥の味が際立つ。

私が評価する店は、どれも一分もおろそかにしていない。たとえば屏東《ピンドン》は大埔《ダープー》老街にある「阿柳湯円」の「鹹円仔」は見た目にはちっとも「円《まる》」くなく、形は水餃子に似ている。湯円の皮はぐっと噛みごたえがあり、中の肉餡には豚の肩ロース肉を使い、独特の調味料と自家製の油葱酥を入れ、濃厚な滋味をかもしだす。基隆の仁愛《レンアイ》市場にある「基隆市仁愛区仁四路三十一号大観園」は鹹湯円と猪肝腸《ジューガンチャン》の二品しか出さない。猪肝腸は基隆の独特の小吃で、挽いた豚肉と豚レバーを豚の大腸に詰めたものだ。二品ともに魅惑的で、半世紀以上も商売を続けている。また金門の「談天楼」は、湯円と麵の専門店で、湯円はよい出来だ。湯円は特に外の皮がうまく、たんねんにもち米で作ってあり、弾力に富む。独特なのは、鹹湯円の汁をかき玉にしてあるところだ。兵役についていたころは食べる機会がなかったが、かえってその後には何度も訪れている。

ある時、桃園は龍潭《ロンタン》の山あいを通り、農家の前に小さな看板が立っているのを見つけ、どうもうまいものが隠れていそうだと車を止めて門をたたいてみた。数分たってようやく聞こえたのか、ご婦人が応対に出てくれ、あの看板はうちのだよ、食べていくかい、と言ってくれた。その「三洽水郷村餐庁」には、一方の壁に主人が集めたという古い写真がたくさん貼られており、室内にはいくらか古い農具も並べられていた。ここの客家湯円は鶏の出汁をベースに、ニラ、シイタケ、干しエビ、紅葱頭《ホンツォントウ》(赤小タマネギ)が入り、湯円は弾力に富み、その滋味はまさしく絶佳といえた。農村料理はいつもたいそうな量で来るが、一人での食事だったので、実に五人前はありそうな湯円は食べきれず、そのうえさらに白斬鶏を半羽に福菜脆筍《フーツァイツイスン》(漬物とタケノコのスープ)、燜土鯽魚《メントゥージーユー》(フナの煮こみ)となるといううまでもなかった。

中央大学の近くにはうまいものがないので、私の授業はどれも午前中にしてあり、昼は大学を離れていろいろと食べ歩く。時には台北にもどって延平北路の「鮮肉湯円」まで回って昼食を取る。主人の施氏は一年以上寝かせた短粒のもち米で湯円の皮を作る。肉餡には黒豚のモモ肉を使い、コショウに五香粉、油葱酥で調味してある。出汁は豚骨を三時間煮こみ、スープの中には干しエビ、冬菜、カツオブシ、芹菜《チンツァイ》、春菊が入る。

肉餡を包む鹹湯円の中には、一つが極端に大きなものもある。先ほどの謝宇威は、彼の家の湯円は一つがゆうにげんこつほどもあり、どんぶりに一つしか入らないほどだという。屏東の竹田小学校の斜め向かいの「竹田鹹湯円」も大きめで、中には切り干し大根と豚肉、押し豆腐、油葱酥が入り、外皮は軟らかくてもっちりしている。

長女の珊珊《シャンシャン》が三歳のころに、胃腸炎を起こして馬偕医院に入院したとき、その何日間かというもの、仕事に行く前とひけた後にはどちらも病院に寄った。娘が木の板で注射針を固定した腕を上げて私に見せてくれるにつけ、心がしきりに痛み、ひざまずいて娘の頬にキスしてやり、小さな手をひいて病院の遊戯室に歩いていったものだ。

分からないのは、あらゆる病院が飲み下すのもむずかしい代物を食事として出していることだ。医師があれほど心血を注いで治療にあたり、患者と家族はじゅうぶんかわいそうなところに、そのうえなぜ家畜のエサめいたものを食べさせるのか。ほんものの食べものを少しでも提供することはできないのだろうか。さいわい、馬偕医院の裏は双連《シュアンリエン》市場だ。文昌宮の横の路地にある「燕山湯円」は独特のスタイルで、おそらくは入院している患者が常に補血の必要があるためだろうか、豚レバー入りや豚の小腸入りの鹹湯円を提供している。湯円の皮は非常に薄く、肉餡の風味は魅惑的で、スープの中のレバーはさらりとして軟らかく、栄養に富むことを感じさせてくれた。

岳母が手ずから作る鹹湯円の風味はまさしく絶佳といえる。鶏のスープに、湯円の皮はもち米の粉でなく、うるち米だけで作り続けている。それにくわえて自分で育てた春菊が入り、新鮮さ、柔らかさ、安全さどれをとってもすばらしい。私は初めて食べたときには、きまり悪さに脳たりんのブタのようになっていたが、それでもしばしばその美味を思い出していた。あの濃厚なスープには呼吸のリズムまで指揮されるようで、湯円はきめ細かく、深い愛情のようにもっちりと粘り、まとわるように続く味わいの響きを持っている。

三

棺材板

〈クリームスープ入り揚げパン〉

四十年経って、再び台南の「沙卡里巴《さかりば》」を訪れた。以前の場所から中正路に移り、一帯は新南小学校の新築工事現場に取り囲まれて、店々の看板は懸命に高く掲げられ、まるで力戦して包囲を突破しようとするようだった。商業地の中はほの暗く、昔の繁栄やいずこ、なんとか残った「栄盛米糕」「老牌炒鱔魚」「阿財点心」そして「赤崁点心店」などが昔の記憶を守ってくれていた。

棺材板《グアンツァイバン》を一皿頼んで、切り開くと、中のとろりとしたルーが流れ出し、さっくり揚げられた食パンがルーの中に浸った。その滋味は昔のままだったが、そこにはどこか、世の移ろいに取り残された境遇から来る味わいが加わっていたように思えた。伝えられるところでは、棺材板はこの赤崁点心店で生まれたのだという。店主の許六一氏が降って湧いた奇想によって作り出した西洋風のスナックで、もとは「鶏肝板《ジーガンバン》」といった。黄金色に揚がった食パンは、中がくり抜かれてさっくりとした食べられる器になっている。中身は鶏レバー、イカ、グリーンピース、ニンジンが入り、煮てから牛乳を入れてとろみをつけてある。味は台南の大部分の食べものと同じく甘みが強い。この店は一九四二年の開

沙卡里巴
棺材板
盛り場
SAKARIBA
赤嶺

業なので、棺材板が世に出たのもきっと四〇年代ということになるのだろう。

貧しい時代に、鶏レバーなどの内臓は高い食材だったが、今ではだんだん使われなくなり、二代目の伝承者の許宗哲氏は、現代人の養生の観念に合わせて、棺材板のルーにレバーを入れないことにし、海鮮と野菜に変えたのだそうだ。

沙卡里巴は「盛り場」を意味する台湾式の日本語で、栄えた場所の意味だ。当時は花柳の巷とともに興ってきたものだ。日本統治時代、現在の西門《シーメン》のロータリー一帯は台南で最もにぎわう夜市で、映画館や芝居小屋、酒場、占いや薬屋、手品などの演芸があり、また各種の小吃の屋台が出ていた。台湾光復が成った後は康楽市場と名を変えたが、人々は昔ながらの名で呼ぶのを習わしにしていた。盛り場の真ん中の「り」は訓読みする必要があることを表している。この言葉は日本で江戸時代に生まれたらしく、今でもそう呼んでいるのだから、懐かしみを強く感じる言葉だということになる。

古い夜市は祝融の災いに見舞われることが多いが、ここは五度もの火災に遭っている。いちばんひどかったのは一九九〇年のことで、海安路から友愛街まで一帯が焼け、多くの老舗が一夜にして灰になってしまった。店が焼けても、その店の手わざは別の場所に伝わって営業が続けられた。たとえば炒鱔魚《チャオシャンユー》（タウナギの炒め）や米糕《ビーゴー》（おこわ）、鍋辺趖《ディンビエンスオ》（ひもかわうどん）に棺材板などだ。

店主の許六一氏の追憶によれば、台湾大学の考古調査隊が鶏肝板を食べにきたとき、その中の一人の教授がこんなことを言ったのだという。この食べものの形はわれわれが発掘している石棺にそっくりだ、と。店主はこの言葉を聞いて、挑戦心と好奇心をそそられて、名前を改めたのだという。別の説では成功大学の付属工業学校の教授だったともいう。ここからもわれわれの社会がたいへん教授というものを尊重していることが分かる。市井の民草は常に教授に対して恭々しくふるまい、自分たちよりもたくさん本を読み見聞も広いものと思っていたのだ。

当時、夜市には四十数軒もの棺材板を売る店があった。唐魯孫は「棺材板」の一文でこのように追憶している。

エア・アジアにアメリカ人エンジニアのスミスという男がいて、夜市の小吃の屋台の常連客だった。彼はある棺材板の屋台で料理をする少女が見目麗しいのに気づいた。彼女が作る棺材板はビーフカレーが詰められ、さっくり揚がっているのにしつこくなく、この外国の友人の口に合った。そこで毎日通いつめ、この娘さんが蔡阿綢という名だと聞き出した。一年に百七十回以上の記録を作って追いかけること一年余り、とうとう思いを遂げて結ばれたという。

この西洋人はまことに運がいい。うまいものが食えて美女に会えるというのに、一年にたった百数十回とは、小せえ、小せえ。

私はやはり手元不如意な高校生のころにはよく食べたもので、むかしわざわざ列車に乗って台南に向かい、まっすぐ沙卡里巴に行って棺材板を食べた。当時は直方体で、上に揚げたパンがかぶせられていたので、形は今よりさらに棺桶に似ていたように思う。やはりというか、この名前は人を不安にさせると見え、吉祥を求めて名前を「官財板」と変える店もある。たとえば花蓮は自強夜市《ツーチアン》の「蔣記」や「法式」がそうだ。花蓮の官財板は別に一家をかまえ、当地の創意になるものと強調する。パンは先に卵液に浸してから揚げ、中身は焼肉と炒め物の概念を融合し、伝統的なとろみをつけたスープを廃したために、中身は比較的水気が少なくさっぱりして、ややハンバーガーに近いものになっている。またナイフやフォークを提供せず、紙袋の中に入れて、歩きながら食べられる。この二軒はどちらも一点買うと飲み物をつけてくれ、中の具の種類は非常に多い。たとえば宮保鶏丁《ゴンバオジーディン》（鶏肉と落花生の四川風炒め）、三杯鶏肉《サンベイジーロウ》（醤油と米酒とゴマ油風味の鶏肉）、鳳梨蝦球《フォンリーシアチウ》（パイナップルとエビの炒め）、また沙茶醤《シャーチャージアン》、サテソース、葱炒め、甘酢風味、蜜汁《ミージー》（甘煮）、漬物炒めなどなど、各種の味つけの肉料理が入る。

棺材板は台湾の飲食文化の国際化の先駆けといえ、容器に使うトーストとクリームスープの形式も、ナイフとフォークも、西洋の要素に属するし、鶏のレバーもフランスのフォアグラを連想させる。しかしそれらを一つに合わせると、はからずも台湾らしさにあふれたものに変わってしまう。実のところ、この種のクリームスープはナイフとフォークで食べるのにまったく向いていないのだ。

それは一種の想像上の西洋式のスナックだった。西洋人の主食はパンであると想像し、西洋人はテーブルではナイフとフォークを使い、西洋料理ではクリームスープを飲むのだろうと想像し、そして鶏肝板が生まれた。鶏レバーにせよガチョウのレバーにせよ大した違いはない、西洋に学ぶのも一種の必要からで、日本だって明治維新のころには全面的に西洋に倣って、だんだんに力を増したのではないか、と。

　近代の華人は百年以上もの屈辱を受けて、進歩と文明化は全体が渇望するものになっていた。棺材板は西洋料理が東に伝わるという脈絡を残しており、西洋の飲食文化が与えた衝撃の痕跡であるともいえる。それは新たな変化を求める精神を焼きつけているのだ。今では消えつつあるこの小吃の性格は、不器用で純朴なものだ。

甜不辣

〈てんぷらのおでん〉

基隆のことを考えるたび、廟口《ミアオコウ》夜市に並ぶ小吃を思い出す。それらの小吃の中でもまず頭に浮かぶのが「天婦羅《ティエンフールオ》」だ。ひとたび廟口第十六号屋台の「王記」の天婦羅に思い及べば、唾液があふれんばかりに分泌され、よだれを飲みこむのが追いつかなくなるほどだ。この屋台は一九五六年の創業で、廟口の居並ぶ屋台たちの中では歴史は決して長いとはいえないのだが、私の心の中では大事な、かの地におけるランドマークだ。

天婦羅、甜不辣《ティエンプーラー》、黒輪《オーレン》はどれも台湾の典型ともいえる文化的混淆から生まれた食べもので、日本から渡った人々が残した食文化だ。基隆廟口こそその発展の源だろうと思われる。

天婦羅は日本語の「てんぷら」から来た名で、魚のすり身を油で揚げたものだ。たいていはサメの肉を細かく挽き、浅い皿の形に押し固めて、外側が黄金色になるまで油で揚げる。それを甜辣醤につけ、キュウリの漬物の薄切りを添えて食べる。天婦羅がうまいかどうかはすり身の質の良し悪しがカギだ。残念なことに今のすり身はたいてい卸しの工場から買ったもので、新鮮でない雑魚から作られる。かの基隆廟口の第十六号屋台は世俗に染まらず、ごくまじめに小さなサメとハモを材料にして、そこに片栗粉に砂糖、味噌、うまみ調味料を加えてすり身にし、作ったそばから揚げていく。このような本来あるべきやり方で作った食べものが、質の悪かろうはずがない。

天婦羅は落花生油とゴマ油を合わせて揚げるのがいちばんよいが、自分の家で作るのは難しい。揚げ鍋はじゅうぶんな大きさが必要だが、誰も天婦羅を一度揚げるだけのために鍋いっぱいの落花生油を費やそうとは思わないからだ。

素材に衣をつけて揚げるほうの天ぷらと台湾の「天婦羅」にはいささか違いがある。名前からいうと、日本の関西でいう「てんぷら」が台湾の天婦羅のことだ。関東では天婦羅のことは「薩摩揚げ」と呼び、当の薩摩こと鹿児島では「つけあげ」と呼ぶ。

台湾の「甜不辣」となると、すり身を揚げた後に煮る工程を経る。魚丸《ユーワン》(魚つみれ)、猪血糕《ジューシエガオ》(豚の血ともち米のプディング)、大根、キャベツロールなどとともに供され、食べるときにタレをかける。現在最も普遍的なすり身製品といえ、どこでも目にする。

台北は西園路の「亜東甜不辣」のキャベツロールは良い。単純にキャベツを巻いただけなのだが、さっぱりとして甘みがあり歯ごたえもよく、青物の香りがただよう。ただ惜しいのは、この店は特製のタレにこだわりすぎていることで、醬油と味噌でできたタレは、風味は格別であるものの、どのタネにも同じようにかけてしまうのは良くない。どれも同じ味になり、区別がつかなくなってしまう。

甜不辣はもちろん看板の一品で、たしかになかなかよい味だ。タレもこれにつけるのはぴたりと合う。

いっぽう師大路の「烏頂関東煮」は、どの調味料もつけダレも、客が自分で塩梅する。これは比較的人間性にかなったやり方だ。

台湾北部では「天婦羅」をよく見るが、南部はというと「黒輪」が多い。黒輪は日本語で「おでん」の意味で、そのため口に出すときには閩南語で「オーレン」と発音するのが正しい。日本の関西ではおでんのことを「関東煮き《かんとだき》」と呼ぶ。台湾の南北では大きく違いがあり、北部の人間はこの料理と中の練り物を甜不辣と呼ぶ。練り物一つの大きさは南部の黒輪の四分の一ほどしかない。以前、高雄で食べた黒輪には、すり身にゆで卵がまる一つ入っているものもあった。カジキをすり身にして、ゆで卵と砂糖を加えて混ぜ、鍋に入れて揚げるのだ。

私はというと、やはり揚げたての天婦羅と炭焼きの黒輪を偏愛している。屏東《ピンドン》潮州の「廟口旗魚黒輪」は捕れたばかりのカジキで作り、ホウ砂を添加していないと強調している。だから新鮮で大いに人気があるのだが、この店の黒輪のタレは醬油膏《ジアンヨウガオ》とカラシで、独特の味わいだ。東港華僑《ドンガンホアチアオ》市場の中には、創業百年を超える「瑞記旗魚黒輪」があり、こちらも新鮮で美味、確かな材料を使い、防腐剤を入れないことで有名だ。この店の黒輪の作り方は基隆廟口の天婦羅と同じくどれも作りたてで、表面が黄金色に揚がったところをすぐに食べる。懇切ていねいに作った昔ながらの味わいこそ、飲食文化振興のための正道といえる。

高校に通っているとき、発育まっさかりで運動量が大きかったからなのか、それともその屋台で売っていた黒輪の滋味があまりに蠱惑的だったからなのかはわからないが、授業中ずっと心は教室の中にはありはしなかった。学校の塀の外のその屋台がちょうど黒輪を焼いているところで、油煙がふわりと教室に漂ってくると、凶暴な食欲が刺激され、私の脆弱な意志などは打ち砕かれてしまう。じりじりしながら授業が終わるまで耐え忍ぼうとしていたのに、もう狂おしいまでの空腹に耐えがたくなり、塀を飛び越えて食べに行くヤツもいれば、鉄の門の隙間から取引をするヤツもいた。その黒輪は南部の特産で、台湾の他の地域では見ることが少ない。見た目はどっしり大きく、すり身は実に歯ごたえがある。炭火で膨らむまで焼かれ、表はすこしかりっとしている。トウガラシのペーストをつけて食べれば、『水滸伝』の梁山泊の好漢のごとき男っぽさを備えて、痛快極まる。

この高校時代の「黒輪」が私の甜不辣における美学に影響しているため、この調理法こそ美味であると理解しており、あぶり焼きのほうが煮るよりも人を魅惑する力があると思っている。魚にせよ肉にせよ、長く煮こんでしまえばその滋味を完全に失ってしまうが、かえって鍋の出汁は、すべての精華を受け入れて、その甘美さは比類ない。

天婦羅、甜不辣と黒輪は台湾における練り物の小吃の系譜を形にしたものだ。台湾の有名な小吃は集まって市場を形成していく。典型的なのが夜市だ。夜市の多くはある廟宇を中心とする。参拝が盛んになれば、各地の参拝客を引きつけ、徐々に周辺において食べものの屋台が一定の規模にまで発展する。そしてやがては美食を中心とする観光地を形作るに至り、都市の商業的中心地にまで飛躍していくのだ。基隆の「奠済宮」の門前にある小吃が集まる地区もこのように生まれてきた飲食文化だ。この廟周辺は日本統治時代には花街で、商業地帯でもあり、瑞芳《ルイファン》や九份《ジウフェン》、金瓜石《ジングアシー》から来た多くの商人や採掘工たちを呼び寄せ、その人波が門前の屋台を徐々に店として固定していったのだ。

夜市にはしばしば、西洋と本土、精緻と粗野とが混じりあう場面が現れ、異文化混淆の美学を体現する。台湾の社会というのは浅い皿のようなもので、あらゆるものの流行の周期はごく短く入れ替わる。以前ひと頃赤ワインが流行ったときには、誰もかれもが赤ワインをまるでビールをあおるように飲みだした。いきなりポルトガル式のエッグタルトの流行りに移ると、そこかしこに「アンドリュー」や「マーガレット」といったエッグタルト屋が現れた。その流行からいくらもたたないうちに、社会全体が同じ巣の蜂のようにパン屋の入り口にひしめき、「ビッグエッグパン」とドーナッツに行列するようになった。対してわれわれが好むこうした練り物は、徐々に安定した台湾の味わいになりつつあるようだ。エスニックグループの歴史的記憶が、一皿の甜不辣の中に濃縮され、ポスト植民地時代の飲食文化の中に刻みつけられている。

炸排骨

〈豚肉の衣揚げ〉

「飲食文学と文化」国際学術研討論会の二日間、昼食の責任者になった大学院生に、どこで弁当を買うべきか尋ねられたので、会場から遠くない「大福利排骨大王」の排骨飯《パイグーファン》（豚肉の衣揚げのせ飯）を推薦した。はたして、参会の学者たちはみな生き生きとした様子で食事をし、間接的に会議の成功をうながしたといえよう。

「大福利排骨大王」は我が家の近所で、入り口には大きな揚げ鍋があり、通り過ぎると濃厚な炸排骨《ジャーパイグー》の香りがふと鼻をつく。この店の豚肉は叩いたりせず、小麦粉の衣も薄く、揚げ色はかなり濃いめだ。というのも下味のつけ方に実に工夫があるからで、味つけは濃く、塩気と甘みが引き立て合う。排骨飯はこの店の看板の一つで、主人は米にもこだわっていると強調する。七割を短粒の米、三割を長粒の在来米を使うのだという。この店は台湾大学の向かいにあり、創業からすでに四十年になる。台大の関係者がみなよく知った味で、懐かしさも感じるだろう。

肉質が新鮮でうまみがあること、というのはわれわれの炸排骨に対する基本的な要求だろう。炸排骨はふつう、冷凍を経ない豚ロースやヒレを薄く切ったものを用いる。わけても小里肌《シアオリージー》（ヒレ肉）がよい。ヒレ肉は豚の背骨の下、あばらにつながる棒状の赤身肉で、豚肉の中では最も柔らかい部位だ。水分が多く、脂肪は少なく、繊維がきめ細かい。「田園台湾料理」の看板料理の「黄金排骨《ホアンジンパイグー》」は、台湾風味のより濃い「排骨酥《パイグースー》（豚肉のカリカリ衣揚げ）」流のものだが、一般的なロース肉は用いず、一口大のリブ肉を使っており、嚙みごたえが独特だ。炸排骨以外にも、この店の肉羹《ロウゴン》、肉臊飯《バーソープン》、蝦餅《シアビン》（エビのすり身揚げ）と滷花生《ルーホアション》（味付けゆで落花生）もみな大変うまい。

排骨は揚げる前に下味をつけるが、そのさいの調味料にはたいてい、醬油に酒、コショウ、五香粉、砂糖とニンニクが使われる。炸排骨に白飯と野菜を添えれば、たちまち排骨飯になる。非常に庶民的な台湾のファストフードで、どこでも食べられる。主役は炸排骨だとはいっても、排骨飯となると、完備された美感とでもいえるものを表現しうる。米の飯はたいてい肉の煮こみをかけた滷肉飯《ルーロウファン》になっており、ふつうはこれに三つほどの野菜の副菜がつき、スープが添えられるから、完備され満足のいくすぐに食べられる食事となる。よくあるファストフードのセットメニューなど、その背中も見えないほど後ろに引き離されてしまう。炸排骨は白飯や漬物、キャベツの千切りとともに食べるのが最高だが、その他にビールともとてもよく合う。あらゆる炸猪排の店には、ビールも売るようにアドバイスしておきたいところだ。

排骨飯と私たちの生活のつながりは密接で、特に会議のときの弁当や、忙しい時の一食に充てられる。私がいちばん好きな店はというと、西門町《シーメンディン》の「玉林鶏腿大王」かもしれない。すでに還暦を迎えた店で、ここの炸排骨は一種精緻な趣があり、白飯にかける肉そぼろの煮汁もまた上等だ。聞くところでは、揚げる時の衣には三種の粉を用いて特別に調合しているのだとか。私は炸排骨を食べるさいにタレに浸してしまうのが好きではない。彰化《ジャンホア》の「黒肉麵」の排骨のように揚げてからタレの中で煮こんでしまうのも、うまいにはうまいが私の心にかなう対象ではない。

揚げ物はさっくりと香ばしいことを追求するもので、外がさくっと中は柔らかくすると、肉汁を中に留めるのにも効果的である。このレベルから言うと、私は日本風のとんかつを偏愛している。表面はさくっかりっとして黄金色をしている。日本の「剣豪小説」の先駆者である本山荻舟は、演劇の評論と、また美食の研究でも聞こえた人物で、とんかつを食べる際にも非常に心得があり、このように書いている。

豚肉を好みの厚さに切り、形をととのえ、うすくメリケン粉をまぶした上に、つぶした鶏卵をぬりつけ、さらにパン粉をまぶし、熱した油でカラリと揚げる。油はラードがよい。〔池波正太郎『食卓の情景』（新潮文庫、一九八〇年）の引用に拠る〕

最後の一言が重要で、ラードを使って揚げたものは特別香ばしく、他の油では出せない滋味がある。その他、オリーブオイルは揚げ油には向かない。特に長時間揚げると、焦げたにおいが出やすくなる。近ごろ、衛生局が揚げ油を抜き打ち検査をして不合格になった中に、二軒のよく知られた炸排骨の店が入っていたのは、まったくがっかりだ。

炸猪排はぱっと見には単純だが、実のところ自分の家で作るのはたやすいことではない。思うに、炸猪排には専用の調理設備が必要で、一般的な家庭の小さな鍋とコンロでは揚げものには適さない。豚肉にせよ鶏モモ肉にせよ、揚げるときには大鍋で調理するのがよい。小さい鍋で油が少なすぎると、材料を入れた後、油の温度が急激に下がってしまい、仕上がりに質の差が出ることは免れない。

食材を沸騰した水の中で調理することを「煮《ジュー》」といい、鍋の油の中で調理することを「炸《ジャー》」と呼ぶ。液体の熱容量にはそれぞれ差があり、その中に浸した食材にもまた異なる作用をもたらす。たとえば食材を水中で煮ると柔らかくなるか形を失い、時間が長くなるとさらに水中に溶けてどろどろになってしまう。食材を油の鍋の中に入れて沸き立たせると、色は深くなり、溶けることはなく、内部の水分が閉じこめられるだけだ。もし揚げる時間が長すぎると、水分が蒸発し炭化してしまう。

揚げるという意味の「炸」とは、たいへん滋味深い動詞で、この火と大量の油を用いる調理方法は各地の料理に広く用いられている。油で揚げる食べものは、一般的には衣をつける処理をして、素材が焦げてしまわないよう保護するとともに、さくっかりっとした食感を得られるようにする。炸にはさまざまな下位分類がある。たとえば乾炸《ガンジャー》、清炸《チンジャー》、酥炸《スージャー》、軟炸《ルアンジャー》（卵か水をつけて粉をまとわせ揚げる）、脆炸《ツイジャー》（カリカリの衣揚げ）、板炸《バンジャー》（パン粉揚げ）、紙包炸《ジーバオジャー》（紙包み揚げ）、蛋白炸《ダンバイジャー》（泡立て白身衣揚げ）、油浸炸《ヨウジンジャー》（油の余熱で火入れをする）、油淋炸《ヨウリンジャー》（熱した油をかけて火入れをする）などだ。

台湾でよく見られる炸排骨の多くは乾炸、清炸、酥炸の三種のいずれかに属する。油の温度が百六十度から百八十度くらいになったときに鍋に材料を入れる。乾炸と清炸はどちらも先に原料に下味をつけておくが、それぞれ違いがある。前者は油に入れるときに先に粉をはたく。たとえば「玉林鶏腿大王」「大福利排骨大王」などだ。後者は粉をはたかず衣もつけない。淡水《ダンシュイ》老街の「義裕排骨」がそうだ。酥炸となると、原料に先に専用の粉をまとわせる。揚げ上がると粉がふくらみ、表皮はさっくりほろりとして香ばしくかりっと揚がり、中にはうまみと水分が閉じこめられて柔らかく仕上がる。日本式のとんかつはこの類に属するとしてよいだろう。こうした酥炸粉は自家製にすることもできる。卵白を泡立てたところに小麦粉を加えるのだ。

油の沸点は水の百度に対しておよそ三百度で、それだけ早く調理することができる。日本の詩人、長田弘に、「コトバの揚げかた」というよい詩がある〔『長田弘全詩集』みすず書房、二〇一五年所収〕。詩作を揚げものに喩えており、前半部分はこんなふうだ。

じぶんのコトバであること。
手羽肉、腿肉、胸肉の
骨付きコトバであること。
まず関節の内がわに
サッと包丁を入れる。
いらない脂肪を殺ぎおとす。

皮と皮のあいだを開く。
厚い紙袋に
小麦粉とコトバを入れて
ガサガサと振る。
そして深い鍋にほうりこむ。
油を沸騰させておいて
じゅうぶんに火をとおす。
カラッと揚げることが
コトバは肝心なんだ。

長田弘は、自分の言葉を使わなければならないと強調し、手羽、腿、胸の骨付きの言葉でないといけない、という。

油で揚げるという調理法は、新鮮とはいえない食材を飾り立てるための一種のごまかしの手段にもなりうる。試みに考えてみれば、いいかげんな肉でも、肉用の軟化剤を使ってその肉質と食感を変え、大量の塩に砂糖とうまみ調味料で悪くなった肉のくさみを覆い隠し、さらに油に入れて揚げ切ってしまえば、強烈な味覚の要素がいっぺんに押し寄せて舌の感知システムを満足させてしまう。それはまるで不誠実な口先が大量のおべっかで純真な耳を欺くようなものだ。いったんこうした濃い味に慣れてしまうと、さっぱりとして健康的で素朴な本質を受け入れるのが難しくなってしまう。

私たちが健康でうまい炸排骨を期待するのは、真摯な人情を期待するようなものだ。吉本ばななの小説「満月」では、おいしいカツ丼が桜井みかげと雄一を救い、二人に互いへの信頼に足る愛情を見つけ出させる。あのカツ丼は、めぐりあいから人生の滋味を分け合うことを見つけ出すまでの重要な役割を演じているのだ。

紅糟焼肉

〈紅こうじ漬け豚肉の衣揚げ〉

涼州街に沿って西に向かい、延平北路三段を過ぎると、ふとあたりの雰囲気が一変するのを感じる。あたかも時間の歩みが遅くなり、黄ばんだ古い写真の中に入りこんだかのように。人力の三輪車に自転車、通りじゅうに張り出した茶問屋の看板、道端に積まれた運送待ちの茶箱。この延平北路とその西側の地区が大稲埕《ダーダオチョン》だ。また稲江、稲埕の名もあり、日本統治時代は太平町と呼ばれた。その間ずっとあまたの美味なる小吃が集まっている場所だ。

当時の日本人は太平町をこんなふうに描写している。

家屋は欧風に似寄った煉瓦造りで、而《しか》も二階三階と云う堂々たる連続家屋に、停仔脚と称する共通の軒下行路を作り、炎熱と降雨を防ぐと云う独特の構造で業々しい色彩に、風俗に城内とも違ったエキゾチックな情趣が横溢して居る。又本島重要輸出品たる米、茶の取引地だけに商勢活況を呈し、ますます本島貿易に寄与して居る。〔『台湾写真大観』写真大観社、一九三三年〕

永楽小学校の教室は、今でも伝統的なアーチ型の門のついた廊下を保っている。安西街を右に曲がると、並んだ行列が「売麵炎仔」の看板よりも目立っている。隊列はゆっくりと進み、とうとう私の番に回ってきて、入り口で注文した。沏仔麵《チェッガーミー》を一杯、鶏油飯《ジーヨウファン》（鶏油かけ飯）を一杯、紅糟焼肉《ホンザオシャオロウ》を一皿、白斬鶏《バイジジャンジー》に鯊魚煙《シャーユーイエン》（サメ肉の燻製）も一皿ずつ。頼みすぎてしまったようだが、こんなに長く待ったのだから、度を越しているということにはなるまい。

通るよ、どいてどいて。狭い通路で注文をしていると、時に大きなステンレスの皿で紅糟焼肉を運ぶ店員を避けないといけない。どいてどいてという声に、肉を切る音、麵を食べる音がたえず耳に届く。若い主人は止むことなく鶏や豚の肉を切り分け、その機械のようにすばやく規則正しく動く手は、まるで休むことを知らないようだ。

「売麵炎仔」は、安西街の最も心動かされる風景となっており、中でもその紅糟焼肉は私の心をとらえて離さない。肉は紅糟《ホンザオ》に漬けてから二度揚げしてある。先に火を通して二度揚げでさくっとさせるやり方は、肉汁を閉じこめるのに有効だ。色合いはしっとりと赤く、さくっと歯切れがよく、うまみがあって柔らかいながらも歯ごたえが豊かだ。塩気と甘みの調和が取れており、豚の脂の香りと紅糟の発酵の香りが相まっている。これのためなら列に並ぶのも納得だ。私が食事を終えると、紅糟焼肉がまた厨房から運び出されてきた。店の外に並んでいる列はますます長くなり、ゆっくりと動き続けている。

紅糟は米酒、紅麹、糯米を発酵させて作る。色も香りも味も白糟や黄糟よりも秀でており、料理に使うのに合っている。しばしばこれで豚肉、鶏肉、アヒル、ウナギ、つぶ貝の薄切りなどを漬け、飯にまぶすと紅糟飯になる。紅糟は福州料理を表す基本的な記号といえる。福州《フージョウ》の紅糟肉はどれもとろみをつけた煮汁をまとい、性質としては紅糟扣肉《ホンザオコウロウ》、つまり紅糟の風味で煮こんだ肉に属することになる。福州の「聚春園」や「安泰楼」で味わった紅糟肉はどちらも濃くとろみのついた煮汁がついていて、光餅《グアンビン》（ごま付きパン）に挟んで食べる。西安あたりの肉夾饃《ロウジアモー》（焼肉を挟んだパン）に近いやり方だ。台湾の福州料理店で出すものもこれと同じで、「福州新利菜館」の紅糟三層肉《ホンザオサンツォンロウ》は揚げずに煮こみ、濃厚なとろみのある煮汁が添えられており、やはり餅《ビン》に挟む。

こうした福州の血統は、台湾の郷土文化の中に溶け合っていった。台湾の紅糟肉は、油で揚げるという工程があるので「焼肉」とだけ呼ぶことも多いが、実のところ両者は少々異なる。紅糟肉は豚肉を紅糟、醬油、ニンニクとショウガで漬けこんだもので、下味をつけたあとにサツマイモのでんぷんをつけて揚げる。焼肉の下味には紅糟を入れない。たとえば彰化は員林《ユアンリン》にある「謝家米糕」が出すようなものだ。どちらも飯のおかずにも酒のつまみにも好適である。

紅糟は福州から台湾に渡り、客家の人々が最もうまく使いこなしており、作り方も福州の元の姿に近い。客家が年越しのさい神と祖先に祈るには、必ずたくさんの鶏、アヒル、豚の肉を準備する。冷蔵庫がまだ生まれていなかったころには、塩で漬けこんで保存していたが、風味をさらによくするために、別に紅糟でも漬けていたのだ。客家は紅糟焼肉を「糟嫲肉《ゾーマーニョッ》」と呼ぶが、台湾の閩南人が作る紅糟焼肉とは少々異なる。糟嫲肉を漬けるさいには火を通した肉を使い、生肉は使わない。まず塩を振り、それから紅糟の中に一週間漬けておく。食べるときにもう一度すこし蒸してやればすぐに食べられる。これが客家の伝統的な年越し料理だ。

紅糟焼肉は台湾人の家庭料理で、「辦桌《バンドー》」と呼ばれる宴会の際には冷菜としてもよく出される。また麺や小吃の店にも、美味なるものが少なからずある。たとえば新竹の城隍廟の脇の「西市米粉湯」や台北の「金蓬萊遵古台菜」「古都食堂」「阿婆麵店」「劉美麗」などだ。劉美麗は創意工夫に富み、部位によって異なる六種の紅糟焼肉がある。猪頭肉《ジュージンロウ》（トントロ）、前腿肉《チエントゥイロウ》（ウデ肉）、五花肉《ウーホアロウ》（ばら肉）などで、どれも肉汁たっぷりだ。そのうち、この店で「小不点《シアオブーディエン》（しんたま）」と呼ばれるのは、球状の豚の尻の脂肪に包まれた小さな塊肉で、弾力と肉質が特に魅惑的だ。

伝統的な紅糟は、紅麴菌ともち米を合わせて発酵させてできたもので、濃厚な酒を思わせる香りがあり、味わいは甘く濃く、色は自然な赤色だ。上質な紅糟には油脂分があり、味はしっとりとして甘く香り立つ。よくない紅糟には薬っぽい風味がある。紅麴菌は、コレステロール値を下げ、血液の循環を促進し、血糖値や中性脂肪値を下げる働きがある。心臓や血管の病気を予防し、便通をよくして胃を温める。『本草綱目』には紅麴は「消化を助け血のめぐりをよくし、脾胃を健やかにする」とあり、紅糟を使って調理することは、養生にもかなうことになる。

ほんの少しの紅糟が、肉の中身も外見も変えてしまう。まるで紅をさした美人のように、人を惹きつけずにはおかない。紅糟焼肉の基本原理とは、外がさくっと中が柔らかく、肉にうまみと甘みがあること。荒っぽい見た目に、繊細な内実が備わっていること。そして江湖を腕一つで渡る俠義の性格を持ちながらも、優しく愛情深い気質をも持ち合わせていることだ。

紅蟳米糕

〈子持ちガザミのおこわ〉

結婚したときには、まだ中国文化大学の芸術研究所で大学院生として学んでおり、仕事をしながらの院生生活で、ひどく忙しかった。母はそれでも親戚や友人たちがみな高雄にいるのだから、どうしても帰って「辦桌《バンドー》」をして客をもてなさなくては、と言ってきた。

外燴《ワイホエイ》と呼ばれる出張料理人たちの団体が、ビニールテントをかけて家の前の路地をふさぎ、広くもないその路地に二列の円卓を敷きならべ、給仕人たちはすばやく走り回って料理を運んだ。さらに多くの人たちが杯を持って酒を勧め、立ったまま久闊を叙し、たがいにどれくらい飲めるかを比べ合っていた。一月の南台湾はほんのりと暑く、中の空気にはあまり流れがない。ずっと首を締めあげるネクタイがひどくばからしく、スーツもまぬけみたいに思えていたところだった。ほら、立って酒を勧めてこないと、と指示された。すでに紅蟳米糕《ホンシュンミーガオ》が卓に運ばれ始めたところで、私はのろのろ立ち上がったが、どうも気が進まなかった。どうにも申し訳ないようで、ひどく面子《メンツ》が立たないようにさえ思われた。以前、道路で宴席についたときには特段そんな気もしなかったものの、いざ自分がもてなす側になってみると、どうして道路の真ん中に突っ立って、テーブルごとに知っていたり知らなかったりする人々に酒を勧めて回っているのだろうと思った。

私の視線はずっとテーブルの上の蒸籠《せいろ》に入った紅蟳米糕に捉えられたままだった。ちょうどよい加減に蒸し上げられたもち米は、きっと口の中で程よく粘ってほどけ、カニみそと内子の味を吸いこんでいるだろう。上を覆った二杯分のあでやかな紅色をしたガザミのカラは、裏側にたっぷりと内子が入っていることを思わせた。どんなに座ったまま、その紅蟳米糕を食べていたかったことか。

十数年後、私は詩集『完全強壮レシピ』を書くために厨房に入り、毎日六時間以上も実験、調理、記録に費やした。そんなふうに三か月以上、ひそかに功夫を積んでいるかのような心持ちで探求し、レシピの構成と詩の創作を融合させようと試みていた。その時には、伝統的な方法で紅蟳米糕も作ってみた。長粒のもち米を洗って、二時間水に漬け、蒸し上げる。豚ばら肉を角切りにして鍋で熱し脂を出した後、紅葱頭《ホンツォントウ》（赤小タマネギ）をさっと炒めて香りを立て、干しシイタケ、干しエビを入れ、醬油に高湯《ガオタン》、米酒、油葱酥《ヨウツォンスー》、氷砂糖にコショウを入れて炒め続ける。その炒め上がった副材料を、もち米の中に混ぜ入れ、きれいに下処理して大ぶりに切り分けたガザミで覆い、蒸籠で蒸し上げるのだ。

閩南人はもち米のおこわのことを「米糕《ビーゴー》」と呼ぶ。米糕は塩味にも甘くもできる。子どもが誕生から ひと月経った祝いには塩味の米糕と紅蛋《ホンダン》（赤く染めたゆで卵）を贈る習俗があり、娘がひと月を迎えたときには、台北は永楽市場の「林合発油飯粿店」で米糕紅蛋を注文し、親戚や友人たちを招いて悦びを分け合ったものだ。台南は台湾の米糕の長兄といえ、米糕の老舗が数多い。民族路の「洛成米

紅蟳米糕
1430
林合發油飯店
25592888
油飯 100
雞腿 70
魯蛋 10
芋粿 20
外帶
囍

糕」、孔廟の向かいの「米糕専門」、金華路の「戽斗米糕」、保安路の「保安路米糕」などがある。どこも米糕を蒸して火を通したところに、肉そぼろの煮汁をかけ、落花生と魚のでんぶ、キュウリの和え物をのせ、米糕の南部風のスタイルに仕上げる。康楽市場内の「栄盛」は、キュウリの和え物をのせず、代わりに干しシイタケの煮しめを二枚と、大根の漬物の薄切りをのせる。

紅蟳米糕はもち米と生の蟹を使って調理するもので、米糕を節句や慶事向けにしたものと言える。とびぬけて豪華な装いを持ち、めでたさにあふれた表情をたたえている。中の米糕はいわゆる八宝油飯《バーバオヨウファン》（五目おこわ）に類するもので、紅蟳とは成熟したメスのガザミを指し、卵巣は卵の粒がたっぷりと入り、蒸した後にはオレンジがかった深い赤色になり、たいへんあでやかで美しい。むかし台湾人は紅蟳を滋養を補ってくれる珍品と考えていた。子どもの発育、産後の女性の「坐月子《ズオユエヅ》（出産後の女性をひと月の間休ませる習慣）」、中年男性の薄毛や老人の目のかすみ、体の冷えなどにも効能があるとされていた。もっとも私はひたすらその美味に魅せられているだけだが。

ある程度の規模をそなえた台湾料理店であれば、ほとんどどこでも紅蟳米糕を出している。たとえば高雄の「紅毛港海鮮餐庁」、台南の「阿霞飯店」、台中「福宴国際創意美食」、台北「明福餐庁」「儂来餐庁」などだ。米糕と蟹はどちらも蒸しすぎるとよくない。米糕はべっとりとひとかたまりに固まってしまうし、蟹の内子はからからになってしまう。阿霞飯店では自分の店で蟹を養殖しており、火加減の調節も正確で、ミソと卵がいっぱいに詰まり、色合いもあでやかで美しい。米糕には干し貝柱、干しシイタケ、干しエビ、落花生が入り、蟹の内子と蟹ミソの馥郁たる香りをも吸いこんでいる。結局気づかされるのは、実力の高い台湾料理屋だけがうまい紅蟳米糕を調理する技を持っているということだ。レストランの中には、米糕の副材料に変化を求める店もある。台中の「福宴」ではウナギを入れて豪華さを増しているし、台北の「翰林筵」の蟹飯は調理のしかたにかなりのこだわりがあるが、これはもち米を使った米糕ではない。

また米糕の中にはヤツガシラの角切りが入ることもある。いちばん華やかなものになると干し貝柱やアワビが入る。さらに塩卵の黄身や、イカ、ハムの角切りに蛋酥《ダンスー》（卵液の揚げ玉）、ギンナン、蓮の実などが入ることまである。にぎやかではあるが、全体としての格調に欠ける。副材料が多いと調味はさらに正確さが必要とされる。台北の「真的好海鮮餐庁」や「梅子餐庁」のもち米は先に醤油や砂糖などの調味料を入れて炒めてあるためか、味が強すぎ、おそらくはそれが蟹の味わいにも影響してしまっている。

私が意地汚すぎるのか、それとも心が狭いのか。二十数年というもの、ずっと自分の披露宴で食べ逃した紅蟳米糕のことを覚えているなんて。その時私は、はたから分かるほどに祝賀のあいさつの山にうんざりしており、客たちに毎回杯をからにしてこそ敬意を表せるのだなどとからまれるのはさらに煩わしかった。乾杯なぞ恐れるに足らずだ。ただ気がかりだったのは、テーブルの上の蒸籠に入った紅蟳米糕がもう食べ終えられてしまいそうなのに、まだ抜け出せずにいることだけだった。私は懸命に爆発しそうな焦りを抑えこみ、新郎としての基本的な礼儀はむりをして保ちつつも、たびたび私の紅蟳米糕を振り返り続けていた。

爆肉

〈豚肉の細切り衣揚げ〉

講演が終わって、ちらりと腕時計を見た。ちょうどいい時間だ。いま小港《シアオガン》の飛行場に向かえば、ゆったりと飛行機に乗って台北に戻れる。質問はありますか？——聴衆席は静かなままだ。卓上の荷物を片づけて、その場を離れようとしたところに、高雄文学館の館長がふいに聴衆に向かって言った。みなさん、壇上の葉教授〔著者の本名は葉振富〕とそちらの葉教授は似てらっしゃると思いませんか。足を速めて会場を出ようとすると、その中山大学の葉教授が後から追いかけてきて、この講演を聞くために三か月前からあらゆる予定をキャンセルしたんだ、などとのたまった。私はお義理のようにご来場ありがとうございました、と返した。そっけなく返事をするだけで、かまわず歩みを速めて会場を離れようとするのを見て、彼は急いで追いつき、前をさえぎるように立ってこう言った。わたしはきみの兄だ。出された身分証を見るとその通り、父親は同じだった。目の前にいるこの堂々たる押し出しの教授は、たしかに五十年というもの離れていた兄だった。申し訳ないが、飛行機の時間が迫っているので、台北に戻ったらまた集まるということで。

私は兄夫婦と台北の「永宝餐庁」で食事をした。そこで彼が私の幼いころの出来事や私がほとんど顔を見たことのない父親の話をするのを聞いた。私はいくつか看板料理を注文した。そこには「卜魚《ポッピー》」「卜肉《ポッバー》」も含まれていた。魚や肉を細長く切って衣揚げにしたものだ。

「卜」というのはここではどんな意味だろうか。もちろん占卜《せんぼく》とも、名字の卜《ぼく》氏とも関わりはない。調べると、どうも街の店での書き誤りが習慣化されてしまったもののようだ。「卜」の台湾語の発音は「爆」に似ている。さっと揚げる意味で、おそらく客の注文を受けるときに書きやすいことから、誤りが伝わるうちに、俗に「卜」の字を使うようになったのだろう。そこからすると、爆肉というのはすなわち油爆肉条《ヨウバオロウティアオ》（豚赤身の衣揚げ）、爆魚はこれ油爆魚柳《ヨウバオユーリウ》（魚切身の衣揚げ）とでも呼べようか。爆肉と爆魚は見た目は同じようで、山東料理にある爆魚の概念とはまったく異なる。山東料理では、ソウギョやアオウオを一・五センチくらいの薄切りにして、揚げたあとにタレに漬けるというものだ。

台湾料理の爆肉と爆魚は兄弟のようにしばしば同じ皿に盛り合わせられ、塩コショウかケチャップをつけて食べる。調理工程は魚の身や豚の赤身を短い棒状に切り、下味をつけて小麦粉の衣をまとわせて揚げるというものだ。外はさっくり、中はしっかりと火が通った食感を表現するのが大事で、熱いうちに食べないとうまくない。ごく一般的に人気のある台湾の小吃だ。

二〇〇六年に逯耀東《ルーヤオドン》教授がにわかに身罷られたおり、私は追悼のためにその時も永宝餐庁で集まりを催し、「なつかしい滋味」と題して教授の生前の友人たちを集めて食事をした。みな大いに飲み食いしながら、まるで逯教授がまだいらっしゃるようにふるまった。その日も私は爆肉、爆魚を準備した。魚の身と豚の赤身を棒状に切って衣をまとわせて揚げる。どちらも外はさっくり、中はうまみがある。その特長は衣にベーキングパウダーや酥炸粉《スージャーフェン》（粒状にふくらみカリカリになる揚げ衣）を使わないことにあり、まことに後をひく滋味だった。

永宝餐庁は古き良き台湾料理を作るのを得意にしている。たいていは庶民の食べもので、平凡の中の素朴なうまさを体現するものだ。創業者の「老鼠師」こと陳永宝氏は、一九六七年から出張料理人をして、名を馳せてから料理店を開いた。二代目の継承者である陳欽賜は父親の料理を受け継ぎ、古き良き宴会料理の滋味を保ちつつも、研究と創作もたえず行ってきた。世の中は変わることのみ多いもの、永宝の旧店舗はビルに建て替えたあとすぐに閉業してしまった。しかし蓮根は切れても糸を引くとやら、私とこの料理店との縁は切れず、何年もたったあとに、今の新しいビルに移って店を続けることになったのだ。

爆肉と爆魚は、ふつう先に半分火が通るところまで揚げておき、提供する時に黄金色になるまで二度揚げする。すばやく出せるため、理想的な酒のつまみになる。台湾の「辦桌《バンドー》」と呼ばれる宴会でもよく出され、ごくふつうの料理店でも作られる。日本統治時代の台湾で、最も高級だった料理店「江山楼」の名物料理の中には「生炸卜肉《ションジャーブーロウ》」があった。兄は父はたいへん風流を解したと話していた。往時はセメントを扱う商売をしていたそうで、毎晩のように花柳の巷に遊び、温柔郷で酔いしれていたという。きっとたくさん爆肉も食べたことだろう。

揚げ物であるからには、豚肉を先に塩や花椒、コショウなどで下味をつけてから衣揚げにすれば、味はさらによくなるだろうと想像する。しかし家で揚げ物をする場合は、たいてい料理店で出すようにはうまく作れない。おそらく一般家庭では鍋も小さく火力も弱いので、材料を鍋に入れたとたんに油の温度がたちまち下がってしまうからだろう。店で大鍋で揚げ、熱容量が大きく温度を保ちやすいのとはわけが違うのだ。

すぐれた台湾料理店では、みなうまい爆肉と爆魚を出す。たとえば台北の明福餐庁の「卜魚」だ。景美《ジンメイ》にある「義興楼」の「炸卜肉」で使うのは、脂身の入らないヒレ肉で、揚げる前に下味をつけ卵液と小麦粉の衣をまとわせる。外はかりっとして、肉質はうまみがあって柔らかい。

爆肉は宜蘭で特に盛んに作られる。羅東《ルオドン》夜市には「一哥」「小春」といった名高い屋台がある。三《サン》星郷《シンシアン》の天送埤《ティエンソンピー》にある「味珍香卜肉店」では、衣に醤油、砂糖、卵、片栗粉に小麦粉などで調製し、さっくりと揚がった中に甘みがある。工程の特徴は二度揚げをすることで、外はさっくり中は柔らかく肉汁たっぷりだ。店内に貼られた短い文章は、味珍香の物語を記したものだ。初代の創業者は呉秀という人物で、戦前に羅東鎮で居酒屋を開き、日本人の客からとんかつの技術を授けられ、呉秀はそれによって風味独特なる豚肉の揚げ物を作り出したのである、うんぬん。爆肉はこの店に由来するという伝説については、信頼はおけない。日本統治時代の料理店ではすでに一般的だったものが、「天婦羅《ティエンフールオ》」の類のように日本料理の影響を受けたというのなら理解できるところもあるが。

数年前の清明節に、兄は電子メールを送ってきた。「清明にあたり父の墓参りをするので、午前十時にＭＲＴの六張犁《リウジャンリー》駅に来てほしい。持ち物は何もいらない、こちらでぜんぶ準備するから。」私は一日考えたすえ、メールで返事をして断った。小さいころに捨てられたとはいえ、父に対して何も恨みには思っていない。とはいえ私は父を知らない。どうして知らない人の墓参りに行かなくてはならないのか。

おそらくこの時に断ったために、それから兄は私に連絡してこなかった。一昨年の春節にこちらから電話をかけると、今イギリスにいるところで、台湾に帰ったらまた会おうと言っていた。それから何度か電話をかけたが出ることはなく、それが私が最後に聞いた彼の声になった。

私は兄のことを思い出すこともあったが、けっきょく彼のことは何も知らずにいた。ある日、インターネット上で彼の名前を検索すると、「葉振輝記念ブログ」が見つかった。台湾史、中国外交史、憲法、海洋法を研究し、「台湾の歴史の教父」と呼ばれ、「クラスでいちばん背が高かった」などとも書かれていた。おそらくは学生たちが彼のために作ったのだろう、短い映像や懐かしむ文章もあった。彼だ、間違いない。私はレンズに映った彼の背中がやがて遠くなっていくのを見ていた。

私は時おり兄のことを思い出すと、爆肉と爆魚の香りが漂うように感じる。

炸魚條・炸肉條
小春
糕渣・卜肉
卜
皮蛋
照燒
爆肉
卜魚・卜肉

烏魚子

〈からすみ〉

毎年決まって冬至の前後十日ほどの時期に、烏魚《ウーユー》（ボラ）は台湾西岸の沿海部を群れで回遊する。そのため「信魚《シンユー》」とも称される。また漁師たちが心中で期待する「烏金《ウージン》（黒い金）」でもある。烏魚子《ウーユーヅー》はメスのボラの卵巣だ。ボラは卵が高値であることから、市場でセリにかかると、メスのボラはオスの三倍の値が付く。

私は鹿港《ルーガン》の烏魚子を偏愛している。思うに、烏魚が群れを成して鹿港、王功《ワンゴン》あたりに来る時が、まさに交尾の前の最も成熟した段階にあり、メスの卵巣とオスの精巣はどちらもいちばん太っているときでこれを「正頭烏《せいとうう》」とも呼び、相当に肥えていてうまい。対してボラの群れが台湾の沿岸を南下して、屏東《ピンドン》の南方の外海で産卵した後に折り返してくると、体は痩せ細って卵もなくなっており、これを「回頭烏《かいとうう》」と呼び、味はぐっと落ちる。鹿港には「下ばき一つになってもボラは食う」という言葉がある。たとえ貧しく、ズボンを質に入れなくてはいけなくなっても烏魚を食べるというのだから、美味を追い求める気迫はマレー人にとってのドリアンにも迫ろうというものだ。

華人が烏魚を食べる歴史は古く、隋の煬帝について記した『大業拾遺記《たいぎょうしゅういき》』の記載によれば、隋の大業六年、呉郡が魚のなますを甕に四つ献上してきたところ、煬帝はそれを臣下に示してこう言ったという。「その昔、三国の孫権《そんけん》に仕えた介象《かいしょう》は宮殿の庭でボラを釣り上げたというが、それは幻術にすぎまい。今日の膾《なます》は、ほんものの海の魚で作ったものぞ。数千里のかなたから来たのだから、これもまた当代の珍味であろう」と。下って清の雍正年間、浙江杭州の人范咸《はんかん》は、巡視台湾監察御史に任じられ、当地の烏魚の美味が故郷に上がるものよりはるかに勝ることに驚いた。

網かけ競いて　すなどる正頭烏
冬至の後では　風味が落ちるぞ
帰りみちには　痩せてしまうと
船乗り急いで　ゆるしをもらう
釣り糸を垂れ　待つはかの漁父
孫呉の君主に　ささげたは介象
川のぼらなど　およびもつかぬ
酒提げて行く　芙蓉花のさかり

陳縄《ちんじょう》は清の乾隆九年（一七四四）に台湾で諸羅訓導の地位についたが、彼が詠んだのも烏魚の滋味であって、その卵の烏魚子ではない。

黒曜石のごとく　総身はかがやき
頭をふるっては　みなもを埋める
漁師よ知るべし　すなどる時期は
葦の灰うごかぬ　冬至まえのころ
日に照り映えて　ぬい目のごとく
ひるがえす身は　からす色のはた
江河のものなど　からだもあじも
南海のぼらには　けっして及ばぬ

巷で売られる烏魚子は三種類に大別できる。品質の最もよいのは海で採れた天然の烏魚子で、美しい赤みがかっただいだい色を帯び、光に当てると光沢は琥珀を思わせ、しっとりと潤いがある。それに次ぐのはアメリカやブラジルからの輸入の烏魚子で、多くは冷凍を経て製造される。形状は細めで長く、色合いは暗紅色で褐色がかり、食感も天然のものには及ばない。養殖の烏魚子となると、運動量が少ないために油脂の含量が高すぎる。食感は天然の海水から来る塩味に乏しく、なまぐさみが出やすい。

台湾のからすみ作りの技術は、日本統治時代に日本の漁師が教えたもので、その工程は血抜き、塩漬け、塩抜き、板押し、整形、風干しと進み、時々の気温と湿度を考慮しなければならない。血抜きをするには、まず水で血のついたところを洗い流し、血管の中の血をしごき出す。ここで血をきれいに掃除してやらないと、残った血が酸化するせいで仕上がりが黒くなってしまう。

メスのボラの腹から卵を取り出し、切り口は綿糸でしっかりしばる。卵がこぼれてしまわないようにだ。ただ鹿港あたりでは、卵を腹から取るとき端に一かたまり身肉をつけたままにおき、溢れないようにする。そのため綿糸でしばらなくてよいのだが、これが鹿港産の烏魚子の目印になっている。

腹子は取り出したら塩で五十分ほど漬け、すぐに塩分を洗い流し、押しをかけて成形する工程に入る。腹子をさらしを敷いた木の板の上に置き、上からまた板を乗せ、積み重ねていく。一つの層の腹子の大きさは同じくらいでなければならない。圧力の不均等で形が崩れてしまわないようにするためだ。一番上の層は石を乗せて押しをかける。その後日にさらし、風干しする。さらにその途中でしょっちゅう烏魚子をひっくり返して、日のあたり方を均等にしてやらないといけない。次に、押しをかけた烏魚子を目で確かめ、腸詰めの皮で欠けたり破れたりしたところを直してやり、さらに一日から二日、天日干しを続ける。このとき、時おり烏魚子の表面をこすってやり、透明で光沢が出るようにする。

鹿港は天の時と地の利に恵まれている。この地の烏魚子が他の産地のものよりも太陽の味が豊かなのは、日の光をたっぷりと吸いこんでいるからだ。「益源魚子行」は材料選びも製造工程もたいへん厳しく、伝統的な製法で作られている。何度も日干し陰干しをして徐々に圧力をかけて作っていく。連横『台湾通史』は、台南もまた名産地であるとして、烏魚子の製法と食べ方にまで書き及ぶ。

毎年、冬至の十日ほど前になると、台南安平の沖に至る。美味にして腹子は太り、これを「正頭烏」と呼ぶ。ここから南下して、恒春から楓港あたりで卵を産む。それから戻ってくると、痩せて味が悪くなり、これを「回頭烏」と呼ぶ。その時期から先は現れなくなってしまう。この魚は信魚とも呼ぶ。それはその往来に間違いがないからだ。どの港にも上がるが、安平、東港が最も多い。来る時には海の中で群れを成し、水面から高く跳ぶ。これを捕る際には、竿で水面を叩いてから網を下ろすと、一挙に数千尾も捕れる。烏魚の卵は、一腹にくっついており、大きく二つに分かれ、長さは一尺にもおよび、重さは十数両もある。塩に漬けて日干しにし、重石をかけて固くしめると、長く保つ。食べるときには酒に浸してとろ火であぶると、皮が裂けて卵の粒が細かく立つ。あぶり過ぎてはだめで、薄く切ると、味は極めて甘く香り高い。

台南の「吉利号」の創業は日本統治時代で、天然のボラしか使わないと掲げている。「昔ながらの手間ひまかけた製法を守り」「適度に返して日干し陰干しを重ねて徐々に押しをかけてお作りしております」という。吉利号の工程ではおよそ一週間から十日かかり、昔ながらの製法の典型といえる。いわゆる古法を守る製法の美学的特徴といえば時間のかけ方にある。時間をかけてていねいに作る

板壓
整形
風乾
烏魚子
去血
鹽醃
脱鹽
包裝上市

ことを、閩南語では「照起工《ジャウキーガン》（正しい工程を一つひとつふむ）」という。決して機をはかってうまく立ち回りなどしない。速く量産されたものは、往々にして味に乏しいものだ。

台北は湿気が強く、烏魚子を干すのに向いていない。私がいつも買う「伍中行」と「永久号」の烏魚子は、みな南部の工場に委託して干してもらったものだ。「伍中行」は創業から七十年を超え、創業は台湾の光復から間もないころだった。台北市長を務めた游弥堅が、この店の烏魚子を作家の唐魯孫に推薦したという。

「永久号」は一九一五年の創業で、もともとは「万福号」という屋号だった。簡万福さんという方が初代だったからだ。三代目の簡昭瑞氏が継がれた時に、永久号と改めた。烏魚子は一腹十三両（五百グラム弱）と掲げ、主人の簡氏はいつもこう客に言っている。「これはわしの何十年もの経験の積み重ねだよ。一両重いと水気が抜けず、腹子が口に粘る。一両軽いと水気が抜けすぎ、油っ気がなくてうまくない。」

私はふだんフライパンで烏魚子をゆっくり煎る。米酒を加えることもあれば、紹興酒を入れることもある。それで風味を変えようということだ。煎り上がったらリンゴの薄切りを添える。手元にリンゴがなかったら、代わりに大根の薄切りかニンニクの芽を使う。先ごろ年越しの前に、曾啓瑞・常玉慧夫妻のために台北の「三二行館」で宴会を開いた。烏魚子が出ると、同席の林孝義医師が、むかし父上が烏魚子を高粱酒《ガオリアンジウ》（コーリャンから作った強い蒸留酒）に浸したところに火をつけてあぶった滋味が実に軽妙優美であったと話してくれた。かのアレルギー科の名医が、父上が烏魚子を焼いていたことを追憶する、そのうっとりと高まる表情にあてられて、年末年始の間、私は毎日家で烏魚子を焼き続けてしまった。あまり焼きすぎて、食べきれなくなるとタッパーに入れておき、下の娘の双双《シュアンシュアン》と私はテレビを見ながらおやつ代わりに食べたものだった。

「将軍牛肉麵」の張北和氏もフライパンで煎るという。先に楊枝でいくつか小さな穴をあけておき、乾き切るところまで煎って、松の実と合わせるそうだが、このやり方には同意しかねる。思うに烏魚子の最高の食感は羊の脂を思わせるねっとりした感触にある。烏魚子は乾いてしまうとそのねっとりしっとりした感じが失われてしまう。盛りを過ぎた美人のようで、ため息をつくばかりだ。

上等の烏魚子は卵の粒が均一で、乾きかたや固さが適度なものだ。やたらに塩辛いだけでなく、塩気の中にも甘みがあり、その甘みは嚙んでいる間にそっと表に出てくるようだ。誰だってみな烏魚子が酒のよいあてだということを知っている。高粱酒のように強烈な酒となると、ふつうこれとぴったりくるつまみを探すのは難しいが、烏魚子だけがその一本気で頑なな性格を和らげしとやかなものにしてくれる。私は高粱酒や二鍋頭《アルグオトウ》といった強い蒸留酒を飲むときには、いつも烏魚子をあてにしたくなる。

あぶって食べれば珍味であり、贈り物にすれば高級感があるので、台湾人も日本人も、これを年越しの贈り物にもらえばうれしいものだ。近年では、台湾でのボラの漁獲量はかつての十分の一以下まで急激に減っている。おもな原因は大陸の漁師がボラの回遊の起点でトロール網や爆薬を使った漁で先に捕りつくしてしまうからだという。幸い、台湾のボラの養殖技術は年々向上し、養殖のボラも以前のように脂っこくはなくなり、くさみも減ってきている。

　烏魚子は魚のメスの卵巣であるからには、しぜんとかなりセクシーな食べものだ。またボラの白子やボラのへそ（胃袋の筋肉）も、食いしん坊が珍重するものだ。カメラマンの劉慶隆がかつて雑誌『飲食』で烏魚子の取材に行って撮ってきた写真は、まるでいきいきとした美女のお尻を思わせた。その構図は実に蠱惑的なものだったが、いったいこのカメラマンは頭の中に何を隠しているのだろうと疑いたくもなる。

　烏魚子はまた情の深い食べものでもある。その濃厚な香気は口中にいつまでも長くとどまり、口に運ぶだけで、まるで歯をしっかりと抱きしめてくるようで、離れがたくさせる。それは味覚の饗宴であり、口中のパーティーのようだ。

台湾珈琲

〈台湾コーヒー〉

日月潭《リーユエタン》に旅行に出かけると、ホテルのマネージャーのシャイアンとグレイスがあちこち連れて行ってくれた。午後には魚池郷の「大山水晶咖啡荘園」を訪ねた。この農園が育て、焙煎した豆は二〇一一年に日本で開かれたワールド・サイフォニスト・チャンピオンシップで第二位を獲得したということだ。台湾で生産されたコーヒー豆が海外で名を揚げたのはこれが初めてで、アメリカの「スペシャルティコーヒーの母」ことエルナ・クヌッセンも称賛した。「まずすばらしいアロマと甘みを感じ、つづいて長く後をひくチョコレートの風味があります。ほんとうに神秘的で、いつまでも記憶に残る味です。」クヌッセン氏は後にみずから農園を訪ね、記者に対してこう語ったという。世界各地を旅したが、ここのコーヒー豆がこれほどよい出来だということに驚いている、台湾でさらに多くの良質な豆が生産されるよう望むし、喜んでこの「水晶鉱咖啡」の名前を広めたい、と。

大山のコーヒー農園の地下には水晶の鉱脈があり、そのため大山水晶コーヒーと呼ぶ。これによって日中と夜間の気温差が大きくなり、朝露が多くつき、独特なコーヒー豆を育んでくれるのだ。

農園の主人の余芳霞は画家で、室内には彼女が描いた何枚もの油絵と、張錯《ジャンツォ》の「一日」という詩の一節を書いた額が飾ってあった。

もし私たちがたった一日の短い間しかいっしょにいられないのなら
私は一生の長さについて訴えたい
露の重く置く朝早く
鳥の鳴き声と太陽のほかに
あなたを目覚めさせるものはきっとポットいっぱいの黒く濃いコーヒー
それは丸いガラステーブルの上で
窓の外の淡い紫をした恥ずかしがりのヒナギクに向かい合う
おろかな幼年時代と
不安定な少年時代は
たがいにひじを握れるほどしか離れていない
まるでカップの底のコーヒーの沈殿のよう

彼女が張錯の詩を好むことを知って、私は後に張錯の詩集を一冊買い、頼んでサインを入れてもらい贈ったものだ。

人柄と同じく、余芳霞の画風は率直で素朴だ。彼女と夫の李中生はこの地でコーヒーを栽培するにあたり、自然農法を採り、化学肥料や農薬を使わず、自然に近づこうという意思を持って臨んでいる。私には彼女がコーヒー豆で詩を書いているように思える。良質な生豆だけが焙煎されて良質なコーヒーになれる。惜しいことに産量が少なく、農園と雲品温泉酒店でしか売られていない。

私はもともとブラックで飲み慣れていて、苦いコーヒーを飲みすぎている。しかし彼女のコーヒーは強い苦みがまったくなく、浅煎りにされた豆にはくっきりとした酸味があり、そのうえに含蓄のある甘みが長く残る。干した龍眼の実のようで、黒砂糖をも思わせる。親しみやすく、誠実で優しく、喉に残る余韻ははるばると遠く晴れた空のように澄み、まるで仲のよい友人と膝をまじえて話しているようだ。

その日の午後、農園でマグカップに三杯のブラックコーヒーを立て続けに飲み、ホテルに帰ってからもまた一杯飲んだのに、その夜の眠りが浅くなることは少しもなかった。バルザックがこのコーヒーに縁のなかったことが惜しまれる。もし彼が飲んでいれば、きっとこの世界にさらに多くのみごとな作品を残してくれただろうに。

パリへの滞在はいつも短いが、毎回わざわざリヴ・ゴーシュにコーヒーを飲みに行く。毎日三杯は飲むというと友人たちはみな驚くが、じっさい三杯など何ほどでもない。パリのカフェにはあれほど分厚い文化の堆積があるのだから、ある有名な芸術家がそうしたカフェの上客《ソワニェ》でなかったなどとは想像できないではないか。バルザックのもっとも偉大な作品たちはほとんどコーヒーによって書かれたようなものだ。創作している間、彼は大量のコーヒーを飲むほかは何も食べなかったから、一時的な中毒症状から嫌悪にいたり、コーヒーに対しては矛盾した思いを抱いていた。

コーヒーはまるで馭者《ぎょしゃ》が若馬にひどい仕打ちをするように、きれいな胃壁を荒らしてしまう。神経網に火がつき、燃えさかり、火花を脳に送りこむ。それから、何もかもがあふれ出す。思念が戦場における皇軍の大隊のように行進しはじめる。そして戦闘開始だ。記憶はたなびく軍旗を手にすばやく布陣する。比喩の軽騎兵はみごとな疾走で展開していく。論理の砲兵が輸送隊と弾薬とともにやってくる。警句は狙撃兵のように位置につく。登場人物が立ち上がり、紙がインクで覆われていく。（『近代興奮剤考』）

十七世紀以前には、ヨーロッパの人々の日常的な飲料といえばビールかワインだった。コーヒーの流行は啓蒙思想とつながっている。覚醒作用があるために、徐々に科学者や商人、法律家や思想家に愛好されるようになった。こうした精神をすり減らす職業の人々は肉体労働をすることが少なく、コーヒーで精神を奮い立たせる必要があったためだ。カフェは芸術サロンになり、論壇となり、余暇に社交を行う場所でもあり、足を止めて疲れを癒す駅ともなった。これらのコーヒーのコードもまた、コーヒーとともに台湾に伝わったのだ。

台湾のコーヒーはオランダ人により十七世紀には移入されていたが、日本統治時期に殖民政府が古《グー》坑《カン》の荷苞山でアラビカ種のコーヒーを栽培するようになり、荷苞山はこれにより「コーヒーの山」とも呼ばれた。当時生産された生豆の多くは日本に運ばれ、全盛期には「極東最大のコーヒー工場」と称された。戦後、日本人は台湾から撤退し、コーヒー栽培もまた長らく没落していたが、一九九九年の九二一地震からの復興のために地元産業が掘り起こされ、古坑はコーヒーを「一郷一品」の重点産業とし、再び台湾コーヒーの故郷となったのだ。

古坑郷は旧称を「庵古坑」と呼び、北回帰線上に位置する。日照と降雨量の両方に恵まれ、土質と水はけはともにコーヒーを育てるのに適しており、産出されるアラビカ種の豆は甘みが濃厚で苦みが少なく、世界トップクラスのコーヒーと呼ぶにふさわしいものだ。希成《シーチョン》は詩でこの古坑のコーヒーを讃えている。

左に曲がるも右に折れるもコーヒーの香り
山の上も山の下もコーヒー店
小さな町をすっかり占める
聴覚味覚に、はては視覚までも
ここでは、ことに重なりと転換に富み
振り返れば、連なる赤と緑に出会う
日の光の下の小さな果実たちは

まるでコーヒー農家の汗をこごらせたよう
たくさんの生豆が中庭でさらされ
四方の野の静けさと花の香り
谷川のさらさらという繰り言を受け入れる
挽かれた細かい粒と粉が
山野の香気を放ち、凝縮する
午後のゆったりとした時間の流れからしたたり
磁器の杯にそそがれ、わたしと
きらきらと輝きながら向かい合う、もしかするとそれは
焦げ茶色の深さまで焙煎された詩

古坑のコーヒーが知られるようになってからは、生産者の多くは、自分のところで生産するコーヒーの樹はもともと古坑から来たものだというようになった。

台湾には非常に良質なコーヒー豆があるとはいえ、われわれは五つ星のホテルの朝食の席でさえ、酸化したコーヒーを飲まされることがしょっちゅうだ。コーヒーは酒と同じく、育てた農園、生産年や焙煎技術にもこだわるものだ。コーヒーを淹れることじたいは決して難しくないが、コーヒー豆の良し悪しは基本条件にすぎず、挽き方や水質、水温にはじゅうぶん注意を払わなければならない。私

も研究室でコーヒーを淹れるのには電動のコーヒーメーカーを使っているが、便利さと速さのためで、やはり風味は劣る。

それでは、コーヒーの何がうまいといえるのだろうか。ほとんどすべてのコーヒーには苦みがある。詩人の周夢蝶《ジョウモンディエ》はコーヒーを一杯飲むごとに大量の砂糖を入れるほどだ。

うまく淹れたコーヒーは、カップの底に時に糖蜜のような香りが残る。コーヒーの良さはこの後味と余韻にこそある。コーヒーを飲むときにいちばんいけないのは、時間に迫られることだ。淹れたては口をやけどするばかりでなく、苦みが強く、本来の風味ではない。しかし花のような香りと酸度は最もはっきり表れるので、まずは香りをかぎ、それを楽しんだうえで小さく一口するとよい。決してがぶりと大口で飲み下してはいけない。一口ごとに何分かあけて、両頬と喉に湧きあがる風味と余韻を仔細に味わう。コーヒーは徐々に冷めていく過程の中で、さまざまな異なる姿に変化していくだろう。そしてコーヒーが完全に冷め切ったら、それはまさしく最後の余韻を鑑賞するタイミングだ。

日月潭に泊まった夜がなつかしい。雲月舫と呼ばれるテラスから湖景を見晴るかし、大山水晶コーヒーをすると、その重層的な味わいがとくに豊かに感じられた。それはまるで伊達邵《イーダーシャオ》の船着き場や朝霧《ジャオウー》の桟橋、「金盆阿嬤」の茶葉蛋《チャーイエダン》（茶葉と香辛料で煮こんだ卵）、紅茶の製茶場の日月老茶廠、泥炭土の湿地帯、紙漉きの里広興紙寮、「蘇媽媽」の湯円《タンユアン》といったこの地の名勝や名物につながるようだった。一杯のコーヒーがぼんやりとくもった精神に抵抗し、疲れ切った旅人を慰めてくれる。カップの底に残った糖蜜の香りは、まるで恋物語の結末のようだ。

四

小籠包

〈スープ入り小肉饅頭〉

宜蘭県の礁渓《ジアオシー》にある老爺酒店《ホテル・ロイヤル》を離れ、家に戻る途中、「正常鮮肉小籠包」という店を通りかかり、私は妻と娘に車を降りて食べに行ってみようと持ちかけた。娘は「正常じゃない小籠包《シアオロンバオ》もあるの」と尋ねてきた。店の入り口では四人がたえず皮を延ばし、小籠包を包んでいる。待っている人は入り口の外で列を作っており、私たちも番号札を取って、道端に立って待つことにした。

小籠包の提供のされ方は少しばかり正常ではなかった。あつあつの蒸籠で出されるのではなく、皿に乗せられてきたのだ。白くふっくらとしたのが押し合いへし合い乗っかっている様子は、簡素で野趣に富んでいた。一人前十個六十元で、価格は非常に親しみやすい。小麦粉の皮は予期していたものよりずっと薄く、スープはたっぷりでうまみがあり、値を超えてよい質だった。聞いたところでは、中の肉餡には黒豚のモモ肉を使っているそうだが、いちばん大事なのは名産の三星葱の力添えがあることだろう。合わせる飲み物には酸辣湯かミルクティー、紅茶、豆乳とあり、店の自家製の辣油がうまかった。店名はずっと妙だと思っていたが、はたして「正常」から後に「正好」に改めた。

郵便はがき

料金受取人払郵便

本郷局承認

5391

差出有効期間
2024年3月
31日まで

113-8790

東京都文京区
本郷2丁目20番7号

みすず書房営業部
行

通信欄

（ご意見・ご感想などお寄せください．小社ウェブサイトでご紹介させていただく場合がございます．あらかじめご了承ください．

読者カード

すず書房の本をご購入いただき，まことにありがとうございます．

名

店名

みすず書房図書目録」最新版をご希望の方にお送りいたします．

（希望する／希望しない）

★ご希望の方は下の「ご住所」欄も必ず記入してください．

刊・イベントなどをご案内する「みすず書房ニュースレター」（Eメール）を
希望の方にお送りいたします．

（配信を希望する／希望しない）

★ご希望の方は下の「Eメール」欄も必ず記入してください．

りがな） 名前　　様	〒
住所　都・道・府・県	市・郡 区
話　（　　　）	
メール	

ご記入いただいた個人情報は正当な目的のためにのみ使用いたします．

りがとうございました．みすず書房ウェブサイト https://www.msz.co.jp では
行書の詳細な書誌とともに，新刊，近刊，復刊，イベントなどさまざまな
案内を掲載しています．ぜひご利用ください．

小籠包は江南で流行し、上海では小籠饅頭《ショーロンムードウ》と呼ばれる。一般に認められた美学的な特徴は、小ぶりで餡がたっぷり、汁気が多くうまみがあり、皮は薄く形が美しく「置かれているときは呼び鈴のよう、つまみ上げると提灯のよう」であることを良しとする。仕上がりは半透明で、薄さは光を通すほど、中にはスープがたっぷり入っている。台北の「鼎泰豊」と上海の「南翔饅頭店」の二軒はおそらく、現在世界で最も有名な小籠包店だろう。

若いころ、南翔饅頭店を探訪したことがある。店内には藍印花布が飾られ、ラタンの家具に八角形の卓と江南の水郷の風情があり、清末民国初の雰囲気も漂っていた。店の灌湯包《グアンタンバオ》（スープ入り大肉饅頭）と鮮肉小籠《シエンロウシアオロン》（豚肉のみの小籠包）の味についてはあまり深い印象はないが、小籠包の形が宝塔を思わせる姿で、肉餡には磨ったゴマも入っていたこと、灌湯包はスープの塩気が強く、皮が分厚かったことはいちおう記憶にある。逆に豫園のイメージははっきりと覚えている。南翔老街に老城隍廟、八字橋があり、たしか演劇の上演も行われていて、文化的価値を表現しており、私の上海初体験の記憶にしっかりつながるものだった。

台湾にはあちこちにうまい小籠包があるが、とりわけ台北では盛んで、たとえば「点水楼」「高記」「方家小館」「明月湯包」などがそうだ。「点水楼」で宴会をするときにはいつも小籠包を頼む。一人あたり小籠包を三つ、手わざは精巧で、十九のひだが作られている。食べる順序としてはプレーン、蟹皇《シエホアン》（カニミソ入り）、九層塔《ジウツオンター》（バジル）だ。味わいが軽く淡いものから、濃厚なものにまで至るリズム感が生まれるように、また、料理人たちの職人魂と創意工夫をより味わえるようにしてある。バジルと豚肉の餡はうまい取り合わせだ。

小麦粉の皮の役割は大事で、発酵と無発酵の中間で、できるだけ薄く伸ばしながらも肉とスープの重量を受け止められないといけない。たとえば台北の「明月」の湯包は、皮が薄く餡がたっぷりで、持ち上げただけで下に向かって垂れさがる皮は半透明になり、中の肉餡とたっぷりのスープがはっきり透けて見える。小麦粉の皮は弾力と積載力が必要だから、すこし自然発酵させた昨夜の老麺《ラオミエン》を混ぜるのもよい。餡は豚の後ろ脚の肉のいいところを選び、手切りで細かく刻んでいき、豚皮の煮凝りを混ぜ入れる。決して機械でひき肉にしたものを使ってはいけない。

食べるときには、しっかり時間をコントロールする必要がある。蒸したてをすぐ食べるために、あつあつで食卓に運ばれるから、食べるときには口の中をやけどしたり、スープが飛び出して罪のない他人に危害を加えないように気をつけなくてはいけない。

巷間の上海料理店の多くは小籠包を得意にしており、一セイロはおよそ八から十個、蒸籠の下には蒸し布を敷くか、松葉を底に敷く場合もある。食べるときには箸で先端のひだの寄ったところをつまんで素早く持ち上げるか、まず左右に軽くゆすってはがし引き上げるかする。レンゲで受け止めたら、皮の一点をやさしく噛みやぶり、あふれたスープをすすってから、皮と餡を食べる。総じて、小籠包に向き合うさいには思い切りのよさが必要で、手間取ったりちゅうちょしたりしてはいけない。さもないと皮が破れて、美味が流れ出してしまう。小籠包を持ち上げるさいには、薄い皮が重さで下に引っ張られ、作家梁実秋《りょうじつしゅう》言うところの「まるで赤ん坊に吸われてしぼんだ乳房」のようになり、料理人の皮を伸ばす技術を示してくれる。

小籠包の名を広く知らしめた功績は「鼎泰豊」にある。一九九三年、鼎泰豊は「ニューヨーク・タイムズ」によって全世界の十大レストランの一つに選ばれ、今では観光名所になっており、間違いなく小籠包の代名詞だ。台北市に来た観光客は、例外なく信義路二段にあるこの店で番号札を取って行列し、席に案内されるのを待つ。私のこの店での食事の経験は限られたものだが、それでも日本からの観光客が興奮を抑えきれずに喜びの声を上げ、テーブルに運ばれたばかりの小籠包の写真を撮り続けているのを何度も見たことがある。この店の小籠包は一筋たりともゆるがせにしないというレベルにまで細部にこだわり、皮の直径は五・五センチ、ひだの数は十八、一つ二十一グラムだという。そして何よりそのサービスの質の高さで知られている。

この行列のできる名店はついには行列によるマーケティングを発展させて、行列に並ぶ人々の焦燥感に巧みによりそった。行列から食事までの過程は、細心をはらって設計された飲食のショー会場となっている。入り口は透明なショーウィンドウ式の厨房で、一方では客が自分のいらだちもせず待ち続けている気高い面持ちを映し出すことができ、さらには厨房が鑑賞スポットになり、顧客が小籠包の製作過程を鑑賞できるようになっている。清潔な空間は信頼感を増す。また、たとえば外国語に堪能なサービスマンを置き、行列の間にすでに注文を終わらせ、人数に応じてグループに分けて番号を呼び出すシステムを備え、ディスプレイで予想待ち時間まで表示する。効率は非常によく、席に着いたら五分以内で料理が運ばれてくる。

ある大雨の日、サービスマンが退店する客を店の前でしばらく雨宿りさせ、タクシーを呼んでやり、乗りこむまで一人ひとり傘をさしかけているのを見たこともある。

「それはたんなる美食の饗宴にとどまらない。一種の文化的パフォーマンスなのだ。それも現代台湾文化のみごとなパフォーマンスだ。」

楊子葆はその著書『無味を味わう』で、この店が小籠包を文化にまで押し上げたことを盛んに称賛し、ブランディングの典範であるとして「鼎泰豊が提供する小籠包文化のパフォーマンスは、色・香・味の揃った美食であるだけでなく、台湾の日常生活や台湾文化、そして台湾精神を深く、生き生きと理解するための機会をも提供しているのだ」と述べている。

台北には美味な小籠包が多いが、その名が天下に響くようになったのは歴史的な偶然といえよう。一九四九年に、突如としてあれほど多くの外省からの新たな移民がやって来たことで、言うなれば中国の八大料理大系が台湾に集まったわけで、特に江蘇・浙江一帯の料理は盛んに発展した。小籠包は国共内戦後に取り入れられ、宣揚されたものなのだ。

小籠包
鼎泰豐
DIN TAI FUNG
ディン タイ フォン

臭豆腐

〈発酵豆腐〉

臭豆腐《チョウドウフ》の手押し屋台がまたゆっくりと路地の中に入って来た。においが漂い、まるで私の勉強机にまで直接届いてくるようだった。階下に降りると、継父が食卓でもう臭豆腐を一皿食っている。彼はこちらをちらっと見ただけで、箸で漬物をつまんで、口の中に運び続けた。一口食わせてほしかった。だが何の問いかけも誘いもなかった。よだれを飲みこむと、しかたなく振り返って二階に戻った。

臭豆腐を売る声が耳に届き続けても、自尊心が私を再び立ち上がらせなかった。むかしは、臭豆腐はこんなふうに街角で売り声をあげて屋台を引いて売られていたもので、私の少年から青年時代にかけての路地の記憶に満ちている。

頼瑞卿の傑作短篇「スパイのにおい1958」はこんな話だ。臭豆腐がはじめて嘉義に現れたときには、村中の人間が家から走り出て、留まったまま薄まることのない強烈な臭気のもとを探った。ある人は大便のようだと言い、また腐った魚じゃないかとか、冷蔵庫の豚肉がだめになっているのではないか、などと言う者もいたが、ある者が声をひそめて言った。まさかスパイが毒ガスを撒いているんじゃあないか。彼は兄貴と自転車に乗って異臭のもとを訪ね、臭豆腐の屋台にたどりつくと、鼻をつまんで、つばを飲みこみ、屋台の前にしゃがみこんで出来上がるのを待った。

ついに兄貴が立ち上がり、進み出ると、賞状でも受け取るように臭豆腐を一皿捧げ持ち、私の前まで帰って来た。私はその異臭をかぎ取るや、あらゆるものが金塊に変わって目の前で揺らめいているように見え、体全体がふわふわとして、ついには浮き上がった。

彼はめまいで倒れ、当地最大の病院に緊急搬送された。村人たちはしきりと自説をぶった。「うわさじゃやつはスパイだと、共産党の奴らが放ったスパイだよ、やつは臭豆腐をわざと特別クサくしたうえに、毒ガスのもとまで加えていたとか――」

臭豆腐はすなわち豆腐の発酵加工品であり、大中華圏に広まっている。中でも台湾、湖南長沙、上海、北京が代表とされることが多い。各地の製法はすべて同じではなく、たとえば長沙の「火宮殿」の臭豆腐はタケノコ、シイタケ、麴、トウチから作った漬け汁に浸し、表面に白い毛が生え色が灰色になるまで置き、ゆっくりと揚げ、膨らみ黒っぽくなったらニンニクのしぼり汁、トウガラシ、ゴマ油をつけて食べる。紹興の油で揚げる臭豆腐はヒユナの茎を漬けて作った漬け汁に浸す。

台湾の伝統的な漬け汁は、トウの立ったヒユナを米のとぎ汁に浸して発酵させ、そこに刺桐《しとう》の葉に菜心、冬瓜、花椒などと塩を加えて漬けこんだものだ。今では、多くは菌種を使って臭気のある漬け汁を培養する。工程も短くすみ、またわりあい衛生的でもある。台湾式の臭豆腐の特色の一つは、甘酸っぱい漬物を添えることだ。それが揚げ物の油っこさを抑えるのに役立つため、香港の甘いタレをつけて食べるやり方より勝っている。またビタミンCは、発がん性物質であるニトロソアミンの生成を抑制する。また、台湾式の臭豆腐はいつも刻みニンニクを添えるので、食べた口からはニンニクのにおいが吐き出され、豪快な性格を帯びることになる。

臭豆腐には不思議で濃厚なくさみと香りがある。こうした強い味には、ニンニクとトウガラシが欠かせない。荒くれ馬には荒くれ者が乗る、との喩えもある通り、濃厚な臭豆腐の風味は、おろしニンニクとトウガラシペーストか辣油をつけてはじめて、しっかり鎮圧できるというものだ。奇と正とが生じあい、香りとくさみが互いに輝かせ合う対比の美学がそこにある。名料理人である張北和氏の宴会に招かれたことがあるが、そのさい出たのは生アワビの蒸し物に臭豆腐のペーストを合わせたもので、香りとにおい、うまみとくさみが強烈な対比を生み、逆方向に引き合う力に満ちていた。

多くの食べものはみな偶然から生まれてきた。臭豆腐の発明もそうで、伝わるところでは、清朝の康熙年間、王致和《おうちわ》が北京で豆腐屋を開いていたところ、知らず知らずのうちに、甕の中で放っておかれた豆腐が青く変色し、喩えようもない不思議なにおいがしながらも、うまくなっていることに気がついたのだという。

臭豆腐の食べ方は多様で、たとえば麻辣《マーラー》（花椒唐辛子風味）、清蒸《チンジョン》（蒸し）、油炸《ヨウジャー》（揚げ）、炭烤《タンカオ》（炭火焼き）、煮湯《ジュータン》（スープ）などがある。そのうち、炭烤は最も台湾の特色が表れたもので、水分を抜いた臭豆腐を竹串に刺して、タレを塗りつけて焼き台にのせる。今では夜市でよく見る小吃になっている。

麻辣風味は、台湾人が重慶風の麻辣火鍋から創り出したもので、たいてい鴨血、酸菜《スアンツァイ》（漬物）、豚の大腸とともに現れる。それが逆に麻辣鍋や涮涮鍋（しゃぶしゃぶ）に影響して、臭豆腐を鍋に入れるようになった。たとえば「大腸臭臭鍋《ダーチャンチョウチョウグオ》」だ。清蒸臭豆腐《チンジョンチョウドウフ》にも辛味は欠かせない。これをうまく作る料理屋もいくつもある。たとえば台北の「酔紅小酌」がそうだ。

油で揚げるさいには、求める味は表面はかりっと脆く香ばしく、中が柔らかいというものだが、これは二度揚げをしてこそたどり着ける境地だ。最初は比較的低温で臭豆腐に火を入れ、二度目は強火でさくりほろりと仕上げる。そのさい、大切なのは新鮮な揚げ油だ。台南の「実践堂臭豆腐」は、毎日屋台を出すときに、最初に缶を開けて新しい油を注ぎ、屋台をしまうときには油を廃油用の容器に移して、それがいっぱいになったら廃油の引き取り業者に売るのだという。「豪記臭豆腐」は創業六十年を超えている。臭豆腐を揚げるさいに、まるでステーキの火の通し方のように、ウェルダン、ミディアム、レアを用意している。ウェルダンは臭豆腐を四つに小さく切り分け、口当たりをさくっと歯切れのよい台南風に仕上げている。ミディアムは台湾中部風で、臭豆腐を二つの三角形に切り分けてある。そしてレアは臭豆腐をまるのまま油で揚げて、表面に一本切れこみが入れてあるだけだ。

臭豆腐は台湾で相当に流行しており、井戸水のあるところに臭豆腐あり、と言えそうだ。たとえば彰化田中《ジャンホアティエンジョン》の「原橋頭臭豆腐」、岡山《ガンシャン》の「爨」臭豆腐、大溪《ダーシー》の「阿杏臭豆腐」、深坑《シェンカン》は大榕樹下の

「炭烤臭豆腐」、台北「宋記上好臭豆腐」、三重《サンチョン》二二八公園にある臭豆腐の屋台などだ。うまい臭豆腐はとりわけ高雄に多い。「福記」は元宝臭豆腐《ユアンバオチョウドウフ》（臭豆腐の包み揚げ）を開発し、別にバジルを添えて風味を増すなど、すこぶる創意に富む。「江豪記」は脆皮臭豆腐（揚げ）と清蒸臭豆腐（蒸し）の二つによって江湖を震撼させた。「盧記臭豆腐王」「香味」はどちらも先に油で黄金色にさっくりと揚げ、空いた隙間に大量の青ネギ、ニンニクのペースト、調味料を詰め、外はかりっとして中は軟らかい。これが最近はやりのかりっと食感の臭豆腐の作り方だ。

臭豆腐は衛生にこだわり、食べるさいの雰囲気とサービスの質を管理すれば、優雅かつファッショナブルに食べられるはずだ。また、もしその名前があまりに俗っぽいというのなら、「発酵豆腐のディープフライ、ピクルスとバジルを添えて、刻みニンニクとトウガラシのソースで」とでも名づければどうだろう。西洋料理好きにも受けるのではないか。

はじめて台東《タイドン》の「林記臭豆腐」を味わったときには、台東駅長の案内を受けた。ところが知り合ったばかりのうえに、私も向こうも口下手ときた。それでも先方は生真面目に何か話題を探し、懸命に聞こえのよい言葉をかけようとしていた。

「焦桐先生、今年おいくつになられました。六十代でいらっしゃる、それとも七十代で。」

私は驚くと同時に、ふつふつと劣等感が湧いてきた。どう見てもせいぜい五十代だろうに、どうしてこの二つの選択肢なのか？　腹立ちながらも若いほうを選ぶことにした。ここは六十代でいってやろうじゃないか。そこに駅長はさらに生真面目に、気遣う調子で言った。

「いや実のところ、先生は七十を迎えられたようにはちっとも見えません。」

林記は「老東台米苔目」の隣にあり、独特なのは漬物に加えて刻んだバジルがかかっていて、香草によって重厚で強烈な臭豆腐を飾っていることだった。その夜の私の顔が臭豆腐よりもクサっていただろうことがうらめしい。

私は一切れの脆くて臭い臭豆腐みたいなものなのか？　急に最近あった出来事が思い出された。地下鉄の車内で、美しい外国人女性が座っているのを見かけた。たまたま前に立っていたので、じっと見てしまっていたところ、おそらく見つめられていることに気づいたのだろう、彼女は顔を上げてこちらににっこりとほほ笑んだ。私の胸はその笑顔に高鳴り、さまざまなありうべき物語をつむいでいた。そこに起こったのは悲惨な事件だった。ああ彼女は、立ち上がって私に席を譲ったのだ。私はあやうく崩れ落ちるところだった。彼女はまさか、中年男の脆さを知らなかったのだろうか。

川味紅焼牛肉麺

〈四川風牛肉煮こみ汁麺〉

近年、大陸でも海外でもしばしば「台湾牛肉麺《タイワンニウロウミエン》」の看板を目にする。すなわち紅焼牛肉麺《ホンシャオニウロウミエン》のことだが、これが台湾を代表する料理になったのは歴史上の偶然によるものだ。台湾人は従来、決して牛肉を食べなかった。国民党政府に従って台湾に渡った軍人たちが、牛肉を食べる習慣を持ちこんだのだ。唐魯孫先生はこう書いている。

　台湾光復が成り、筆者が初めて台湾を訪れたころには、たまさか牛肉麺を食べたいと思ったところで、台北市じゅうを歩き回ったとしても、口に運べるとは思えなかった。

逯耀東《ルーヤオドン》教授は雑誌『飲食』の創刊号でこう断言された。「川味紅焼牛肉麺《チュアンウェイホンシャオニウロウミエン》」は高雄は岡山《ガンシャン》の空軍眷村《ジュアンツン》から出たもので、台北に流行が渡り、その後に退役した老兵たちによって台湾各地の街に広められたものだ、と。台北市で行われた第一回の牛肉麺祭りは、何とか形になったというところだったが、その時開かれた牛肉麺文化フォーラムの席上でも、逯教授は再びこの論点を強調されていた。

この推論は理にかなっているとは思うが、半信半疑として異議を唱えておきたい。疑わしく思うのは、自分が生活していた中での経験に基づく。高校のころのガールフレンドが岡山の空軍眷村に住んでおり、しょっちゅう訪れていた。しかし「哈哈」や「明徳」の豆瓣醤を買った以外には、当時の岡山に牛肉麺などというものがあった記憶がないのだ。信じられるのは、その岡山の豆瓣醤が、おそらく四川の郫県《ピーシエン》の豆瓣醤をまねたものであり、これが台湾の川味紅焼牛肉麺の主要な調味料となったのは確かだということだ。しかし発祥の地はきっと軍隊の炊事場なのだろうが、必ずしも岡山眷村とは限らない。台北だったかもしれず、中壢《ジョンリー》の駐留地だったかもしれない。ましてブランドものの豆瓣醤はわりに値が張り、麺屋の原価を低く抑えたいという要求に沿わない。

眷村は台湾社会における特殊な集落で、周囲の環境とは境界がしかれ、人々は境界を意識しながら外界と接触する。眷村の生活形態は軍隊組織の影響を受けて形成されたもので、外部から閉ざされ、孤立したものだ。その中で生活する人々はゲオルク・ジンメルいうところの「漂泊する異郷人」となる。漂泊者は今日来て明日去るという類の人々ではない。それはいかなる空間の一点とも緊密に関連することはない人間であり、それは概念の上で、ちょうどある空間の一点に定着することと相反する。こうも言えよう。「異郷人」とは社会学の立場から見ると、漂泊と定着の両方の特質を備えているのだと。

牛肉麺を売るのは、退役後のわりに簡単な商売だったろう。軍隊の炊事担当の老兵が、退役後に屋台を出して牛肉麵を売るというのはよく分かる。ある時期、台北市の長さ百メートル足らずの桃源街に、十から二十軒もの川味牛肉麵大王を名乗る店が立ち並び、飲食における歴史的風景となった。昔の台湾人は商売をするときに大王を名乗るのが好きで、こちらの大王あちらの大王、君も大王、僕も大王、あいつも大王という調子だった。惜しいことに、その名も聞こえた牛肉麵通りは、今では「老王記牛肉麵大王」が営業しているのみとなったが、こちらの大王はその滋味といい、経営のしかたから繁盛の様子まで、数十年が一日のごとく変わらない。

私がいちばん長く食べているのもこの「老王記」の牛肉麵だ。大学生時代からよく食べていた。店には看板すらないのに、まるで目を惹くランドマークのように、桃源街の代名詞となっていた。「桃源街牛肉麵」といえばこの店を指すし、支店はないので、この辺りを通りかかるとしぜんと店に引き寄せられ、頭の中には愉悦をもたらす一杯の牛肉麵が浮かんでくる。「老王記」の厨房は店の入り口にあり、その様子は道端の小店のようだ。実のところ、麵を食べる環境やサービス、二階建てのトタンばりの建屋まで、どれも道端の小店そのままだ。この店の牛肉はじゅうぶん柔らかく煮上げられている。スープの色は褐色で、上に浮く油はやや多め、スープの味は濃厚で飲みやすく、口をつける前から肉質香がぷんと鼻をくすぐる。一般的な白麵はコシのある程度にゆでられている。テーブルにはそれぞれ漬物をいっぱいに入れたステンレスの鍋が置かれ、客が自分で取るようになっている。

牛肉麵は庶民の食文化だから、値段が安くて物がいい。台湾のどこででも食べられ、離島にもうまい店は少なくない。花蓮市内の「江太太牛肉麵店」は蔣経国氏が二度訪れたことで知られ、壁には氏

川味
紅燒
牛肉麵
只此一家・絕無分店
內用：請走側門
外帶：請由此排隊

と店の主人が一緒に映った写真が拡大して貼られており、近所ではこの店を「総統印の牛肉麵」とも呼んでいる。この店の牛肉麵は、ちぢれの入った麵とスネ肉を使い、大鍋でゆっくり肉を煮こみスープは濃厚、辛みは少なく、八角などのスパイスは表に出すぎていないから、かえって肉質香が際立つ。牛肉は柔らかいが噛みごたえを失っておらず、ちょうどいい加減だ。蔣経国氏は積極的に民衆との交流を図っていたため、さまざまな特色ある小吃を口にすることができたのだった。

牛肉麵に使う塊肉はたいてい牛腱《ニウジエン》(スネ肉)か牛腩《ニウナン》(肩バラからバラ)が主だ。たとえば台北の「鼎泰豊」「林東芳」と台中の「若柳一筋」、豊原《フォンユエン》の「満庭芳」、花蓮の「邵家」では牛腱、台北の「牛爸爸」「老董」と金門の「老爹」では牛腩を使う。独特なところでは、台北の「大師兄原汁牛肉麵」ではリブ肉を、「牛董」では骨付きのショートリブを使うし、「洪師父麵食棧」では二種類の異なる牛肉を使う。

中壢の紅焼牛肉麵もその名はよく知られている。以前、中壢は台湾北部における最大の家畜・家禽の市場の集中する地域だったため、道端の小店で売られる牛の内臓肉は値段が安くて質がよいと全土に名高かった。中壢のいくつかの店が二十四時間営業していることは人に喜びと安らかさを与えてくれる。たとえば「永川」と「新明」だ。二十四時間牛肉麵を売るのは、二十四時間本を売るよりよほど大切だ。台北がもったいなくも牛肉麵の都の名を頂くならば、この点は恥じるに値しよう。

中壢市の新明市場には牛肉麵の店がいくつも集中しているが、わけても民権路の二軒は特に有名だ。その「永川牛肉麵」と「新明老牌牛肉麵」は隣り合って営業している。この二軒からたやすく連想されるのは台北の永康公園にあった、かの二軒隣り合った牛肉麺屋のことだろう。まるで双子の兄弟のようで、牛肉も麺も、スープから付け合わせの小料理までよく似ている。「永川」と「新明」はどちらも注文の後にすぐ勘定をすませ、無料で麺とスープを大盛りにできる。テーブルの上の漬物は客が自分で取るし、小料理は小さなプラスチックの容器に入って、冷蔵庫の中に置かれている。牛肉はスネ肉を使い、麺はいわゆる白麺で、スープもほぼ完全に同じだ。青菜はどちらも少なく、刻みネギはたっぷり、というふうに。

　新明牛肉麺の名が高いため、それにあやかる店は非常に多い。とりわけ桃園県の中では、どこででもその看板を目にする。そのためこちらの老舗では看板の上に正統、老舗を表す「正宗」「老牌」という文字を足し、天に誓って強調する。「この一軒のみ、支店なし」と。

　胸のうちに忘れがたい牛肉麺はまだ他にもある。「阿正厨坊」は牛肉麺が中心の店ではないが、この店の牛肉麺は天下広しといえども、右に出るものを挙げるのが難しいほどだ。阿正こと黄守正はあらゆる細部にこだわり抜き、客に寄り添って料理をする。たとえば牛肉麺であれば、夏には清燉牛《チンドウンニウ》肉麺《ロウミエン》（塩味仕立て）を出し、冬になると紅焼牛肉麺を供する。牛肉はホホ肉を使う。ホホ肉はコストが高いが、阿正の手にかかると、細緻にしてうまみに富み柔らかなこと、やさしげな美人のようで、出会ったとたんに一目ぼれしてしまう。清燉牛肉麺のスープは人の心を動かすに足る。さっぱりとしていながら濃厚で芳醇、まちがいなく牛骨と牛肉を丹精こめて煮こんだもので、腹に収めたあとの余韻は限りなく長い。食事を取る空間から器に至るまで、その牛肉麺は非常にシンプルでモダンだ。見た目にはおしゃれだが、質実で素朴な個性がにじみ出ている。

「点水楼」は、世界最高の江蘇・浙江料理のレストランといえるかもしれない店で、この店の江南料理はどれも精緻な美味だ。しかし牛肉麵までこれほど傑出したものとは思っていなかった。清蒸牛《チンジョンニウ》腩烏龍麵《ナンウーロンミエン》は細い烏龍麵（うどん）を使う。繊細できれいな円形をしており、汁気を吸いやすく、スープはコショウの風味がやや濃い。使うのは肩バラよりはバラに近い部分のようで、食感からしてもあばらの間の肉らしい。最も魅惑的なのは、やはり半筋半肉紅焼牛肉麵《バンジンバンロウホンシャオニウロウミエン》だろう。三叉筋とスネ肉を精密に煮上げ、歯ごたえがあって香りが立ちながら、ねっとりと柔らかい。点水楼で牛肉麵を食べていると、細心さと精緻さがさまざまなところに見て取れる。店内も優雅で、卓どうしの距離がじゅうぶん取られ、漬物や醬油膏、トウガラシのペーストもみなきれいな小皿で別々に供される。また、器として使われているのは口の広い、分厚い白磁の碗で、しゃれているうえに温度を保ってくれる。これこそ牛肉麵を食べる時の道理にかなったもので、鉢は大きさも厚みも十分でなくてはいけない。そうでなくては、麵とスープがすぐに冷めてしまうからだ。

牛肉麵にファッショナブルさを打ち出した店といえば「牛爸爸牛肉麵」だろう。この店はまず一杯三千元〔約一万二千円〕の松阪牛肉麵《ソンバンニウロウミエン》で江湖《ぎょうかい》を震撼させた。多くの人々が自分の行き届いた配慮を表すためにこの店で牛肉麵をふるまう。この店は出す料理から環境に至るまで、精緻さと清潔さを感じさせ、その牛肉麵の発想は、まるでダンスにおける雲門舞集《クラウド・ゲイト》、ライフスタイルにおける誠品書店、アートにおける朱銘美術館のように、われわれに深い思索と啓発を与えてくれた。

牛爸爸は永遠に話題のタネだ。挑発ぎみに社長の王聡源氏に尋ねた人がいたという。「おたくの牛肉麺の何がいいのかねえ。なんでまた一杯三千元なんて値段なんだい？」王社長はその挑発を受けて、こんな気の利いた答えを返したそうだ。「うちの牛肉麺かい、たしかに何のいいところもないかもな。だが値段はいいだろう？」そして二〇〇四年には「元首牛肉麺《ユアンショウニウロウミエン》」を発表した。一杯一万元で、紅焼牛肉の和え麺に、塩味の牛肉湯を別に添え、麺には四か国から選ばれた肉とスジが載せられ、この星における夢の牛肉麺と呼ぶにふさわしい。スープは琥珀色で、肉質香に満ち、濃厚で飾り気なく、純粋だ。これがよく売れているらしく、多くの人がわざわざ三千元や一万元を使いに来るという。王社長はあるいは世界でいちばん牛肉麺を売るのがうまい人間かもしれない。庶民的な牛肉麺に高貴さときめ細かさを与え、牛肉麺を再定義してみせたのだから。

こんなふうに想像することもできる。ある老兵が退役後に、屋台を開いて牛肉麺を売る商売を始めた。彼の子どもたちはアメリカでよい暮らしをしていたので、父親をカリフォルニアに招いて一家だんらんを楽しもうとしたのかもしれない。老人は家で暇をもてあましていられず、そこでもやはり牛肉麺を売っていた。看板には「台湾牛肉麺」と書いて。その後、やはり異国には住み慣れず、台湾に戻って、牛肉麺を売り続けた。このときいわば輸出品を国内需要向けに切り替えたので、「加州《ジアジョウ》（カリフォルニア）」牛肉麺と名を改めた。いま大陸で見られる看板は、川味紅焼牛肉麺にせよ台湾牛肉麺にせよ加州牛肉麺にせよ、どれも台湾由来の産物だ。

歴史上の偶然が、麗しい文化的風景を作り出した。文学者の李欧梵ら外国に長く住む友人たちは、台北に来るたび、まずは牛肉麵を一杯食べないと気分がすっきりしないようだ。牛肉麵、中でも川味紅焼牛肉麵は、すでに台北における郷愁を誘う食べものとなっており、集合的記憶とわれわれ個人の感情とを呼び起こしてくれる。

永和豆漿

〈永和豆乳〉

大学時代は、詩の同人雑誌と演劇学科の雑誌、そして演劇上演用の特別刊行物の編集長を兼ねていたから、しばしば新北《シンベイ》は永和《ヨンホー》の豫溪街にある印刷工場に走っていた。工場の場所は中正橋のそばで、夜遅くなることがあると、橋のたもとで豆乳を飲み、焼餅《シャオビン》や油条《ヨウティアオ》（揚げパン）を食べていたが、そここそが永和豆漿《ヨンホードウジアン》の発祥の地だ。「永和豆漿」というのは、単に一つの商標の通称にすぎない。そのころ同じように永和の中正橋のたもとには「世界」「四海」「永和」の三軒の豆漿店が集まっていたが、今では世界豆漿大王だけがもとの場所で営業を続けている。

台湾経済が急激に発展してきたあの時期には、夜の生活は時間が遅くなるほど美しく、夜食を食べる人が朝食を食べる人より多かった。「世界豆漿大王」は一九七五年から二十四時間営業しており、全盛期には近くに十数軒の豆漿店が門前に市を成すがごとくに集まり、中正橋のたもとの夜は昼間よりもにぎやかなほどだった。

永和豆漿の発展は、中華少年棒球隊がアメリカの少年野球の世界大会で優勝して大いに台湾の権威を発揚したことと関連がある。中華民族が屈辱を受けること数百年、実力の高い少年野球チームの選手たちは単なるスポーツではなく、厳然として民族復興の使命を担い、ペンシルベニア州ウィリアムズポートで行われる世界大会で、毎年のようにアメリカチームに涙をのませたのだ。大会の実況中継を見終わるとすでに夜明けに近く、戦いの勝利を祝うかのように、人々は爆竹を鳴らし、台北市内から橋を渡って永和に向かい、豆漿を飲み、焼餅と油条を食べたのだ。その豆漿の味は、口角泡を飛ばして語る先ほどの試合の細部と、台湾の子どもたちの球場での勇姿とともにあった。

一九四九年前後に百数十万人の外省人が台湾に移住し、彼らの豆漿を飲み、焼餅や油条を食べる朝食の習慣が、台湾全土に影響を与えた。しかしそれでも、豆漿を名産とするのは永和の地から始まった。豆漿が永和という地名を冠するのは、もともと単に台北市内から橋を渡って永和に豆漿を飲みに行くということだったのが、はからずもついには台湾の豆乳を表す記号となったのだ。一九五五年に、北方から来た二人の退役兵、李雲增、王俊傑が永和の中正橋のたもとで小屋を建てて営業を始め、豆漿を作り、焼餅を焼き、油条を揚げて、「東海豆漿店」の看板をかけた。だんだんにたくさんの朝食屋台が集まり、朝食店の集まる場所として有名になっていった。中正橋がかけ直されて広くなった後には、東海豆漿店は今の「世界豆漿大王」という名に変わり、それから半世紀が過ぎて、ついには永和の文化的なシンボルになった。

誰も思いもよらなかったろう、中正橋のたもとの豆漿店が天下にその名を知られるようになるとは。そのうちの一人の若者が「永和豆漿」の商標を登録し、台北でみずから豆漿店を開いたものの、ほどなく商売の難しさを悟り、店と商標とをいっぺんに実業家の林炳生に売ってしまった。彼はその後三十年にわたり、まるで大豆におけるハーメルンの笛吹きのように、風雲を巻き起こすがごとく、永和豆漿をブランドとして確立させた。全自動生産を取り入れ、パン屋や学校、スーパーにまで卸すようになり、大規模な中国式のファストフード業を成功させ、中国・台湾の両岸ですでにチェーン店は五百以上に達するという。

豆漿は何の調味料も入れないものを「白漿《バイジアン》」あるいは「清漿《チンジアン》」と呼び、砂糖を加えると「甜漿《ティエンジアン》」となり、酢や塩、醬油、醬油漬けなどの調味料を加えると「鹹漿《シエンジアン》」に変わる。豆漿のうまさは、濃厚さ、純粋さ、そして香り高さにある。原料の良さは第一の条件だ。それに次ぐのが大豆を水に浸けるさいに、適切な水温と時間をコントロールすることだ。上等の豆漿には豆の香りがあり、だめな豆漿には豆のくさみがある。一九九三年、尹清楓大佐が巡洋艦導入のリベートに関わり殺害された事件で、最後に立ち寄っていたことで有名になった「来来豆漿店」の豆乳はかなり濃く純粋で、豆の香りの中にかすかに焦げた香りがあり、特に鹹漿は味わい深い。蛋餅《ダンビン》（卵とクレープの重ね焼き）は手作りで生地が厚く、ネギの量は魅惑的だ。店特製のニンニクだれをつけるとなおうまい。

ある朝早くに、「阜杭豆漿店」の入り口で徐善可《シューシャンコー》・宋文琪《ソンウエンチー》夫妻がちょうど食べ終わって家に帰るところに出会い、思いがけず友人に遇ったうれしさに、その日の朝の陽光はことさら輝いて見えたものだ。この店の豆漿は濃厚芳醇で、鹹豆漿に油条と香菜を加えると、とても滑らかでスムーズだ。特製の厚焼餅《ホウシャオビン》は小麦の香り豊かで、表面はかりっとしていながら、嚙むとやさしく柔らかだ。もう一軒、私の好きな厚焼餅はＭＲＴ麟光《リングアン》駅のそばにある「和記豆漿店」だ。この店の厚焼餅と鹹酥餅《シエンスービン》は麦の香りにゴマの芳香、炭の香ばしさ、ネギの香気にかすかに焦げたにおいが互いに高め合っている。

豆漿を飲むときには、しばしば焼餅、油条や蛋餅を合わせる。金門の「和記油条店」の油条が外はさくっと中は軟らかく、しっかりしているのは、前日の発酵生地「老麵」を加えるやり方で作っているからだ。利益は薄くなっても誠実に仕事をすることで、その油条は人の心を動かすものになる。色合いも風合いも、衛生的にみても、台湾全土で右に出るものはないと言えるほどだ。早朝五時、鍋の中の前日の揚げ油はまだ澄み切っているといえるほどなのに、この店では新しい油にまるまる換える。近くの「科記」の広東風の粥が人を魅了する理由の半分はおそらく油条のうまさにあり、これは主人が和記で買っているからではないか、と思っている。

私は台南の成功大学の宿泊所に何度か泊まったことがある。早朝に散歩して「勝利早点」で豆漿を飲み、かならず葱餅《ツォンビン》（ネギ入りパイ）と蛋餅を食べた。この店の蛋餅は分厚く柔らかで食感が独特だ。「山東葱餅」の中のネギの量はこぼれんばかりで、食べると実に痛快だ。羅東《ルオドン》の「崔記早点」の蛋餅の生地も厚く、小麦粉と卵をあらかじめ混ぜた煎麵餅《ジエンミエンビン》のようだ。卓上には別に豆豉入りのトウガラシが用意されており、水煎包《シュイジエンバオ》（蒸し焼きまんじゅう）につけて食べると気が晴れる思いがする。早朝に香り高い辣椒醬《ラージアオジアン》を口にすると、一日中気分よくいられる。さらにありがたいことに、崔記はその場で大豆を磨って豆漿を作っており、香りが濃厚で、やや焦げ味があり、鹹豆漿はもちろんうまい。今となっては、磨りたての豆漿を飲むのは容易ではなくなった。提供する速さと量を追求するために、最大の規模を持つ「永和豆漿」が豆漿パウダーを溶かして提供しているほか、ふつうの小さな店でも同じようになっている。

私はしばしば家で自分で豆漿を作る。大豆を一晩水に浸け、水を加えてミキサーにかけ、濾し布でおからを濾して、生の豆乳を煮立てる。その豆漿を飲み終わったら仕事場に行って本を読み、編集の作業をする。どれくらい経ったころだろう、私は自分が半生の長きにわたって編集に従事していることを意識するようになった。それが非常に複雑で、広範囲にわたりかつ厳粛な仕事であり、一生かけて学ぶ価値があると深く理解できるようになった。

一杯の豆漿が台湾人の早朝と深夜の食卓を変え、一つの時代における経済の発展を表すとともに、中華民族の尊厳をも反映したものになった。誰が想像しただろうか、二人の退役軍人が全世界の華人の豆漿市場に影響を与えるなどと。台湾にもし永和豆漿がなければ、まるで台湾での生活に楊麗花《ヤンリーホア》や鄧麗君《テレサ・テン》が現れなかったように、文化はずっと貧しいものになってしまっていただろう。

米干

〈雲南南部風の幅広の米めん〉

詩人の胡続冬《フーシュードン》が中央大学で客員講師として講座を持ったとき、彼を連れて龍岡《ロンガン》に昼食をとりにいったことがある。人の混みあう忠貞《ジョンジェン》市場の中を歩いていき、あやうく店名も看板もないその米干《ミーガン》の店を通り過ぎてしまいそうになった。店はかなり簡素で狭く、メニューも少ない。米干、米粉《ミーフェン》（細い米めん）に油麵《ヨウミエン》だけが売り物で、それらがみな壁に書いてある。営業時間すら、油性ペンでシャッターの支柱にじかに書かれていた。私たちは十分ほど立って待ち、むりに詰め合って席を取った。卓の上がきれいに拭き上げられることは永遠にありそうになく、こびりついた油染みはまるで何かの隠喩だった。あわてて立ち去ったことの隠喩だ。

米干の味は濃く、スープの色はにごっている。スープには針ショウガ、漬物、刻みネギ、肉そぼろ、油葱酥《ヨウツォンスー》（揚げ赤小タマネギ）が入っている。口当たりは弾力があり、つるりとしていて、透明感があり、おそらくサツマイモなどのでんぷん類が加えられたことを思わせた。胡続冬は辛いもの好きだから、店の自家製の辣油がその重厚な香り、味を引き立てる辛みにかすかな花椒のしびれで、すぐに彼の舌を納得させてしまった。

何度も雲南省の昆明《クンミン》に食べに出かけたことはあったが、「米干」は聞き覚えがなかった。おそらく餌糸《アルスー》、粑粑糸《バーバースー》（もち米めん）、米線《ミーシエン》（うるち米の押し出し米めん）などとほとんど同じようなものだろうと思っていたが、実際にはそうではなかった。餌とは、うるち米で作ったもちの一種だ。許慎《きょしん》の『説《せつ》文解字《もんかいじ》』に「米を粉にし生地を作って蒸し上げたものを餌という」とある。餌を圧して塊にしたものを餌餽《アルクアイ》、細く加工したものを餌糸《アルスー》と呼ぶ。対して米干は生の米から作る。その名は雲南の普洱《プーアル》一帯に由来し、昆明の「巻粉《ジュアンフェン》」、広東の「腸粉《チャンフェン》」、西安でいう「涼皮《リアンピー》」にもやや近い。

米干は普洱の人々の日常的な朝食で、おもに豆湯米干《ドウタンミーガン》（豆粉のおもゆ入り）と花生湯米干《ホアションタンミーガン》の二種がある。作り方は単純で、鍋いっぱいのあつあつの豆湯か花生湯を碗の中の米干に注ぎ入れ、ニラ、モヤシ、つぶして水でのばしたショウガとニンニク、醬油、うまみ調味料にゴマ油、油辣椒《ヨウラージアオ》（具入りラー油）などを合わせる。花生湯とはゆでた落花生をペースト状に磨ったもので、ふつうは大根か白菜の漬物を添えて食べる。普洱は、東南に向かえばラオス・ベトナムとの国境に当たり、西南に行くとミャンマーと接する、中国西南部の重要な出入り口だ。

雲南・ミャンマーに拠した国民党の遊撃隊が台湾に米干を持ちこんだのだが、その形式や内容は普洱のものとは大きく異なる。もちもちとした上質なうるち米を選び、軽く発酵させた後に、水を加えて臼挽きにし、濾して浅い金属でできた丸型の容器に流し、湯せんにして火を通し、冷ましてから細く切る。仕上がりは白色の半透明だ。調理のしかたはちょうど鍋焼きうどんのように、小鍋で豚骨から取った高湯《ガオタン》を強火で煮立てたところに、米干と副材料を入れる。テーブルの上にはトウガラシのペーストやその他の調味料が備えられている。食感は客家の作る粄条《バンティアオ》に似ており、またベトナム料理のフォーにも近い。ふつうは豚のレバーや薄切り肉、目玉焼きを乗せて仕上げてあり、味はかなり濃厚だ。

国共内戦の後期には国民党は台湾に渡ったが、一部の国民党軍は雲南のミャンマー国境にまで後退し、またタイ北部に逃れた者もおり、これらは孤軍となった。一九五三年、タイ・ミャンマー孤軍の兵士たちは台湾に渡り、桃園龍岡一帯のいくつかの眷村に落ちついた。龍岡は中壢《ジョンリー》、八徳《バードー》、平鎮《ピンジェン》の境界に位置し、彼らが持ちこんだ雲南・ミャンマー風の料理は、今では台湾全土でも独特な美食となっている。現在、眷村はすでに取り壊され再開発されているが、雲南、ミャンマー、タイが溶け合った風情は今なおあちこちに見出すことができる。

生計を立てるために、彼ら人生の苦難を味わい尽くした異郷の人々は、眷村の周囲で、みなぎる創意によって、故郷を思い浮かべながら自分が経験した味を料理として作り出した。たとえば「不一様小吃館」の「唐明宝《タンミンバオ》」は、彼らが自ら語ってくれたことには、孤軍がミャンマーに渡った後にミャンマー人のために発明した雲南風の創作料理だそうだ。白飯に刻みネギ入りのタレをかけ、鶏肉の衣揚げと揚げ落花生を添える。

特殊な歴史的背景は、大量の米干店をも生み、独特な美食の風景を形成していった。これらの米干店の多くは豌豆粉《ワンドウフェン》（豆粉のおもゆ）や過橋米線《グオチアオミーシエン》（多種の付け合わせを添えた汁米めん）、大薄片《ダーバオピエン》（豚頭肉の冷製)、乳扇《ルーシャン》(薄く延ばした乾燥チーズ)、牛乾巴《ニウガンバー》(牛の干し肉)などの雲南・ミャンマー一帯風の料理も出している。その大半は忠貞市場を取り囲むようにあり、互いに身を寄せ合うようにして、それぞれが近い関係を持ち、作り方や味、価格も似たようなもので、一定のレベルを備えている。

作家の柏楊は、小説『異域』において、この孤軍がミャンマー国境に撤退したときの様子を細かに描写している。

腹が減っても、ポケットの中の握り飯で飢えをしのぐほかなく、喉が渇いても身を伏せて谷川の水をむさぼるように飲むしかなかった。多くの兄弟たちは身を伏せたまま這い起きることができず、地面に倒れたまま呻き続けていた。彼らは仲間たちに支えられ、あるいは銃にすがって身を起こした。(略)

彼らの師長、副師長、団長らはみな去ってしまった。父親が苦難の時に我が子を捨てて行くように、彼らは自分のために血を流し命を懸けた部下を捨てたのである。

そして傷ついた兵士たちは弱り果てながら、彼らは台湾に渡っても、地位の心配はないのだろうよ、と言うのだった。

私がわりによく行く「国旗屋」米干店は、もとの名を「九旺米干」という。ちっぽけな建物は、内にも外にもいっぱいに青天白日満地紅旗ののぼりがはためき、店の外の路地すらも一面の旗の海にしている。主人の張老旺氏の父は、かつて遊撃隊の大隊長だった。彼は店内の白壁に朱筆でこの店の所縁を記している。

民国三十五年から四十一年にかけて、ミャンマーでゲリラ戦を戦い、父は母の縫った国旗を持って部隊を指揮し、戦うほどに勇猛さを増した。四十二年に命令を受けて台湾に渡り忠貞新村に居した。父が二十年後に世を去ったとき、箱の底からその血痕のある国旗が見つかった。息子として特にこの国旗屋を作り故人を懐かしむものである。　国旗達人

店内で注文できる品はすべて朱筆で壁に書かれている。「綜合米干《ゾンホーミーガン》（五目入り）」「火焼涼拌《フオシャオリアンバン》（豚肉の和え物）」「稀豆粉《シードウフェン》（豆のおもゆ）」「涼麵」――それらがみな、国旗の海に沈んでいる。私は彼らが米だけで作る米干が好きだ。食感がさらりとして柔らかい。国旗の海の中で米干を食べ、辣油を少々加えると、食べるほどに熱い血が沸き立つのを感じてくる。

彼の国旗への思いは、信仰よりもなお固く、米干を売っては、ひたすらに国旗を買い続け、自ら国旗掲揚の祝典を主宰し、さらに多くの国旗を求める布告まで出している。

十月一日に国旗の海を掲げよう　伝家宝前の信号から克難涼亭、国旗屋、龍平路中段、前龍街市場と忠貞駅まで　大旗一百枚・小旗五千枚を要す　現在自ら二千五百枚まで購入済　有志諸君

の賛助を求む

龍岡の米干は戦争の記憶を持ち、国難に耐えた時代を思わせる食べものだから、物のない中で間に合わせで済ませていたころの性格があちこちにかいま見える。太平の時代に戦乱を、かの食うに食われず、生きるに生きられなかった時代を追憶する。転々とし他郷をさまよったあのころから、今では一杯の米干の中には目玉焼きも、豚のレバーや肉までもが乗っている。それはぜいたくを楽しむことであり、悲しい過去の埋め合わせなのだ。

龍岡の米干は普洱の米干とは大きく異なる。遊撃隊の隊員とその家族や子孫たちは、米干を数十年にわたり作ってきた。実のところ、彼らは自らが感じ取り、想像し、経験した食べものを料理することで、その過程に自らが身を落ちつけられる座標を見出したのだ。そうした創造の過程では、認識でき、反復できるさまざまな形式がたえず創り出される。それらが集合的に体現するのは故郷を失いさまよった時の記憶であり、そして孤独の味わいだ。

蚵嗲

〈カキのかき揚げ〉

まるで言葉が出なくなったかのような青春だった。大学の共通テストにまたしても落第し、徴兵に応じて二年間兵役に服し、そのうち一年半を金門《ジンメン》と烈嶼《リエユー》ですごした。その日々の多くは憂いに満ち、そこに名状しがたい憤りがまじっていた。大して経ちもしないうちに気づいたのは、付き合っていた彼女が心変わりし、恋に破れたことだった。

夏の日の午後、セミが切れ切れに鳴き続けていた。まるで抑えつけた呼びかけと反抗を繰り返すかのように。

私は小武《シアオウー》と駐留地を飛び出し、こっそりビリヤード場に入って玉突きをし、またその隣の店で麵線《ミエンシエン》糊《フー》を一杯食べた。店を出るとき、ふいに二人の憲兵を見かけ、私たちは警戒してさっと脱け出して反対方向に逃げ、急いでフルーツショップに身を隠した。ちょっと見まわし、すばやく貢糖《ゴンタン》店、理髪店、小吃店などの間を走り抜けて街道から離れ、相思樹の林を通りすぎ、コーリャンの畑を渡り、丘の上まで駆け上がると蚵嗲《オーデー》を揚げるにおいを感じた。憲兵たちが追って来ていないのが確かだと分かると、ようやくわれわれは歩みを緩め、その小さな店まで引き返して蚵嗲を食った。

蚵《オー》とは牡蠣のことで、台湾では俗に「蚵仔《オーアー》」と呼ぶ。炸蚵餅《ジャーコービン》は閩南語で蚵嗲《オーデー》、蚵仔炸《オーアージャー》という。

金門島は、長らく戦地であったという特殊な状況のため、他から隔絶し、固有のものを多く残している。飲食については特に外からの影響が少なく、福建南部の昔ながらの味をよく受け継いでいる。とりわけそれは小吃によく表れている。たとえば厦門《アモイ》に由来する満煎疊《マンジエンディエ》（甘い薄焼き）、麵線糊（とろみ汁そうめん）、蚵仔麵《オーアーミー》（カキの汁麵）、蚵嗲《オーデー》（カキのかき揚げ）、馬花炸《マーホアジャー》（揚げドーナッツ）、豆包仔粿《タウパウアーグイ》（すあま）などがそうだ。厦門の「蠔仔炸《ハオザイジャー》」「蠔低炸《ハオディージャー》」はカキとサツマイモでんぷん、刻みニンニクとを粥状に混ぜて、油で揚げて火を通したものだ。この料理が海を渡って金門に伝わり、蚵嗲と呼ばれるようになった。

蚵嗲は金門では「蚵疊《オーデー》」とも呼ばれ、烈嶼では「炸炸粿《ジャージャーグイ》」と呼ばれる。「石蚵」と呼ばれるカキをたっぷりと使い、そこにニラやキャベツ、ニンジンにシイタケなどを入れて小麦粉を溶いたものをまとわせて揚げる。金門のカキには清新脱俗の気味があり、小さくてかわいらしく、きめ細かくて柔らかい。とりわけ農暦二月がいちばんうまい。そのころには軌条砦《きじょうさい》〔廃レールを海辺に立てた敵の上陸阻止用の設備〕でさえもカキでいっぱいになる。澎湖《ポンフー》もカキの産地だが、多くはワサビをつけて生で食べるか蚵仔煎にし、蚵嗲はあまり見ない。

長年の後に、何度か金門を訪れた時には、いつも貞節牌坊の真後ろにある「蚵嗲之家」で大いに蚵嗲を食った。いつも蚵嗲を食べたあとにはこの店の芝麻球《ジーマーチウ》（揚げゴマだんご）も食べる。落花生、あずき、緑豆の三種の味があり、たしかにうまい。食べては邱良功母節孝坊や清朝総兵署、奎閣《けいかく》、陳詩吟洋楼などをめぐる。古い史跡の中で、昔ながらの味を理解することができるわけだ。

「蚵嗲之家」では、揚げ鍋を二つ用いて作る。一つは低温で揚げて形を決め、客の注文があってから、もう一つの鍋で高温でかりっとさせるのだ。主人は毎日油を換えるので、この店のものは油切れがよいうえに、かりっさくっとした衣の中は、新鮮な野菜とカキがいっぱいにつまっている。

蚵嗲の作り方は単純だ。まずおたまに衣を少し取り、カキとニラなどの材料を入れ、上を衣で覆い、油を張った鍋の中に入れて揚げていく。仕上がりは黄金色で、空飛ぶ円盤状になる。蚵嗲を売る店では他の揚げ物も扱うことが多い。たとえば蚵仔酥《オーアースー》（カキの衣揚げ）や豚肉、花枝（コウイカ）などだ。揚げたての蚵嗲がいちばんうまい。その美学的特徴は外かり内うま、つまり皮は薄くかりっとして、中身がたっぷり入って新鮮でうまみがあることだ。蚵嗲をべたっと油っ気が強くぐにゃぐにゃしたものにしてしまうのはアホウのしわざと言うほかない。

台湾には各地に蚵嗲があるが、彰化《ジャンホア》でだけはこれを「蚵仔炸」と呼ぶ。私が心服する蚵嗲の多くは彰化の王功《ワンゴン》に集中している。一般的な蚵嗲は衣に小麦粉とトウモロコシでんぷんかサツマイモでんぷんを使って作るが、王功では在来米粉三に対して、大豆粉一を合わせて磨り混ぜて衣にする。衣の配合は経験によるもので、美味のカギは衣の配合とゆるさ、カキと野菜の鮮度、そして揚げ油の品質にあるといえよう。

王功はカキの故郷といえる。古くは珍珠蚵の産地で、空気には潮の香りが満ちている。近くの溪湖《シーフー》鎮はまたニラの生産が盛んなので、しぜんと蚵仔炸が当地を代表する美食となったわけだ。王功ではどこにでもカキを揚げる店があり、毎日採れたてをその場で剝く。芳漢路では、あちこちで女性たちがカキの殻を剝いている。蚵仔炸を売る店も多く、うまいところも少なくない。「巷仔内」「洪維身」「老地方」そして看板のない「大樹下」はどれも私が評価する店だ。

「巷仔内」は狭い路地の中に隠れるようにある。創業は一九四八年で、「老地方」とともに元老級の蚵嗲の店といえ、すでに営業年数は還暦を超えている。夏にやけどするほどあつあつの蚵仔炸を食べると、冷たいものが欲しくなるが、路地の入り口にはちょうど「泉芳枝仔氷」がある。四果《スーグオ》（ミックス）、龍眼米糕《ロンイエンミーガオ》（干し龍眼の甘いおこわ）、花生牛奶《ホアションニウナイ》（ピーナッツミルク）、パッションフルーツ、パイナップル、青マンゴーなどの風味の昔ながらのアイスキャンディーが売られている。私は王功で蚵仔炸を調査した時、泉芳のアイスキャンディーを箱買いして車を飛ばして台北に帰り、二魚文化出版社の同僚たちと昔ながらの味わいを分け合ったことがある。

「洪維身」の店内には「王功海潮汐表」が張り出されており、客たちに王功の潮の満ち引きの変化は早いため、海辺での水遊びのさいには気をつけないといけないと注意を促している。カキを食べに来た人々も、海の景色に惹きつけられて帰るのを忘れてしまうということだろう。カキの養殖は沿海部の潮の満ち引きのあるところで行われ、養殖家は観光カキ採り車も用意している。潮が引いたときに浅瀬を運転し、カキ養殖の竹組みや、トビハゼ、シオマネキ、アサリや遠くにいる水鳥たちを眺めて回るのだ。

王功を歩き回って蚵仔炸を食べ、風に吹かれて海を見、夕日を眺めるのは、生活における悦びだ。私は海辺に座ってカキ小屋を眺めるのが好きだ。潮が満ちたときにはカキの養殖をする人々が休憩し、カキ棚の様子を見るための場所だ。海のほとりのカキ小屋が夕日の残影の中に映えている姿は特に美しい。

表面が揚がりきった蚵仔炸に歯を立てると、中から新鮮でうまみのあるカキがぷるんとこぼれ出るのは、まるで封じこめられた青春が躍動してあふれ出したかのようだ。ふいに一九八九年に初めて北京を訪れたときのことを思い出した。作家の汪曾祺《おうそうき》氏が、即興で一幅の絵を描いてくださった。落款には沈従文《しんじゅうぶん》氏の詩句が引かれていた。「暮れ方のさしける光のまぶしさよ　たそがれ近きをなんぞおそれん」――この数年、私はようやくこの句の意味が分かるようになった。すべてが永遠に消え去っていく途中であっても、なお消えゆかぬ精神と記憶がある。外見こそ黄昏を迎えていても、内面ではまだ青春の魂を激しく震わすことができるのだと。

猪血湯

〈豚の血のスープ〉

金門島で兵役についていたとき、花崗石医院の工事にあたったことがある。その地底病院の工事は非常に難しく、花崗岩の岩山をほとんどまるまるくりぬいてできたものだった。ある時期、われわれは毎日ショベルを持って爆破後の坑道を進み、石くずや砂煙がもうもうと舞う中を掘り進めた。

営長が恩を着せるように、炊事場に命じて大鍋いっぱいの猪血湯《ジューシエタン》を作って兵士たちに賞与として食わせてやると言い、部隊を集めて訓話した中に、「猪血を食って肺を清めるように」という言葉があった。その時、上でいばっている連中がみんなでたらめなんだと分かった。部隊で豚をおとしておいて、連中が肉を食ってから血を捨てちまうのが惜しくなって、兵士をちょっといたわってやろうなんていう心持ちだったのだろうが、毎日花崗岩の粉を吸いこんで傷めた肺には何の救いにもならない。猪血がそんなに効くのなら、連中もわれわれと同じように坑道に入り、出て来て一緒に食べればいいではないか。

猪血が肺を清めるというのは、おそらくはただの民間の俗説だろう。明の李時珍《りじちん》が編纂した『本草綱目』には、その味は「鹹にして平、無毒」とあり、「血を増し、動悸の発作や暴気、海外の瘴気を治す」とあるだけで、猪血が肺によいなどとは一字も書いていない。

逆に、孫中山先生は『孫文学説　行うは易く知るは難し』において、大いに猪血を称賛している。

猪血は鉄分をたいへん多く含むので、栄養を補うのにこれ以上のものはない。およそ病後、産後に貧血の症状のある人々はみな、化学的に作られた鉄剤によって治療していたが、今では猪血で治療している。けだし猪血に含まれる鉄は有機物の鉄であり、無機物である合成の鉄剤に比べて、ことに人の体に適しているのであろう。そのため猪血は食品として、病中の人に与えれば栄養を補うことができ、健康な人もこれを取れば体をさらに丈夫にできる。であるからして、中国人がこれを食べるのは、ただ粗悪野蛮ならざるのみにあらず、極めて科学的、衛生的に理にかなったことなのだ。

医学者の口ぶりを借りて、西洋人は当初中国人が猪血を食べることを蔑んでいたものの、その西洋の現代医学が猪血の医学的効能を証明したとする。孫中山先生は偉大なる革命家であり、政治戦略のレベルで中国と西洋の飲食文化を比較しているからには、これは『三民主義』や『建国方略』の思想体系に連なるものだ。腑に落ちないのは、過去に大学・専門学校の統一試験が、三民主義は取り上げても、この方面の試験問題は出していないことだ。長年の出題委員の首についていたのがみなブタの頭だったわけでもあるまいに。

猪血湯は創意に富んだ台湾の庶民の小吃だ。猪血は色合いが赤くつやがあり、柔らかくきめ細かで、そのうえ巧みに味つけをすれば、風味に富んだ美食となりうるもので、吸血鬼の飲み物などとは程遠いのだ。

この一杯の猪血湯を侮るなかれ、美食として作り上げるのはそれほど簡単なことではない。台湾全土のどこにでも猪血湯を作る人はいるものの、私の胃腸を納得させてくれるものはそう多くはない。うまい猪血湯の第一の条件は猪血が新鮮であることで、煮出したスープと副材料、味つけがそれに次ぐ。

台北の昌吉街には二軒の猪血湯の専門店がある。「猪屠口昌吉街猪血湯」と「呷巴霸猪血湯」で、二軒は向かい合っている。現実は非常に残酷なもので、前者は門前市を成し、後者は閑古鳥が鳴いている。

その「猪屠口昌吉街猪血湯」は店の猪血を「特製天然紅豆腐」と標榜しており、特に天然紅豆腐の五文字は店の看板よりも目を惹く。自信満々、猪血は至極の柔らかさ、柔らかな中にも弾力があり、出汁は豚骨で煮出し、さらに沙茶醬《シャーチャージアン》と自家製のタレで調味してある。ニラと猪血湯は実にみごとな組み合わせで、最初はいったい誰の工夫だったのかは分からないが、その人の貢献は卓越したものがある。ニラと酸菜《スアンツァイ》（漬物）には味を増しくさみを取る効能があり、加えて豚骨で煮出した高湯が興を添えて、たちまち猪血を審美の段階にまで引き上げている。

調味料のカウンターには醬油膏、甜辣醬、刻みニンニク、韮菜醬《ジウツァイジアン》（ニラだれ）、ワサビ、黒酢などがあり、客が自分で選んで組み合わせ、つけダレにできるようにしている。テーブルには別に酸菜と辣椒醬も置かれている。猪血をつけダレで食わせるのはおそらくこの店だけで、しかもつけダレにたいへんこだわりがあるのに、何もつけなくても十分うまいのだ。スープを飲む前から大量の酸菜を入れる人もいるようだが、最初は入れずに、三分の一くらい飲んだところでさらに酸菜を少々加えれば、濃厚なスープに甘みが加わり、一杯で二通りの滋味を味わえるとお薦めしておきたい。あのスープを一口飲めば五十年前の台湾に戻れる。

この店の斜め向かいの大同区の行政センターは、以前は「猪屠口」と呼ばれる豚の食肉処理場だった。それを取り囲むように、豚肉をおもに扱う小吃の小店が集まったのだ。当時は血をほしがる人がおらず、創業者の蘇老先生は毎日夜中の二時に桶を担いで処理場に行き、新鮮な豚の血を受け取っていた。豚の血は一時間以内に水を加えて凝固させないと、よい食感にはならないのだという。処理の方法はもちろん経験の蓄積によるところで、血に水を加える比率が凝固した後の食感を決めるのだ。

鹿港《ルーガン》の第一市場に「老全猪血麵線」という小店がある。猪血に豚の小腸、麵線《ミエンシエン》が一つの鍋で煮られ、その風味は独特のものだ。この店は許伝盛氏が一九四四年に始めたもので、当初は担ぎ屋台で売り歩いていたのが、およそ三十年前にようやく第一市場の大明路に面したところに店を置くようになったのだという。店は毎朝早くに食肉処理場に行って新鮮な猪血を買い、作るさいに加塩処理する（塩水一に対して猪血二を加える）ことで血が固くなり渋みが出るのを避ける。見るところ、主人は小腸を加えて同じ大鍋で煮こんでおり、猪血麵線には芹菜《チンツァイ》（細茎セロリ）に鹹菜《シエンツァイ》（漬物）と、ラードで揚げたネギで風味をつけており、スープは濃厚なラードの香りをたたえている。当初、猪血麵線は一杯二角（一角は〇・一元）だったが、いまでは一杯二十五元になった。

台南の玉井郷《ユージンシアン》にある創業六十年の老舗「老牛伯仔猪血湯店」は、創業者である主人の「老牛伯仔（牛屋のおじさん）」こと洪春生氏が、もともと食肉処理場で豚の屠畜に当たっていたところ、豚の血の引き取り手がないというので少し持って帰り、スープを作っていた。その手わざは家族に喜ばれるところであったので、やがて旧市場で屋台を出したところ、商売がだんだんうまくいきだし、炒米粉や粉腸も売るようになって、評判が広まった。今では店は老牛伯仔の娘と長男の妻に受け継がれ、彼女たちが開発した独特の「猪肺粿《ジューフェイグオ》（豚フワの米粉詰め）」は、時間も手間もかかるというので、毎日肺二つぶんしか作れないのだが、奇貨居くべし、この店のもう一つの看板商品となっている。

新鮮であってはじめてうまいというので、台東《タイドン》の「卑南猪血湯」の主人も毎朝早くに食肉処理場に出向いて新鮮な豚の血を買い求める。彼は豚の血を親しみやすいものにし、外国人の観光客に親切をはかって「ブラック・トウフ」という名前をつけているのは、気が利いていてユーモアがある。この店の猪血は大きく切り出され、柔らかいながらも嚙みごたえがあり、スープには大腸も少し入っているから、そこに一種の脂の香りも加わる。この脂の香りが、猪血湯にとっての重要な美学的手段であるといえようか。

忘れられないのは、野外で猪血湯を飲んだあの時のことだ。あれは一九七七年だった。金門島に駐屯していた野戦部隊のほとんどが戦地用の地下病院の掘削と建築の工程に投入された。花崗岩は鋼のように固く、ショベルをふるって全力で掘り進めようとするものの、一センチも掘り下げられない。最終的に、工兵連に頼って爆破しなければ、ということになった。

爆薬をきちんと埋設して、われわれ歩兵連は「安全距離」まで退避した。売店で猪血湯と、茶葉蛋《チャーイエダン》を一つ買って食べながら、爆薬の炸裂する音を数えていた。九、十、十一、十二といって十三まで数えたところで、ふと目を上げてあっけに取られた。砕け散った花崗岩の塊が空を埋めているのだ。殺気にあふれた石の雨の絨毯爆撃に、私は手にした食べものも落として、うろたえながらほうほうの体でトーチカの機銃口に這い入った。その時、大小さまざまな花崗岩が次々と砕け落ちてきた。そこは数秒前まで私が立って猪血湯を飲んでいた場所だった。幸いにも災厄を逃れて、怖さのあまりに足が萎えてしまった。私には分かった。坑道の近くにまたばらばらになった死骸がいくつか加わったのだと。

貢糖

〈ピーナッツのプラリネ〉

部隊が金門島の防備に移ったばかりのときには、彼女は私に毎日一通ずつラブレターを送ってくれていたというのに、そんなふうに半年過ごしたところで、急に音沙汰がなくなってしまった。私は内心分かっていた。彼女にはすでに新しい彼氏ができたのだと。あやうく憂鬱症になりそうだった。毎日早朝に目が覚めるのに、寝床から起き上がる力は出ず、どうやって新たな一日を過ごすための勇気をかき立てればいいのか分からなかった。今でも想像できない。もし金門島に高粱酒《ガオリアンジウ》と貢糖《ゴンタン》がなかったら、どうやって日々を過ごせただろうか。私はほとんど毎晩高粱酒を飲み、飲んでは泣きながら三年の間恋を語らったバレエダンサーの彼女を思い続けていた。そしてしょっちゅう貢糖を食べた。その糖分はまるで、人がしばしの間、苦痛を忘れるための瞬間的な助けになってくれているようだった。金門にいた十八か月の間に、私はおそらく一生分の貢糖の配給を早くも使い切ってしまったのではないだろうか。

貢糖は落花生入りのほろっと崩れる砂糖菓子で、名称の由来は「貢丸《ゴンワン》（肉つみれ）」と同じだ。飴の質がみっしりときめ細かくなるように、作る過程で槌で叩く必要があり、閩南語では叩く音を「貢《ゴン》」と表現するのだ。貢糖とはつまり叩いて作った飴という意味で、その名の通り何度も叩いては延ばす。煎った落花生と煮詰めた麦芽糖を合わせて細かく砕き、さらに中にあんを包んで引き延ばし、空気を混ぜて口当たりを軽くし、切り分けて包装するのだ。

貢糖の作り方は非常に複雑だが、大ざっぱにいえば落花生を煎り、麦芽糖を煮詰め、空気を混ぜて口当たりを軽くするという工程に分けられる。落花生を煎るのがいちばんこだわりのいるところで、香気が最も高まる臨界点まで煎り上げるのだ。落花生の殻を開いてみて、中のさねの真ん中に溝ができ、色がうすい黄色になるころがちょうどよい。続いては飴の煮詰めで、砂糖と麦芽糖に水を加えて煮詰める。二つを混ぜ合わせる割合と火加減が食感に関わる。煮詰める過程では、たえずかき混ぜなければならず、麦芽糖を均等に散らして、鍋底が焦げつかないようにしないといけない。最後に、煎り上げて薄皮を取った落花生をねっとりとした糖液の中に入れてかき混ぜる。落花生と糖液の割合はおよそ二対一にする。それを叩き伸ばして薄くし、落花生の粉とゴマ、ニンニクや塩などで風味をつけた中身を包み、引き伸ばして歯触りをよくして、決まった長さに切り分けるのだ。

以前は、落花生と糖液を均等に混ぜ合わせるさいに、厚い石の板の上で何度も叩き伸ばしたものだった。この工程が最も労力がいるところで、糖液が完全に冷めて固まってしまう前に落花生の粒を叩き潰して粉にして、糖液に混ぜてしまわないといけない。糖液は温度を保っていないと扱いにくい。もし温度が高すぎると、延ばしたときにほろりと崩れない。冷めすぎれば、延ばしたとたんに砕けてしまう。今ではコンピュータで原料を選別し、自動で煎り上げ、薄皮を取り、不良品をはね、温度を保って糖液を煮詰め、砕いて成形し、切り分けて自動で包装までしてくれる。

金門島は降雨量が多くなく、日差しが強く、蒸発が速い。そのうえ、土地の水を貯める力が弱く、しばしば渇水状態になる。地質は花崗片麻岩で構成され、島全体が酸性の強い土砂と赤土で覆われ、腐植質に乏しい。そのため、乾燥に耐えられる雑穀に類する植物にしか適さない。たとえば落花生や高粱、小麦などだ。特殊な風土条件から、落花生の粒は小さく実はつまっていて、油脂分がやや高く、食味は濃厚でたっぷりしたものになる。しかし金門島産の落花生はすでに需要に追いつかなくなっており、大部分は台湾本土から輸送されたものに頼っている。

これほど長い時間が経つと、金門貢糖の味わいも世の中と同様に大きく変わってしまった。最初はプレーンに香酥《シアンスー》（ほろほろ食感仕立て）、猪脚《ジュージアオ》、塩落花生風味のものくらいだったのが、ますます多様になり、ニンニク風味、イモあん、抹茶、肉でんぶに海苔、黒ゴマ、コーヒー風味などがある。猪脚貢糖《ジュージアオゴンタン》は、アメ色の麦芽糖で貢糖を包んだもので、ちょっと歯に粘るが、濃厚でいながらさっと溶ける。私の好みの貢糖は塩気の入った鹹酥《シエンスー》と竹葉《ジューイエ》の二種類だ。鹹酥貢糖は外はさっくり中はしっとり密で、歯を軽く当てるとさっと砕け、中の落花生の粉が口の中に散らばり、柔らかく舌先にまといつき、思い出のようにゆっくりと溶けてなくなっていく。竹葉貢糖は竹の葉で包んだもので、軽く淡い竹の香りが貢糖を抱きとめている。これは小金門の「金瑞成貢糖店」が作ったものだ。

金門で私がしょっちゅう食べるブランドには「名記」「金瑞成」「天工」「聖祖」などがある。これらは私がつらい日々をともに過ごし、未来にはまだ明るい希望があると思わせてくれたものだ。名記を有名にしたのは二代目の後継者である陳金福氏で、金門貢糖の創始者である「命師」こと陳世命氏の第四子であり、「陳金福号」を屋号にした。老舗の新ブランドと呼ぶことができるだろう。もとの名記は第三子の陳金慶氏が経営している。

金瑞成は当初、小金門の林辺村にあった。洪金造・林瑞美夫妻が一九六〇年に創業し、こちらも家族経営だった。一九九八年に八達楼子のそばに店を開いた。この西洋建築はバロック風と福建省南部のスタイルを融合させたもので、小金門で最大の貢糖店となっている。店でいちばん有名なのは竹葉貢糖で、材料を選別するときに等級に分け、最上の原料のみを使って作っているという。

当初は貢糖は金門人の茶請けとして、どれも家庭単位の名もない小工場で作られたもので、産品は直接、茶店（いわゆる老人茶坊）の卓上で売られた。一九五九年の第一回全国商品展で最優秀賞を獲得した後、名声が大いに高まり、兵士たちが退役して台湾本土に帰るさいに必ず買う手土産になった。以前は金門島では貢糖を食べるさいに、当地の言葉でいう油炸果《ヨウジャーグオ》、いわゆる油条《ヨウティアオ》（揚げパン）を添えるやり方があった。「西洋タバコにマッチ、貢糖に油炸果」とはよく言ったもので、油条が冷めてから二つに折って貢糖を一つ挟んで食べるのだ。後に春餅《チュンビン》（小麦粉の薄焼き）で貢糖を包んだり、饅頭《マントウ》（蒸しパン）で貢糖を挟んだりという新しい食べ方も生まれた。

貢糖は厦門《アモイ》で生まれ、金門島でその名を高めたものだが、二つの土地の貢糖には大きな違いがある。金門の作り方は精緻さにやや勝り、厦門の貢糖は飴の部分の分量が多めだ。金門の貢糖を作る技術は

小金門名產
金瑞成竹葉貢糖
聖祖食品
貢糖
花生酥糖
金門
天工貢糖
名記

台湾本土にも伝わり、羅東にある「金少爺西餅」の古早味貢糖は人々に好まれている。

われわれが住むこの地球では、多くの生きものが劇作家バーナード・ショーのように甘いものを好んでいるが、砂糖の最初の役割は薬だった。砂糖は薬屋でもたいへん高い地位を得ていた。フランスには大事なものを欠かしてしまった人のことを「まるで砂糖のない薬剤師だ」と喩える慣用句があったほどだ。

二十世紀の人類の飲食習慣の最大の変化の一つが砂糖だ。アメリカを例に取れば、彼らは毎年、百四十五ポンドの砂糖を摂るそうで、一日当たりにすると小さじ二十八杯分になる。二十世紀の初頭においては、砂糖はまだぜいたく品で、当時はアメリカ人の平均消費量は年間五ポンドほどだったという、一世紀の間に、砂糖を摂る量が二十九倍にも増加したことになる。

貢糖はただのアメではなく、噛めばたちまち砕け、口に含めばすぐに溶ける。美学的な性質はまるで愛情のようだ。容易に砕けてしまい、砕けてからも後をひく。

なぜだかは分からないが、貢糖はたとえ写真で見ただけでもすぐによだれが湧いてくる。私は自分ではコントロールできないレベルまで貢糖を愛してしまっているようだ。もし血糖値がこれほど高すぎなければ、後半生は貢糖ばかり食べていたい。金を出して買わないといけないこと以外に、貢糖に欠点は一つもない。

五

仏跳牆

〈さまざまな乾物と肉類の蒸しスープ〉

仏跳牆《フォーティアオチアン》は福建の名菜の中でも第一と呼ぶにふさわしい。材料は選び抜かれ、工程は複雑だ。主材料は鶏、鴨、羊のウデ肉、豚の足先にアキレス腱など二十数種に及び、副材料は干しシイタケ、干したマテ貝にウズラの卵など十数種に達する。

まず、それぞれすべての材料を下ごしらえする。たとえば豚のスペアリブやヤツガシラは先に油で揚げ、フカヒレやナマコは戻しておき、ウズラの卵はゆで、豚の足先や豚ガツは先に味をつけて煮こむ。それからそれらの材料を甕に詰め、煮出した鶏のスープに紹興酒を加えて九分目まで満たしたところで、とろ火でゆっくりと煮こむか、甕ごと蒸し上げる。調理器具は磁器の甕がよい。大きく深く、口が絞られ胴がふくらんでいるものだ。甕の口は蓮の葉で密封し、甕ごと蒸すことおよそ一時間、仕上がりはやわらかくほろりとして味わいは豊か、香気は馥郁としてこってりと濃く仕上げる。

現在まで百数十年をかけて発展してきた結果として、仏跳牆の材料はさまざまに変化し、豪華か質素かは作る人しだいとなった。わずか百数十年の歴史とはいえ、その起源は諸説ふんぷんだ。そのうちの一つに、あるところにこじきが一人おり、おもらいをした残り物のスープや焼き物を、ある寺の塀の脇で火を焚いて煮直していたところ、よい香りがただよい、寺の中の坊さんがまんできずに塀を越えて食べにきた、という話がある。

比較的に信頼がおけるのはこんな説だ。清の光緒年間、ある福州官銭局の役人が家で宴会を開いて福建按察使の周蓮《しゅうれん》を招いた。主材料は鶏にアヒル、豚などおよそ十数種、紹興酒の甕を使って丹念に煮こんで作った。周蓮は味わった後に讃嘆やまず、料理の名を尋ねたところ、役人はこの料理には「吉祥如意、福寿双全」、つまり幸運は思いのまま、福運と長寿が揃う意味をこめて、「福寿全《フーショウチュアン》」と名づけたのだと言った。周蓮は自分の家の料理人の鄭春発《ていしゅんはつ》に、役人の家の召使に習わせて、それをさらに改良させたのだという。

鄭春発は福建料理の開祖と呼べ、光緒三十年（一九〇四）に独立して「三友斎」を受け継ぐと、店名を「聚春園」と変えた。それからこの福寿全という料理は榕城こと福州で大いに喧伝され、その名を慕って食べに来るものが多くなった。この料理が卓に運ばれて蓋を開けたときの香気が、ある秀才の霊感を呼び覚まし、即興に対句を吟じた。「甕を開けば香りが立って、坊主もかきねを越えてくる。」ここから「仏跳牆」の名が天下に広まったのだという。別の説では「福寿全」の福州方言が「仏跳牆」の音に近いので、訛りがそのまま伝わって今に至るのだともいう。

こじつけの物語は信頼がおけないものの、幾分かの道理はあるようだ。文学者の林文月は、こじきが残ったスープや焼き物をごった煮にしたという伝説は、ちょうど仏跳牆の調理の特色を表してもいると認めている。それぞればらばらの味が、集められて二重蒸しにされるからだ。もし同じ素材を一つの鍋でいっぺんに煮こむだけだと、効果はまったく異なってしまう。

現在の聚春園はホテルも備えて、たいへん規模が大きい。聞くところでは、二千種もの料理があるとか。私は初めて訪れた時には、あまりに意地汚く、一人で仏跳牆をがっついた上に、茘枝肉《リージーロウ》（豚肉の衣揚げ甘酢風味）、糟肉夾光餅《ザオロウジアグアンビン》（豚の紅こうじ焼きのサンド）、爆糟家兔肉《バオザオジアトゥーロウ》（兎肉の紅こうじ漬け炒め）、魚丸肉燕湯《ユーワンロウイエンタン》（魚つみれと肉皮ワンタンのスープ）、太極香芋泥《タイジーシアンユーニー》（ヤムイモ汁粉の太極仕立て）などを頼んだものだった。

福州にはこんなふうに考える人もいる。福寿全が「全」というからには、丸鶏に丸のアヒル、羊の脚も一本まるごとでなくてはならず、揚げた豚肉で代用できるものではない。また、スープの基本は、淡菜や干しマテ貝などによるべきであり、ヤツガシラを入れるのは単に中身をかさ増しするだけで、蛇足のきらいがある。鹿のアキレス腱を入れるのはよいが、豚のそれを入れては主人の高貴さを表すことができない、などなど。しかし丸鶏に丸のアヒルや羊の脚をすべて甕の中に収めるとなると、どれほど巨大なものを用意しなくてはならないことか。まことにメンツばかりを重んじるつまらない食い方だ。

この料理ははじめからこれほど人気があったわけではない。作家の梁実秋は台湾に来る前には聞いたこともなかったという。仏跳牆は清末に海を渡って台湾に伝わった後、台湾料理に融合されてその名が高まったと見え、その姿も福建風のものではなくなっていった。徐々に鶏、アヒル、羊のウデ肉などは入らなくなり、その代わりに海産の乾物の分量が多くなっていった。たとえば干し貝柱に干しアワビ、フカの皮などだ。副材料には茶えのきや白菜、クコに干し龍眼などがしばしば見られる。

私の見るに、台湾式の仏跳牆は北投《ベイトウ》の旅館のものが最も魅惑的だ。もっともこれには温泉地の環境による助けが大きいかもしれない。北投の旅館には風呂がついているので、冬に湯につかって全身ぐにゃぐにゃになったところで、頃合いにこの熱いスープを飲むというのは、たしかに仏跳牆を味わう最高の境地と言えよう。高行健《ガオシンジエン》がノーベル文学賞を受賞したとき、彼を連れて長い歴史のある「滝乃屋」で湯につかってお祝いをした。二人とも落ちついて顔を合わせ、湯気のもうもうと上がる中でおしゃべりをしながら、窓の外の美しい庭園を鑑賞したのだった。惜しいことにノーベル賞受賞者ともなると近寄りがたくなるようで、十数年というもの連絡のつかないままになってしまっているが。

温泉旅館のほか、台湾料理店や福州料理店の手になる仏跳牆もなかなかよい。目下のところ、台北で最も正統で最も高級な福州料理といえば「翰林筵」をおいて他にない。店主が推薦する「福州官府菜」は、台湾にゆかり深い清末の官僚沈葆楨《しんほてい》の子孫沈呂遂《しんりょすい》が創ったとされるもので、その看板料理こそ仏跳牆なのだ。台湾料理店の「明福餐庁」が作るものはヤツガシラと揚げた豚肉を入れず、これに代えてクワイ、タケノコ、ギンナン、冬虫夏草、松茸、フカヒレの根元にあたる「魚唇《ユーチュン》」に鶏の睾丸など、十数種の材料を入れ、スープはすがしくさっぱりとした味わいが際立つ。

ある晩、詩人の楊牧《ヤンムー》夫妻を招いて明福餐庁で食事をした。「阿明師」ことシェフの李日明氏に、こちらの店を代表する名菜「一品仏跳牆《イーピンフォーティアオチアン》」を予約するのが間に合わなかったのだが、なんとか味わえまいかと尋ねてみたところ、もちろん無理だという答えだったが、十分ほど後に女主人の林麗珠氏が来て、出せるようになった、と言う。日本人のお客が一甕予約していたのだが、時間になっても来ないので、それをこちらに譲ってくれるというのだ。仏跳牆が卓に載せられると、女主人はまず主賓の楊牧に取り分けた。楊牧はすぐに一粒のあやしげなものをすくい上げてこれは何か、と聞いたので、私がトリのタマだと答えると、驚いてレンゲを持った右手が点穴《てんけつ》でもされたようにぴたりと動かなくなってしまった。ご無理なら私に下さいよ、などと言っていたその時だった。

一群の人々が店の扉から入って来た。とたんに女主人はまた今盛り分けたばかりの仏跳牆を一つ一つ甕の中に戻すと、慌てた様子で言った。「日本人が来たよ!」その声はまるで日本軍が空襲してきたかのようだった。彼女は楊牧の碗の中のスープがもう何口か飲まれてしまったのを見ると、さすがに戻すのが申し訳なくなったのか、振り返って言った。

「それ一杯でだいたい千元くらいはするからね、店が持つから食べちゃって。」

仏跳牆は山海の珍味を甕一つに集めていることから、豊かさと円満の象徴になる。甕の中にはしばしば二十種を超えた食材が入り、それぞれが自らの独特の味わいをなげうち、一つに溶け合い、声を合わせて響き合い、それぞれ高め合って、ごった煮の美学の極致を体現している。

妻がまだ生きていたころ、毎年除夜には、仏跳牆を作って岳父岳母の家に贈ったものだった。だいたいの場合は中に干し貝柱、干しアワビ、フカヒレなどの高級な乾物を入れてあり、しぜんと年越しの晩餐の主役になった。除夜は親戚が集まる夜で、自分の両親の家に戻って食事をするのが道理だが、

銀杏
香菇
杏鮑菇
冬蟲夏草
雞佛
魚翅
竹筍
鮑絲
明福
台菜
明福台菜海產
TEL:5629287
明福
一品佛跳牆

結婚したあとなら、夫の実家でも妻の実家でもそれぞれの家しだいだろう。私は妻と娘を送って家族みなで食事をし、大家族が私の作品を争うように食べてくれ、妻が顔をほころばせるのを見るのが好きだった。謙遜せずに言えば、私の仏跳牆はとてもうまい。ヤツガシラは入れるが、スープは決してそれと分かるほど濁っていない。集まった親族たちのご機嫌をうかがうにはこれがよく効いたのだ。

麻油鶏

〈米酒とゴマ油風味の鶏肉の煮こみ〉

麻油鶏《マーヨウジー》は、正確な言い方をすれば「麻油焼酒鶏《マーヨウシャオジウジー》」だ。その美味のカギは三種の主材料にある。すなわち麻油、米酒、鶏肉で、どれ一つとして欠かせない。ことに麻油はその魂だ。麻油鶏を調理するときには、先に麻油でひねショウガを炒めて香りを出し、乾いてくるまで炒めてから鶏肉を加える。麻油とはゴマ油のことで、台湾の農村独特の産品だ。麻油とひねショウガというめずらしい組み合わせで、互いが引き立て合い、たちまち小躍りするような香りを立てて、立ちのぼる香りが鼻をつく。麻油鶏は台北で盛んに作られるが、麻油そのものは台南のものが尊ばれる。よいゴマ油には抗いがたい香りがあり、われわれの官能を惹きつける。これまで口にした中で最高のゴマ油は、おばに贈られたもので、彼女は自分で黒ゴマを買って、みずから監督して台南は大内郷《ダーネイシアン》の搾油職人に焙煎、蒸煮、圧搾してもらったのだという。こうした伝統的な搾油法で作ったゴマ油がいちばん香りが高い。搾油の技術はまったく職人の経験に頼るところで、ゴマを焙煎しすぎれば搾ったときに油が黒くなり、やや苦みが出てしまう。逆に火入れが足りないと香りに乏しくなる。

ゴマはまた芝麻《ジーマ》とも呼び、晋の葛洪《かつこう》の『抱朴子《ほうぼくし》』の「仙薬」の項には「ゴマを服すれば不老の効があり、関節痛を防ぎ老化を止める」とある。麻油には古くから食餌をもって医療となす精神が備わり、台湾人はみなゴマには温補の作用があり、冬の体の不足を補うすばらしい食品であると信じている。米酒は台湾菸《えん》酒《しゅ》公司の紅標米酒がいちばんよい。農村の自家製の米酒をいろいろ使ってみたが、たいていはアルコール度数が高く、味はみな菸酒公司の「米酒頭仔《ビージウタウアー》」ほどのすっきりした良さがない。紅標米酒が大幅に値上げされたあの数年の間に、大麻油鶏や姜母鴨《ジアンムーヤー》（ショウガ風味のアヒルの鍋物）、羊肉爐を売る店は米酒の分量を減らすか、他の米酒に変えざるをえなかった。あれはまったく台湾社会にとっての災難であった。

紅標米酒の瓶はピンクと赤の二色刷りのラベルで、稲穂の図案が施され、まるで一種の美食のトーテムのようだ。この酒は甘くすっきりとした風味があり、独特な料理酒で、台湾の家庭の厨房の標準配備の一品だ。この米酒が台湾料理の基本的な味わいを支えており、台湾料理における米酒文化を形成している。およそ煎り焼き、煮こみ、炒めに揚げ物とさまざまな料理法のどれ一つも米酒がなくてはならないほどだ。台北市武昌街の「雪王氷淇淋」には、なんと麻油鶏味のアイスなんてものもあることから、この米酒の魅力の一端がうかがえようというものだ。麻油鶏を煮るのに生ビールを使う人もいるが、それは麻油鶏という料理の本質を理解していない。思うにビールはせいぜい麦の香りをかすかに発することができる程度で、煮こんだ後は酒の香りは飛んでしまう。

妻は常々私にこんなふうに言う。果物を食べるなら、それがなる樹に感謝しなければ、と。妻が二人めの娘を出産したとき、愛しい娘を二人も産んでくれたことに感謝するために、私はみずから妻の「坐月子《ズオユエヅ》（出産後の女性をひと月の間休ませる習慣）」の助けになるようにと、毎日麻油鶏を煮た。ショウガは皮をむかず、ヘチマタワシでこすって汚れを落とし、薄切りにして強火で炒め香りを立てる。それから炒めて軽く湯通しした鶏のモモ肉を入れ、塩は加えず、水の替わりに米酒を入れて煮こみ、アルコールをすっかり飛ばす。今でも時間があると時々、敬愛の念をこめて妻に麻油鶏飯を作る。工程は麻油鶏と同じで、あとは米を麻油鶏のスープに加えて火を通せばよい。

麻油鶏があれば、坐月子をする女性をさらに美しくすることができる。ほとんどすべての台湾人は生まれてから母親と坐月子を過ごし、母乳を通して、人生最初の酒の香りを口にする。その酒の香りは母親の味であり、台湾の味、故郷の味なのだ。

坐月子のさい食べる麻油鶏には、当帰や黄耆《おうぎ》、ナツメにクコなどの血を補い気を益《ま》すという漢方薬材を加えるとなおよい。台北市吉林路の「菊林麻油鶏」では、十数種もの薬材を加えて鶏の高湯を煮出しており、たいへん魅惑的だ。ただ惜しいことに店が強く薦める「麻油鶏糸飯」の鶏肉はぼそぼそしていて香りにとぼしく、ふつうの嘉義風の火鶏肉飯に及ばない。

麻油鶏の鶏肉は、きめ細かな肉質と、柔らかでいながら歯ごたえのある食感を残していなくてはならないし、スープの味は濃厚でいてすっきりと甘くなくてはだめだ。「景美曾家麻油鶏」は肉質が比較的しまった仿仔鶏（ブロイラーと地鶏の混血）を選び、ゴマ油の香りがすっかり肉の中にしみとおり、うまくアルコールを煮飛ばしながら、米酒の甘さを残している。この店の油飯《ヨウファン》（おこわ）もうまい。

柔らかく香りがあり、油っこくないのだ。人によっては麻油鶏に砂糖やコショウを入れて味つけすることがあるようだが、私はこうした料理のしかたは蛇足とし、平素から反対している。麻油鶏はそれ自体で完成し独立しており、やたらに他の調味料を使ってじゃますのはよくない。

姜母鴨《ジアンムーヤー》（アヒルのショウガ鍋）も台湾人が冬の寒さに備えて食べる小吃だが、両者には大きな違いがある。姜母鴨の食べ方は鍋物のようで、鍋ごと卓に上げ、火で煮続ける。食べる過程でスープも具も足していく。それに対して、巷間の麻油鶏はみな一皿ごとに提供され、煮こみながら食べることは決してない。

台北である程度の規模を備えた夜市に麻油鶏の屋台がないとなると、おそらくは劣等感を抱くことだろう。たとえば士林《シーリン》夜市の「万林」、晴光《チングアン》夜市に「金佳美食麻油鶏」、松山《ソンシャン》夜市には「施家麻油鶏」、寧夏《ニンシア》夜市であれば「環記麻油鶏」、遼寧街《リアオニンジェ》夜市に「(金佳) 阿図麻油鶏麵線」あれば、南機場《ナンジーチャン》夜市に「阿男麻油鶏」あり、華西街《ホアシージェ》夜市とくれば「好吃麻油鶏」、景美《ジンメイ》夜市なら「曾家麻油鶏」だし、板橋《バンチアオ》の南雅《ナンヤー》夜市なら「王記麻油鶏」だ。地縁によって、私がいちばんよく食べるのは木柵路三段にある「順園美食」だ。狭い店のつくりは路傍の小店の構えに近い。私は木柵に住んでいたころ、十数年というもの食べていたが、主人が何という名なのかも知らない。彼の作る麻油鶏は実に香り高くうまい。瓜仔肉飯《グエアーバーブン》（キュウリの醤油漬け入りの豚ひき肉の蒸し物のせ飯）にもそそられる。

麻油鶏には、肉親のような温かみがある。一口運べばたちまちほっと温まる。外の世界がどんなに寒く冷たかろうと、一杯食べれば肉親の情のごときその美味が解され、身も心もなぐさめてくれる。

麻油雞
阿男麻油雞
黑麻
紅標
阿男菊林

牛舌餅

〈牛の舌型クラッカー〉

下の娘の双双《シュアンシュアン》が生まれたころ、私はちょうど中国時報での仕事を辞めようとしていたところだった。私が母子二人を車に乗せて「坐月子」の施設から家に帰ると、出勤初日のお手伝いのコリファーが戸口まで迎えに出てくれた。陽光が、彼女が浮かべる顔いっぱいの笑顔を照らしていた。その笑顔はまるで甘い焼き菓子のように、喜びと信頼、親しみ深さをにじませていた。

家に急に妹が増えたことで、私たちは長女が気持ちのバランスを崩すのではないかと心配した。妻は試しにクラッカーを一袋ぶん焼いて、長女が学校に行くのに持たせてクラスメートたちに食べてもらった。放課後に、クラスのみんなはあのクラッカーおいしかったって言ってたかい、と尋ねると、みんな喜んでたよ、ママの焼いたパン、おいしかったよって言ってた、と返ってきた。

米で作る「糕《ガオ》」や小麦粉の「餅《ビン》」の多くが甘いのは、もともとそれらがしばしば祝福の気持ちを表すための贈り物とされてきたからだ。牛舌餅《ニウショービン》もまた祝福と関わりがある。昔は赤ん坊が四か月を迎えると、両親は宴会を開いて親戚や友人を招き、昔からの礼儀を尊んで、餅に穴をあけて子どもの胸にかけてやったもので、これを「収涎《しゅうぜん》」と呼び、子どもの無事と知恵の発達を祈ったものだった。その役割は台湾でいう鹹光餅《シエングアンビン》に似たものだ。

ある日、牛舌餅を大箱いっぱい家に買って帰った。娘の乳歯はまだ生え揃わず、それこそよだれが出っぱなしくらいのころで、牛舌餅はテーブルの上に置いて、みなが食べられるようにしていた。コリファーは牛舌餅が大好きだったので、やめるにやめられず、二日できれいにぜんぶ平らげてしまって、私たちは分け前にあずかれないほどだった。コリファーは娘の初めての外国人の友人であり、また私が台所に立つときのよい助手でもあった。私が厨房で創作に励むたびに、彼女の目はまるで懐中電灯のようにぴかぴか光りだすのだった。彼女の食欲はほとんど私と同じくらいに旺盛で、二年働いた後にインドネシアに帰るころには、二十四キロも太ってしまった。

台湾の牛舌餅は宜蘭と鹿港《ルーガン》の二派に分かれる。宜蘭のものは生地が薄く、食感はクラッカーのようだ。鹿港のものは生地が厚く、食べるとパンと焼餅のちょうど中間くらいだ。二つとも、材料は小麦粉、砂糖とハチミツが主で、鹿港の牛舌餅の形はやや幅広で短く、厚めで、食感はさくっとしてやや柔らかい。おおよその作り方はといえば、小麦粉の生地を均等に練り、生地を重ねて折りパイ状にし、麦芽糖やその他の中身を包み、さらに伸ばして楕円形にしたものを、鉄板で焼くかオーブンで焼き上げて完成だ。私が評価する店には「明豊珍」「振味珍」「玉珍斎」などがある。

宜蘭の牛舌餅は、それに比べてやや幅が狭く、長く、薄い。食感はぱりっとして固く、中には何も入れない。ハチミツとサラダ油を練りこんだ生地を延ばして薄く長い形にして、表面の真ん中に縦に一筋切れ目を入れてから焼き上げる。この切れ目が大事で、焼き上げたときに生地の中の空気を蒸発させ、仕上がりが平らなまま保たせる役割がある。「宜蘭餅」と「奕順軒」はどちらも極薄の牛舌餅で知られている。うまさのカギは生地の引き延ばし方と、ハチミツと小麦粉の比率にある。生地は長く引き伸ばすほど仕上がりが紙のように薄くなり、光が透けて見えるほどで、さくっかりっとして割れやすくなり、哲学的思惟を帯びる。

この世のよいものは、とかく五色の雲のように散りやすく、琉璃《るり》のように砕けやすいものだ。私たちはいつも砕けた夢の中で現実に向かい続ける。まことに意味深長な砕けやすさだ。

鹿港の牛舌餅が開発された時期は宜蘭よりは遅く、一九七〇年ごろになってようやく現れた。宜蘭の牛舌餅の登場もそこまで早くはないだろう。もし菓子職人の韓阿輝氏の発明によって作られ、彼が「老元香」に伝授したことに同意するならば、二十世紀の二〇年代以降ということになる。惜しいことに、牛舌餅は利益が薄く、近年では専門に扱う経営者はだんだん減ってしまっている。

扱う店は減っているが、味は逆に多元化している。宜蘭の牛舌餅はもともとはハチミツ、ミルク、ゴマの三種の基本の味だったが、今ではさまざまな味が並んでいる。たとえば、ピーナッツ、ヤマイモ、ヤツガシラ、黒糖、黒コショウ、ナツメ、イチゴ、ココナッツファイン、塩山椒、緑茶、海苔、ネギ塩、三星葱、チーズ、メープル、ココナッツペースト、紅糟、竹炭、コーヒー、香椿（チャンチン）といった調子でとてもにぎやかだ。

鹿港ではほとんどすべての菓子店で牛舌餅を売っている。それもその場で延ばして焼き上げ、幅が広く厚めでどっしりしていて満足感がある。肉まんで知られる「振味珍」にもうまい牛舌餅がある。秀水郷《シウシュイシアン》の馬興社区では、鹿港の牛舌餅を基礎として「馬舌餅《マーショービン》」と「馬蹄餅《マーティービン》」を開発し、出た利益の一部を老人の福祉と児童の福利の費用に寄付している。私は学生とともに彰化《ジャンホア》で飲食の現地調査をしたとき、この尊敬すべき地域のことを知って深く感じ入ったものだ。

我が家はそろって牛舌餅が好きだ。もし毎日お茶の時間に牛舌餅がおともにあれば、どれだけすばらしいことだろうかと思う。甘いものの中では見たところ目を惹くとはいえず、いなかっぽい見た目で何の飾りもなく、無造作なままだ。

牛舌餅の甘さには含蓄がある。生命は私たちがその悦びを享受するために、最も分かりやすい甘みを与えた。生きる喜びは、かすかに甘い牛舌餅を嚙んでいるときにある。もしポットにたっぷりのお茶かコーヒーがあれば、その悦びはさらに深まる。雲霧のかかった山あい、熱帯の農園、金色の小麦の穂が頭に浮かぶ。それぞれ焙じられ、焙煎され、焼き上げられて、これらのすばらしいものたちは同時に目の前に現れてくれたのだ。

魚丸湯

〈魚つみれのスープ〉

章景明教授はご退職されたあとに、中央大学に戻って非常勤講師として授業することを承知してくださっていた。ある日の昼にお会いすると、大学から台北市内まで出て大稲埕《ダーダオチョン》で魚丸《ユーワン》を召し上がるということだった。「佳興魚丸店」のある路地にそびえる「第一大楼」という建物は、日本統治時代の「第一劇場」の跡地だ。ここ稲江の茶取引のボスである陳天来や荘輝玉らが建てたもので、中には一千六百三十二席を備え、カフェやダンスホール、ビリヤード場も設けられており、当時台北で最も豪華な映画館兼劇場だったところだ。

佳興の主力商品は福州魚丸《フージョウユーワン》だ。福州魚丸は多くはふっくらとふくらんでいて中に肉餡を包み、食感は柔かくきめ細かく弾力に富む。福州風の魚丸のうまさのカギは肉餡にある。豚のウデ肉を使い、油葱酥と醬油を混ぜ、うまいこと味つけされているから、一口嚙むと、肉汁と脂があふれる。魚丸の外側はサメのすり身でできていて、その場で作り、その場で包んで売っている。スープの味は濃厚で、出汁は明らかに豚の大腿骨から取ったものと分かる。惜しいのは他の料理がごくごくふつうの出来なことで、私が食べた和えそばなども、麺は油麵を使っているのだが、運んでくるときに、碗のふちに一さじ、勢いよく撒きすぎて麵にうまく混ざらなかったうまみ調味料が残っていて、白い粉の恐怖がちらついた。

福州魚丸のおもな特徴は肉餡を包んであることで、嚙み破ると、内側の脂に満ち香り高い肉汁で舌をやけどしがちだ。魚のすり身の表面は冷めていたとしても、中の肉餡は煮えたぎっているのだ。こうした性格はやっかいだ。心中にまだはっきり熱情が燃え盛っていても、自らを武装することに汲々として、何も気にしていないそぶりを見せているようなものだ。

魚丸の材料は各地で異なる。澎湖《ポンフー》では狗母魚《ゴウムーユー》（エソ）がよく使われ、台南では虱目魚、高雄では旗魚（カジキ）、花東ではしばしば鬼頭刀魚《グイトウダオユー》（シイラ）の魚丸が見られる。要するに、活きのよい魚を使い、肉厚で小骨の少ないものを選ぶということになるのだろう。

文学者の梁実秋は、彼の母親が魚丸を作る様子をこう追憶している。

魚を三枚に下ろし、まず片方の頭を目打ちでまな板の上に止め、包丁で徐々に斜めに身をこそげていく。身はややすり身状になり、時おり刃から碗の中に取っていく。両身をこそげ終わると、碗いっぱいの身が取れる。少々の塩と水を加えて、ショウガのしぼり汁を入れ、竹箸で練っていく。練るほどに粘りが出てうまくなり、糊状になってくる。卵の白身を加える必要はない。魚の活きが悪いときだけ加えればよい。次の手順は、鍋いっぱいに湯を沸かしたら、いったん火から外す。すばやく匙ですり身をすくい取り、指でさっと湯に落として魚丸を作っていく。魚丸は丸い形にはできない、手の上で丸めようがないからだ。いくつか落としたら、鍋を再び火にかけて沸かし直す。魚丸の色が変わったら八分通り火が通ったので、碗の中にすくい上げる。そこからは同じようにして作り続けるのだが、手さばきはすばやくやらないとだめだ。湯の沸かし方の加減をうまくしてやらないと、すり身が湯に入ったとたん、散ってしまって取り返しがつかないことになるおそれがある。

これはおそらくずいぶん昔からの魚丸作りのやり方なのだろう。今の人は、多くは魚の身を叩いて処理し、梁実秋の母親のような包丁でこそげていくやり方は少ないからだ。

台湾人は魚丸を作るさいに習慣的にサツマイモでんぷんを加える。食感をしっかりさせるためで、作り方は福建の深濾魚丸《シェンルーユーワン》に近い。しかし、深濾魚丸は球形だけでなく、長くも四角くもし、芹菜や葉ニンニクと炒めることが多い。対して台湾の魚丸は球形で、スープに用いられることが多い。冬の日、白菜の漬物を使って鍋にしようと、いつも通り南機場社区の邱氏夫妻の虱目魚の小店で注文しておき、魚丸を買った。彼らの新鮮な虱目魚で作った魚丸は柔らかいこと豆腐のごとく、しばらく冷蔵しておけるだけで、冷凍してはだめだ。冷凍してしまうと食感が落ちてしまうので、その日のうちには食べきらないといけない。

虱目魚丸といえば台南の学甲《シュエジア》が有名だ。魚丸をレストランや小吃の店に卸すのを専門にしている

「広益虱目魚丸」は、店の主人は毎朝三時半には起き出し、冷凍庫の新鮮な虱目魚の身を取り出し、削り器で薄く削って、それを挽いてすり身にし、塩にサツマイモでんぷん、ニンニクにうまみ調味料、ゆで豚の角切りを加えて、石臼の中で攪拌して均等にし、最後に成形機の中に入れてだんごにする。

台南は朝食天国の名にふさわしく、私のような早寝早起きの年寄りが住むのに合っている。うまい魚丸屋の多くは台南に集中している。たとえば「天従伯魚丸湯」「永記虱目魚丸」「阿川虱目魚丸」「古早味魚丸湯」「天公廟魚丸湯」などだ。早朝に起き出し、つっかけをはいて近くの小吃の小店に行く。よお大将、肉臊飯に煮卵、全部入りの魚丸湯、それから煮豚を一皿、厚揚げとゆで青菜を一皿、という調子だ。天公廟のあたりのあの店には、看板もなく、魚丸湯しか扱わず、主食も小皿料理もない。そこの「綜合魚丸湯」はさまざまな魚丸と虱目魚の皮に腹身、冬粉《ドンフェン》（春雨）、豚ガツが入り、スープは豚の大腿骨と魚や肉で煮出してあり、魚丸はどれも店の手作りで、機械ではこの味を出すのは難しい。台南のいくつかの有名な虱目魚丸湯は同じところから出て、数十年というもの互いに影響し合い、切磋琢磨してうまい綜合魚丸湯を作り出している。これが台南人のごくふつうの朝食なのだ。ときにスープに油条を加えるのが習いになっていることもある。

すばらしい虱目魚丸があってこそ、すばらしい朝が迎えられるというものだ。私は忙しくて外に出る暇もない時、食事をするのにしばしばインスタントの袋麺をゆで、そこに虱目魚丸をいくらかと卵を一つ、それに野菜を加える。魚丸が袋麺に豊かさと満足感を与えてくれる。

魚丸が表現するのは、もともと魚の身にはない弾力と歯切れのよさで、かつ魚の新鮮なうまみと身肉の芳醇なうまみをも兼ね備える。きゅっと歯ごたえがあるのに柔らかいのだ。

高雄の代天宮の前にある「哈瑪星黒旗魚丸大王」も私の好きな店だ。その綜合丸《ゾンホーワン》は、餡なし、エビ餡入り、肉餡入りが入っている。魚丸湯を食べたら、ついでに向かいの「哈瑪星汕頭麵」に寄って食べるのもよいだろう。また近くには武徳殿、旧英国領事館、打狗鉄道故事館もあり、通りにはまだ古い洋館が残っており、ありし日のことを語ってくれる。

このあたりが私の生まれたところだから、磁場があるかのように、近くを通ると私の足を引きつける。哈瑪星はもともと海だったところで、一九〇八年に日本政府が高雄港の航路を浚渫《しゅんせつ》した土を用いて、岸壁、波止場と新市街を埋め立て、「浜線《はません》」鉄道を引いた。そのため当地の人々はこの新しい土地を「哈瑪星《ハマセン》」と呼ぶようになったのだ。

むかし、家族を連れて魚丸湯を食べに行ったことがある。高雄の渡し船の乗り場で「海之氷《ハイジービン》」という特大のかき氷を食べてから、渡し船で対岸の旗津《チージン》に向かった。下の娘の双双《シュアンシュアン》は生まれて初めて船に乗った。漁船、郵便船、軍艦に貨物船——潮風が娘の花咲くような笑顔に切れ切れに吹きつけた。娘が日々の生活の中で見せる笑顔には、強張った心を和らげる力があるものだ。

阿給

〈油揚げの春雨詰め〉

下の娘からの電話を受けて、半分まで読みかけた本と広げたばかりの仕事をしまい、急いで家に帰った。彼女は小学六年生で、もうすぐ父親がそばにいなくてもよくなってしまうだろう。だからこそ機会を逃さずについていてやりたかった。手をひいて、日曜日の午後、寒の戻りの淡水《ダンシュイ》老街の路上に人波は切れもせず、そぼふる雨の中で、傘の骨先がしきりに互いに当たった。道行く人々の中には、よく知った顔も混ざって行きかい通り過ぎていくかのように思えた。雨の中で歩く彼らは、寂しく苦しそうな表情をしていた。

宿題を復習するように、親子二人で歩きながら、前に食べたものを食べた。魚酥《ユースー》（魚スナック）、鉄蛋《ティエダン》（黒煮卵）、蝦捲《シアジュアン》（エビ巻き揚げ）、アイスクリーム。また「半坪屋」で糯米腸《ヌオミーチャン》（もち米の腸詰め）を買い、八里《バーリー》までフェリーに乗った。私はまるでそれらの店を、一緒に歩いた道を、一緒に食べたあの味を娘の記憶に刻もうとしているようだった。何度か家族みなで川べりで夕飯を取り、楽しくおしゃべりをしながら淡水河の夜景を見たときのことを。

雨粒がたえずフェリーの中に斜めに吹きこんだ。ひどく寒く、娘を抱き留め、川が海に流れこむ境のあたりを眺めると、ぼんやりとしてかすかな混乱と、わずかに言い知れないうろたえがあった。「パパ、帰ろうよ。」娘は宿題が終わっていないのが気がかりなようだった。頭を上げてあちこちに阿給の店の看板があるのに目を止めると、好奇心をそそられた。「パパ、阿給《アーゲイ》ってなに？」食べたことあるよ、五年前に来たとき「文化阿給」で食べたさ。五年前にはママとパパがいっしょだったし、邱展賢のおじさんと、潘筱萍のおばさんもいたよ。そのころ妻はまだ健康で、毎日娘についていられた。

阿給は淡水で有名になった食べもので、日本語の「あげ」の音訳で、すなわち「油揚げ」、台湾でいう油炸豆腐皮《ヨウジャードウフピー》のことだ。作り方は油揚げを開いて、油葱酥と肉そぼろとともに炒めた冬粉《ドンフェン》（春雨）を詰めて、ニンジンの細切りを混ぜた魚のすり身で口をふさいで、蒸し上げ、タレをつけて食べるのだ。

こうした油揚げで冬粉を包むやり方は、淡水真理街の「老牌阿給」に始まる。初代の店主である楊鄭錦文氏が、一九六五年に発明したものだ。当初はただ余った食材を節約のために使っただけだったが、やがて特殊な調理法として適応変化していったのだ。それは台湾が脱皮していこうとする時代だった。この年にアメリカからの援助が停止された。ＷＨＯが台湾を全世界で最初にマラリアを根絶した地域として認定した。この年に台北の故宮博物院が開館し、まるで物語の中の聖賢の道の象徴のようになり、また郷愁を感じさせる記号ともなっていった。この年、瓊瑤《けいよう》の小説が映画になり、いわゆる「三庁映画」（「客庁（客間）」「飯庁（レストラン）」「咖啡庁（カフェ）」を舞台にする作品）の時代が幕を開けた。

それはたしかに変革の時代だった。阿給が生まれた次の年に、中国大陸では文化大革命が勃発し驚天動地のうちに伝統文化はほとんど破壊しつくされた。同時に、台湾では「中華文化復興運動」を強く推し進め、中華の飲食文明がここ台湾にこそ集っているとされた。おりしも「経済の飛躍」「自力での成長」が掲げられ、中小企業の経営者たちは「応接間を工場に変え」ることで、「台湾の奇跡」と呼ばれる最初の急速な経済成長をとげた。全世界で初めての輸出加工区が高雄に設置された。楊麗《ヤンリー》花《ホア》の歌仔戯《ゴアヒ》がテレビで放映され、江湖を震撼させたのもこのころだ。

阿給の材料はどれも安価だが、作り方は手間と時間がかかる。油揚げは新鮮で柔らかでないといけないし、魚のすり身はまともな材料を使う必要がある。春雨のうまさはちょうどよく水に戻すところにあり、タレの調味も正確でないといけない。タレこそは阿給の魂といえ、自信のある店は、どこも独特の味つけをする。ある店はもはや阿給のタレを超えて、独立して販売され、それをさまざまな食べものに使うようにされている。文化阿給のタレには沙茶醤《シャーチャージアン》が入れてあり、聞くところでは、かのスター周杰倫《ジェイ・チョウ》も淡江中学に通っていたときにはしょっちゅう食べに来ていたという。

老舗の阿給は早朝の五時過ぎには開店する。ほんとうに淡水に住む人がうらやましいのは、毎日こんな朝食が取れることだ。阿給は日本語の発音から転化したものとはいえ、日本料理の影響はない。本質的には油揚げの巾着の一種で、その形式は醸豆腐《ニアンドウフ》（豆腐の肉詰め）にも近いがやはり異なる。醸豆腐が使うのは豆腐だし、詰める餡はひき肉だからだ。それに対して、阿給は油揚げを使うし、中は春雨だ。老舗の阿給の油揚げはやや厚く、厚揚げに近いものがある。大事なのは、油揚げにしても春雨にしてもどちらもしごくあっさりとしたものだから、タレで味を調え、味をつけてやる必要があることだ。したがって最後にかけるタレが重要になるわけだ。そのタレは甘み、辛味、うまみに塩気がみな含まれており、春雨がこの一かけで味わい豊かなものになり、さらに柔らかく滑らかで口当たりよいものになるのだ。玄人はさらに夏と冬で食べ方を変える。冬には阿給を魚丸湯とともに食べ、夏には冷たい豆漿《ドウジアン》（豆乳）と合わせるのだ。

台湾全土から見て、阿給の多くは淡水に集中しており、最良の淡水阿給は真理街に集中している。MRTの淡水駅から真理街までは短い距離ながら、その間にたくさんの旧跡を通り過ぎる。マッカイ博士診療所旧跡、小白宮（清代淡水関務司官邸）、オックスフォード・カレッジ旧跡を擁する淡江中学、女性宣教師たちの宿舎だった姑娘楼、マッカイ博士旧居、滬尾《フーウェイ》砲台跡、そしてオランダ人が一六四四年に建てた紅毛城だ。ことほどさように、阿給は歴史文化の故事来歴の美と結びついている。

阿給は海辺の人々の生活の滋味とともにある。もし黄昏どきに阿給を食べるなら、ついでに失恋橋から夕陽を見てもいいだろう。淡水は清末にはまだ国際的な大きな港だったが、日が沈むように没落しつつあった。ああ、それは記憶が沈みゆく方角でもある。昔のことは何もかも、日の落ちる速度で消えゆく。少年時代、かつてわざわざこの沙崙《シャールン》海水浴場に海遊びをしに来た。今となってはこの海水浴場は閉鎖されてから長らく経つし、私もそのころ一緒に遊んだ友人たちのことをすっかり忘れてしまった。

私の阿給を食べた経験は、どれも家庭生活と関わっている。二〇一二年四月、妻はまだ広州《グアンジョウ》で入院治療している最中だった。下の娘はもう一月以上母親に会っておらず、彼女はそんなに長くママと離れたことがなかった。自分の恐怖を抑えつけすぎているのではないかと心配で、なんとか手立てを探して寄り添おうとした。ママの病気について話してみようとすると、あまり多くは話したくないようで、すぐに話題を変えてしまうのだった。彼女はもうすぐ思春期にさしかかるところで、反抗の感情がうごめき出し、爆発しそうで爆発していない、というくらいのところまできていた。

私は彼女と阿給についてひとつ約束をしていた。そのころこんなふうに考えていたのだ。妻がもしまた入院することがあったら、詳しく計画をして朝に彼女をつれて出発し、淡水に行って、まず真理街に行って阿給を食べる。それから真理大学、紅毛城、馬偕故居、漁人碼頭、沙崙海水浴場などをゆったり回ろう、と。

鴨賞

〈アヒルの燻製〉

食べものの調査をしようと車で宜蘭に向かい、妻と娘ふたりも一緒に、一家で一日じゅう暴食した。翌日の午前中に、妻が腹部に鋭い痛みを感じ、急いで羅東《ルオドン》の聖母病院に向かった。急診室の医師は問診を終えると、まずX線検査と血液検査を受け、点滴を受けるように言った。天におられるわたしたちの父よ、み名が聖とされますように、み国が来ますように。妻と娘と私は、だまって祈っていた。どうか化学療法からくる後遺症ではありませんように、どうか主がわれわれの不安や惑いを取り去ってくださいますようにと。

私たちはまるで、知らない土地で一家で迷子になったようだった。妻と娘たちは抑制的に節度を保って会話をしていた。たがいに懸命に相手を慰めようとはしていたが、ちょうどよい言葉が見つからず、待っている間の緊張にさらされながら、一筋の笑みをむりにひねり出しているようだった。急診室は二人の親族しか付き添えないというので、娘たちに、お前たちはママについていてあげなさい、パパはちょっと外を歩いて戻ってくるから、と言った。

聖母病院を出ると、とつぜん身の置き所のないほどの暑さに見舞われた。屋台の物売りもみな身を隠してしまっていた。引き返して伝統市場の中をあてもなくぶらつき、騎楼の下を行き、歩き続けるうちに羅東夜市についた。「阿万之家」の売店の前を通ったので、入って鴨賞《ヤーシャン》を一袋買った。それから「博士鴨」を通りかかり、また一袋買った。前に鴨賞を食べてから、もう何年も経っていた。その時食べたものはひどく塩辛く、宜蘭のもう一つの名産の「胆肝《ダンガン》（干して燻製にした豚レバー）」と同じく、ほんの一口で飯を半杯はいけそうだった。今は人々が薄味好みになっているので、店も鴨賞を作るさいに昔のような濃い味にはしなくなった。

限りなく暑かった。天におられるわたしたちの父よ、み元に身を寄せます。わたしたちをお守りください。医師は検査の結果を見終わると、おそらくは昨日食べ過ぎたせいで胃腸を悪くしただけで、大したことはないだろうと言ってくれた。とつぜんひどく滑稽に思えた。いったいいかなる美味が、化学治療を受けている最中の病人に食べすぎさせたのだろうか。

鴨賞は昔の台湾人が劣悪な環境の中で奮闘したことから生まれた偶然の産物であり、天の恵みをおろそかにしないよう創り出した食べものでもある。「竹風蘭雨」とよく言う。新竹は風が強く、宜蘭は雨が多いという意味だ。蘭陽平原は小川と湿地が多く、一九七〇年代の冬山河の直流改修工事以前は、豪雨に遭うごとに氾濫して災害を引き起こしていた。不可思議なのは、たびたびの水害がありながらも、広大な「看天田《カンティエンティエン》」（灌漑の設備をもたずもっぱら自然の降水に頼る水田）を開墾したことだ。台風の季節に、稲穂が成熟しているのに刈り取りが間に合わず水害でやられてしまったさいには、その米を使ってアヒルを養殖してきた。ある時期までは、養殖家はアヒルを水田の中に追いこんで飼っていた。アヒルたちがガアガアいいながら水田の中でうつむいて食べものを探している様子は、とても優美でかわいらしかったうえに、アヒルたちのふんは有機肥料として田畑を潤したものだった。

受け入れることで、すなわち乗り越えられるようになる。大規模なアヒルの養殖産業が実現し、それが生産過剰になると、養殖家は燻製にして保存した。これが鴨賞になったわけだ。その製法は時間も手間もかなりかかる。きれいに掃除して羽と内臓を抜いたアヒルを、腹を切り割り竹片で支えて開いて扁平状にし、粗塩やコショウなどの調味料をすりこんで、まる一日漬けておき、木炭でサトウキビがらを焼いて燻製にして火を通す。サトウキビの甘い香りがすっかりアヒルの肉にしみこんだら、支えにした竹を取り除いて風に当てる。鴨賞は毎年秋の終わりから春の初めまで盛んに生産される。冬の北からの季節風が強い時期には、その仕上がりは皮がオレンジ色になり、表面はつやつやとして色っぽく、風味は芳醇なものになる。間食によし、もてなしによし、酒のあてにも飯のおかずにもよい。ふつうは和えものにするが、蒸したり炒めたりするのにも向き、もちろんその他の材料と組み合わせて調理してもよい。想像するに、鴨賞で炒飯を作るときっとすばらしくうまいのではないか。

アヒルの養殖と鴨賞の製造では宜蘭の五結郷《ウージエシアン》が有名だ。たとえば「謝記」「凸桑」「阿万」などの店がある。うまさのカギはまずはアヒルの品質にある。鴨賞を商って六十年以上という「阿万之家」では、百二十日の間、菜っ葉を入れたエサで育てたアヒルで作ると掲げている。次に、それぞれの店の秘伝の製造技術だ。「謝記鴨賞」では、昔ながらのやり方を大切にしてサトウキビがらで燻製し、土番鴨という品種を採用し、独特の香料に漬けて味つけしている。「凸桑鴨賞」はというと、まずアヒルを炭焼きにしてからサトウキビがらで燻製にし、燻製したあとに骨を外す。その滋味は重層感に富む。

美味は継続と細部の中に隠れるように宿るものだ。阿万の木製の燻製箱はまるでタンスのようで、アヒルは服をかけるようにフックで引っ掛けられている。その下にあるのは炭火で、白サトウキビがらがゆっくりとあぶられている。店ではどの工程にもこだわりがあり、一羽分の鴨賞を作るのに三日かけているという。三代目の伝承者である頼政宏氏は取材のとき私に言ったものだ。

「鴨賞はたかが再加工品だから、調味料に頼ってちょっと漬けこめば一丁上がり、と思っている連中も多いよ。ひどいヤツになると、用済みの年取ったメスのアヒルを使うんだ。その食感ときたらお話にならないよ。」

鴨賞の名の由来には二つの説がある。その一。昔の農業社会では、鴨賞は高級な手土産といえ、褒賞の意味もあった。家鴨（アヒル）を褒賞に使うので鴨賞というわけだ。その二。鴨賞を作るには、すべて吊るして風に当てて乾かしてやらないといけない。黄金色の家鴨が夕日のもとにずらっと並んでいるさまは、あでやかで人を誘惑する、鑑賞に値するいなかの景色だ、というのだ。

聖母病院の急診室の医師による宣告は贈り物のようなものだった。私は残りの調査日程をキャンセルして、そのまま蔣渭水高速道路に乗って家に戻った。世の中の鴨賞が全体的に薄味になったことは、化学療法を受けている病人の薄味好みにもぴったりだった。この日の夕飯のメインは鴨賞になった。

葉ニンニクを細く切って、レモン汁とゴマ油を少々垂らし、阿万之家の鴨賞を和えた。サトウキビで燻《いぶ》したアヒルの肉は、風の祝福のように感じられた。疑いと恐れを吹き払い、落ちついた軽い会話をもたらしてくれた。私たちはありえたかもしれない危険と、食いしんぼうの病人を冗談のタネにした。

生活することの喜びは、一口鴨賞を噛みしめたときと似ている。葉ニンニクの辛さ、レモン汁の酸味、ゴマ油で和えたアヒルの肉は、甘く、しょっぱく、燻製に使ったサトウキビの香りがはっきりとした。

米篩目

〈押し出し米めん〉

奚密《シーミー》が電子メールで、夏休みにカリフォルニア大学の学生を連れて台湾に来て、台湾文学の授業を受けると言ってきた。到着するその日、学生たち一行二十六人を晩餐に招待するので、料理店の予約をお願いしたいのだ、と。また私も参加するよう招いてくれていた。惜しいことに妻が病床にあり、食事に参加したくてもその暇がなかった。毎日ひどく忙しくしているうちに、連絡を忘れてしまい、たちまち二か月以上が経ち、ふいに思い出したときには奚密はもうアメリカに帰ってしまった後だった。前に食事をしたのはたしか四年前の夏だったのではないだろうか。奚密と同じくアメリカにいる張誦聖《ジャンヨンション》が台湾に戻るというので、彼女たちを連れて「呷二嘴」の米篩目《ビータイバッ》入りのかき氷を食べに行った。今でもまだ彼女たちが喜び讃嘆する姿が記憶にある。

米篩目は台湾の伝統的な米を原料とする食品で、特に客家の居住地域でよく食べられている。「粄《バン》（水挽きした米や米粉から作るモチ状の食品）」の一形式で、広東梅州《メイジョウ》の大埔《ダーブー》に由来し、香港では「銀針粉《アンザンファン》」、マレーシアでは「老鼠粉《ローシューフェン》」と呼ぶ。米篩目は閩南語では「ビータイバッ」という発音で、「篩」と

「苔」の音が似ていることから、台湾では多くの店が看板に「米苔目」と書いている。

作り方は在来米を水挽きした後、袋に入れて水抜きをし、片栗粉を加えて蒸して「糰《トゥアン》」と呼ばれる羊羹状に固める。それを金属でできた板にあいた穴から細長い形に押し出し、鍋に沸かした湯の中に落としてゆでると、すなわちこれが米篩目だ。片栗粉を多く混ぜすぎないように注意しないといけない。さもないと食感が粉っぽくなりすぎる。

「粄条《バンティアオ》（米の平めん）」の作り方の工程もまた同じようなものだが、はじめに幅が広い、ハンカチやタオルに似た形に固めてから切り分ける。米篩目のほうは細い円柱状で、両端が尖る。両者は作り方も、調理のしかたも、食感も似ており、どちらも大事なのは作ったその日に食べきることだ。

米篩目はスープに入れても炒めてもよい。スープの場合は、豚骨と鶏ガラを煮出した高湯《ガオタン》に、ニラやネギ、油葱酥に干しシイタケ、干しエビにモヤシ、豚肉の細切りなどを副材料にする。炒める場合は、同じ副材料で炒めればいいだけだ。とりわけ油葱酥は米篩目を炒めるさいにはいちばん大切なパートナーで、苗栗《ミアオリー》は公館郷《ゴングアンシアン》にある「福楽麵店」の米めんが人気を博しているのは、涂《トゥー》かあさんのお手製の油葱酥によるところが大きく、それが客たちの信頼する古典の味わいを出しているからだ。

そのためだけに美濃《メイノン》に行き、「合口味」と「美光粄条店」で炒粄条《チャオバンティアオ》を食べ、永安路と中山路の交差点にある敬字亭《けいじてい》を通り過ぎると、あることがふいに頭に浮かんできた。なんでも私の祖父は、文字を神聖なものと信じており、文字を書きつけた紙切れは決して勝手に捨てさせず、敬字亭の中で焚き上げることで尊崇を示していたそうだ。母はこんなことも言っていた。おじいさまが字を大事にしていたから、あんたたち兄弟がどちらも博士号を取れたんだよ、と。私は母にそれならどうして一代おいてお蔭をこうむることになったのか、なぜ父親はお蔭のかいなく毎日酒よ花よと遊んでいるのか、などと尋ねたことはない。私はほとんど父親と会ったことがないし、まして大量の字を書いた紙を焚き上げていたという祖父には会ったこともない。彼らの事績は煙のようにぼんやりとしていて、一皿の炒粄条のほうがよほどはっきり実在している。

炒粄条は南洋に渡って「チャー・クイティオ」になった。色の濃い醬油に魚醬、辣椒醬《ラージアオジアン》（トウガラシペースト）を使って炒める。一般的な副材料はニラ、モヤシ、卵、カイラン、エビかカニのほぐし身、ハイガイなどだ。濃い醬油色をしていて、まことにピリ辛の逸品だ。

クアラルンプールには何度も来て泊まっており、私がホテルの西洋式のビュッフェを食べないことを知っているので、ホテルのマネージャーのリタが早朝に私を路地の中のチャー・クイティオの店に連れて行ってくれたことがある。運ばれたときには皿からはまだ煙が上がっているほどで、クイティオは嚙みごたえがあって最高、エビは新鮮、卵の火の通し方も的確で、周囲の雰囲気を実に気前のいいものにしていた。私はペナンはジョージタウンのキンバリー通りにある「亜龍炒粿条」や市街中心の五差路にある「姐妹炒粿条」でも大いに頰張り、そのクイティオから立ちのぼる鉄鍋の気配、「中華料理」ならではの爆発力に深く魅了されたものだ。

粄条には半年以上は寝かせた在来米を使わなければならない。古米は油が抜けているから、それを使うと粄条に歯ごたえがでる。台湾の粄条といえば、新埔《シンプー》と美濃の二つが知られ、「北は新埔、南は美濃」と言い慣わす。新埔では多くは米だけで作り、「粄条」と呼ぶ。美濃では、サツマイモかジャガイモのでんぷんを加えて作り、「面帕粄《ミエンパーバン》」と呼び、閩南人はこれを「粿仔条《グイアーディアウ》」と呼ぶ。米だけで作ると米の香りがやや強くなり、柔らかくくずれやすくなるので、高湯と合わせてスープに仕立てるしかない。でんぷんを加えたものはやや弾力があるので、炒めても耐えられるし、干し上げることもできる。

画家の謝孝徳はこう強調している。「米篩目の材料は、米百パーセントでないとだめで、そうでないとうまくない。今の米篩目はみな米以外の成分を混ぜて作っており、腹の中に入ってもまだ一本一本のままだからなのか、消化によくない。」これが北派の胃袋の典型だ。

私がよく行く米篩目の店といえば、桃園は新屋《シンウー》の「信宏鵝肉老店」と中壢《ジョンリー》の「全家福」だ。前者は家族での食事に関係しており、後者は職場の中央大学に近く、訪ねてきた友人をもてなすための店だ。最近では、作家たちを大学に招いて文学賞の選考をお願いしているのだが、この店を宴会の会場にしている。林黛嫚、陳義芝、楊沢、蔡素芬らがみなこの店の炒米篩目をほめてくれるので、私は得意満面、まるでその米篩目を自分で炒めたかのようなありさまだ。

米篩目には粄条と違う食べ方が一つある。シロップを入れてデザートにするのだ。台北の「呷二嘴」は冬は米糕《ミーガオ》(おこわ)を売り、夏は米篩目を出す。暑い夏の日、米篩目入りのかき氷を食べると、さわやかな風が胸に吹きわたるようだ。これは台湾独特の食べ方で、ショウガと黒糖を入れて甘い汁を作り、冷やした米篩目を入れてかき氷に合わせると、その純粋さはまるで信仰のようでさえある。

排骨湯

〈豚スペアリブのスープ〉

　長女の珊珊《シャンシャン》の電話に出ると、焦る調子を懸命に抑えようとしているようだった。ママが腰を屈めてCDを取ろうとしたときに、骨が割れたみたいな音がして、ちょうど骨に転移した腰椎のところがひどく痛むんですって。パパ、すぐに家に戻って、ママを和信がん治療センターに連れていって、急診で診てもらって。

　病院でいろいろと検査をしてもらい、血圧を測り、脈拍を取り、X線検査も受けたところ、医師の判断ではおそらく問題ないだろう、骨の状態も見たところまだしっかりしているし、家に帰って休んでよいとのことだった。この一年というもの、私たちは和信病院についてよく知るようになっていたし、医師や看護師たちはみな細心であり親切だった。口に入れるに値する食べものがないのだけは残念だったけれども。

　もう昼になっていた。昼ごはんは何を食べようか。帰る道筋だから大稲埕の道沿いの屋台で食べるのはどうだい。保安街の四十九巷は美食の路地で、多くの精彩に富む小吃の屋台が集まっている。白《バイ》湯猪脚《タンジュージアオ》、毛蟹《マオシエ》（モクズガニ）、鹹粥《シエンジョウ》、蚵仔煎《オーアージエン》、鼎辺趖《ディンビエンスオ》（ひもかわうどん）、滷肉飯《ルーロウファン》、そして排骨湯《パイグータン》などだ。私は授業が終わると車を運転してこのあたりまで来て、白飯にキャベツ、福菜《フーツァイ》（漬物）に排骨湯を食べる。すると疲れ切った心がすっと鼓舞され、満足するのだ。

慈聖宮は、みなが媽祖宮と呼びならわしている。その門前がすなわち四十九巷で、うまいものが高い密度で集まった路地だ。廟前の中庭には、屋台の店がそれぞれ一列また一列と卓と椅子を並べている。そのうち二つが排骨湯を売っており、二つの店は食べものの種類から味、価格までほとんどそっくり同じだ。もともと親戚関係にあるのだという。彼らはどちらも豚のスペアリブを使ってスープにし、そこに大根を加えるだけで、スープの色は透き通って甘みがある。スペアリブは小さく切り分けられ、肉と脂のうまみがあり、歯ごたえがよく、柔らかさのコントロールが実に的確で、トウガラシ入りの醤油をつけて食べる。ちょうど一つが一口だ。

妻もおいしいおいしいと言って食べた。長期にわたって化学療法を受けている妻を食べもので満足させるのはやさしいことではないから、排骨湯に感謝した。天気がだんだん寒くなってきた。私たちは廟前の広場で昼食を取っていた。その左右には大きなガジュマルの樹があり、葉もれ日が降り注ぎ、光と影がそばの古い赤レンガの建物に差し、妻の顔にも、廟の中庭にも差していた。かたわらではスズメがたくさん跳ねては行ったり来たりしながら何かついばんでいた。

私たちは白飯を食べ、排骨湯を飲みつつ、感謝していた。媽祖さまのご加護を受けていると思いながら。

台湾では冬には大根をさかんに作る。それで作った排骨湯はまことに上品なものになる。大根の別名は十数種に上る。たとえば「菜頭《ツァイトウ》」「萊菔《ライフー》」などだが、私がいちばん好きなのは、中の赤い紅芯大根のことを呼ぶ「心裡美《シンリーメイ》」という名前だ。私は白い大根がほんとうに美しいと思っている。ずっと妻にたくさん食べるように、特に生で食べることを勧めてきた。その強烈な辛味を和らげるために、私はふつうニンニクとトウガラシ、醬油を混ぜる。大根は祝いの意味をこめることもあり、もともと「庶民の朝鮮人参」とか「十月の大根は小人参」と言われてきた。大根は辛味成分のアリルイソチオシアネートと消化を助けるジアスターゼにリグニンを含む。そのリグニンは胃腸から吸収されると、マクロファージを活性化させ、免疫機能を賦活させる。さまざまな酵素も含まれ、発がん性物質を分解し腫瘍細胞の増加を抑制し、抗がん作用があるとも言われる。

大根入りの排骨湯はごくありふれたもののようで、スープの色も濃厚すぎたり重すぎたりもしない。しかし俗に「大根が市場に出れば、医者いらず」とか、「大根と青菜は平安を保つ」などという通り、なんとか自分のそばにいる人に、健やかに喜びを抱いてもらおうと願いがこめられたものだ。

客家人はことに大根を好んで食べる。神への捧げものや客をもてなすときに出す「四炆四炒《スーウェンスーチャオ》」と呼ばれる八つの古典料理のうち、「排骨炆菜頭《パイグーウェンツァイトウ》」は排骨を下煮して骨髄の風味を引き出し、大ぶりに切った大根とともに煮こんだものだ。大根がめいっぱいに肉汁を吸い、甘くこってりとした排骨湯もまた透き通ってすがしい香りを放つ。

万華《ワンホア》の祖師廟の隣にある「原汁排骨大王」は、高山品種の大根を使うと強調している。うまみと甘みがあり、きめ細かい。この店と「梧州街排骨湯」はどちらも大きな塊の排骨を長時間煮こんでおり、スープの色はやや濃く、味は濃厚で、箸で軽く触れただけで骨から肉が離れる。

速く煮上げようと思うあまりに、大根を薄切りにしたり、先に冷凍して軟らかくしてから煮る人もいる。しかし物事というのはそんなに何もかも速くする必要があるものだろうか。スペアリブとともにゆっくりと湯あみをした大根の滋味を、どうして凍らせて崩したものと比べられようか。私は大根を切るときに薄切りにするのは好まない。包丁の刃元の方で軽く切れ目を入れ、そのまま押し開くようにすると割れて不規則な乱切りになる。先に湯通しして辛みとえぐみを除き、鍋で煮こんでいく。排骨も必ず湯通ししてくさみを取ってから鍋に入れる。大事なのは、水は一度に十分入れておくことで、途中で水を足してはいけない。また他の多くのスープ類と同様に、塩を加えるのは出来上がりの直前になってからだ。

自分が賢いとばかり思って、大根の他にニンジンも加える者がいる。赤と白が互いに引き立ててなかなかきれいでしょうなんて思うのだろうが、大根とニンジンは仲の悪い夫婦のようなもので、一緒にして煮こむのはよくない。栄養価値を損ねてしまうおそれがある。というのも、ニンジンには一種の分解酵素が含まれており、大根が持つビタミンCを壊してしまうことがあるからだ。

大根入りの排骨湯の性格はかなり純朴でシンプルだ。自信に欠けた料理人が作ると、たいてい材料や調味料がじゅうぶんでないことを恐れて、自然の造作を捻じ曲げて、多くの副材料を加えてしまう。たとえば香菜にトウモロコシ、ヤマイモにキャベツというふうに。まるで心象があちこち飛んでしまう詩のようで、ぱっと見には華麗できらびやかだが、中心になるものに欠け、全体としての効果を発揮することができない。はなはだしくは、ダメ料理人が排骨湯を作ると、でたらめに八角やナツメ、クコ、干しシイタケなどを加えることになる。

それは文学の創作にも似ている。平凡なものが手をつけると、いつも言いたいことが多すぎて文が乱れてしまう。清代の作家李漁《りぎょ》のいう「主脳《しゅのう》を立てる」という説は、われわれが大根入りの排骨湯の美学的特徴を理解するたいへんよい助けになる。

古人が一篇の文を記すときには、その一篇の主脳があるものだ。主脳とはすなわち作者がすぐれた作品を書こうと意図した中心にほかならない。芝居もまたしかり。たとえば一本の芝居の中に、無数の人物が登場するとしても、つまるところそれはみな脇役にすぎず、その初心を極めれば、ただ一人の人物のために作られたものだ。そしてその一人の人間に、冒頭から結末まで、離合あり悲喜こもごもあり、芝居の中には無限に起こりと経過があり、果てなく大事な筋立てがあったとしても、つまるところそれらはみな派生したものにすぎず、その初心を極めれば、たった一つの出来事のために作られたものだ。この一人の人物、一つの出来事こそが、芝居を作るさいの主脳なのである。

若い文学の書き手がもし文章を削り刈りこむことを知らなければ、いたずらに枝葉を生い茂らすことになろう。

一杯の大根入りの排骨湯にとって、主脳は排骨だ。しかし排骨はよいスープを作り上げようと、ただ大根のために身を捧げる。その他のものはみな枝葉末節にすぎず、みなこの一杯のスープの澄み切ったうまさのために派生したものだ。青ネギのうまみと甘み、ひねショウガは生の辛味をゆるやかにし、芹菜が味を引き上げる。どれも排骨と大根の結びつきのために努力し、その二者がともに人の心をあたためるうまいスープを築き上げるための下支えになる。排骨湯が完成すると、ショウガやネギはみな捨てられてしまい、ただ大根だけが残って、明星が月に寄り添うように、白く清らかに姿を現すのだ。

茶葉蛋

〈茶葉と香辛料で煮こんだ卵〉

病院の中というのは永遠に食べものが不足しつづけているかのようだ。私は階下の食堂に行ったものの、カウンターの上のものがみな家畜のエサのように思えて、まるで口に入れる気にならなかった。この病院は辺鄙なところにあり、入り口の外にたった一つコンビニがあるだけだ。私はそこに入って二つ茶葉蛋《チャーイエダン》を買った。病室に帰って妻に尋ねた。食べたいかい、いらないか。口が言うことを聞かなくなっていて、たぶんもう飲み下せないのだ。急に口の中の茶葉蛋が苦く感じた。ベッドの上で眠る妻をじっと見ていると、ふと知らない人のように思えた。剃り上げた頭には三つ、はっきりとしたはげがある。きっと一年前に広州で手術を受けたときのレーザーメスの傷跡だろう。命にいくつもの傷やひび割れがあることは避けられない。もしかすると、そうしたひび割れがあってこそほんとうの人生なのかもしれない。そう思った。

以前のことがまるで鍋の中の茶葉蛋のように浮かび上がってきた。あれから瞬く間に二年が過ぎた。徐善可・宋文琪夫妻の息子さんが日月潭《リーユエタン》で婚礼を挙げるというので、親戚や友人たちは先に涵碧楼ホテルに入った。夜に妻と散歩に出て、道で茶葉蛋を買って歩きながら食べた。おそらくは「金盆阿嬤茶葉蛋」の名声にあやかろうということで、日月潭一帯では茶葉蛋を売っている店が多く、売られているものの多くは干しシイタケを加えてある。

茶葉蛋はたいへん広く伝わっており、ほとんど大中華圏のどこにでもある。台湾では、こうした庶民的な小吃はさらに生活に密接に関連している。果てはさまざまなデータの指標にまでなっている。たとえば最近では最低賃金の引き上げがあったが、換算したところではおよそ毎日茶葉蛋一つぶん程度でしかなかった、などという実に分かりやすい。さらにいうと、コンビニエンスストアではどこでも茶葉蛋を売っており、どの店にも電気鍋が置かれ、そこからはたえず湯気が上がって、煮こまれている茶葉蛋はそれぞれ不規則な傷跡を見せている。セブン-イレブンの茶葉蛋の価格は物価指標となっている。聞くところでは、統一超商が茶葉蛋をセブン-イレブンに置き始めたさいには、一年で四千万個を売り上げたそうで、これは「黒い卵の伝説」と言われたものだ。

ときに異国を旅すると、ホテルの朝食ではゆで卵を食べる。もとのままの味に、塩を少々ふるとうまいものだ。いっぽう茶葉蛋となると、味をしみこませないといけない。煮卵と似た美学的な原理に基づき、茶を入れた煮汁は白身と黄身によくしみこみ、もとの味に影響を及ぼす。煮卵と違って殻付きのまま作るので、浸透する道筋は卵の殻の割れ目からということになる。その割れ目はさながら欠損や傷跡にも似て、実に茶葉蛋の宿命といえる。人生とはもとより傷つくことと苦さには事欠かないものだ。味をしみこませることを選んだ時点で、ゆで卵の時代には戻れなくなり、若いころには戻れ

日月潭金盆
茶葉蛋
古早味
阿嬤
香菇

なくなる。そのひび割れと、焦げ茶色の跡のついた表面は、まるで歳月の刻むしわのように、生活の中で経てきた過程のように切実で確かなものであり、記憶の味わいに満ちたものだ。茶葉蛋であることを選んだからには、煮卵の可能性は切り捨てないといけない。文学の仕事についたら、科学者になるという抱負は捨てざるをえない。

この人生には茶葉蛋の思い出が多すぎる。雪山隧道がまだ開通する前、北宜公路はつづら折りの道で、下の娘の双双《シュアンシュアン》は車のゆれで酔ってふらふらになり吐いてしまい、見ていてあまりつらかったので、急いで車を路肩に寄せて、さっき買った「北宜蛋之家」の茶葉蛋を食べ、お茶を飲みながらおしゃべりをし、元気が回復するのを待った、などということもあった。

またかつて岳父母と日月潭に旅行した時には、玄光寺のそばまで来ると車を停めて、「金盆阿嬤」の茶葉蛋をいくつか買った。聞くところでは、鄒金盆《ゾウジンペン》氏は二十数歳のころから茶葉蛋を売り始めて八十歳あまりになるとか。あずまやに座って茶葉蛋を食べながら湖を見ると、湖心の光華《グアンホア》島が見えた。さらに前には、双双はまだ私に抱っこされていて、遊覧船で島まで行ったのだった。

茶葉蛋はゆで卵に味を入れていく工程を加えたものだ。塩を加えて湯を沸かし、弱火にして火が通ったら冷ましておく。殻を軽くたたいて亀裂を入れ、茶を入れた煮汁で味をしみこませ、火を止めたまま二時間ほど漬けておけば完成だ。茶葉はもちろん安い砕けた茶葉でよく、多くは紅茶や烏龍茶の類だ。緑茶は長く煮ると苦みが出すぎるので、使うのにあまり向いていない。五香滷包《ウーシアンルーバオ》と呼ばれるミックススパイスの配合はたいてい、甘草、八角、小茴香、桂皮、コショウ、花椒、白芷《びゃくし》といった類を出ない。味の違いは調味料を加えた出汁のほうにある。厳選した醤油を使うものもあれば、肉の煮こみから啓発されて味つけをするものもいる。台南の「所長茶葉蛋」は二段階の煮こみの工程をふみ、完全に味をしみこませる。この店は、新化知義《シンホアジーイー》の派出所の所長だった廖世華氏によって創業されたことから名づけられた。茶葉蛋以外にも、大きな黒い押し豆腐を使って作った「豆乾堡《ドウガンバオ》（押し豆腐バーガー）」も看板料理だ。泡菜に鹹菜、香腸を押し豆腐に挟んだもので、刈包《クアパウ》の変形ともいえるだろう。

　人生とはやはり茶葉蛋のようなものだ。ときに傷跡や欠損があり、茶葉を煮こんだように、かすかに苦みがある。苦みの中に甘さがあり、渋みの中に楽しみがある。それはほほえみの中に涙がきらめくようなものだ。茶葉蛋は味のしみこむことによるうまさを表現したもので、ひび割れが多ければ多いほど味が入る。卵をしっかりとゆでた後に殻に亀裂を入れると、茶葉の香りがひびから卵の中に入り、白身は弾力を持ち、黄身はきめ細かくなり、そこに淡い醤油の味と茶の香りが加わる。

　ある年の九月に、家族旅行で南投《ナントウ》の清境農場にある「オールドイングランド」に泊まった。早朝に合歓山に登り、途中で道沿いのコンビニで茶葉蛋を買った。私たちは松雪楼の前で記念写真を撮り、合歓山の頂を見ながら茶葉蛋を食べた。武嶺の斜面ではイタドリの花が満開だった。赤と白の花が咲き乱れ、遠くにはどぎまぎするほど真っ青な空と奇萊連峰が望めた。ニイタカヤダケにレイスギが茂り、近くに見える石門山には、カワカミウスユキソウにミヤマアキノキリンソウ、タイワントリカブトやニイタカセキチクが見いだせた。そばにはさらさらとゆれるススキがあり、まるで神のお作りになった秘密の花園のようだった。ふいに口の中にある茶葉蛋までが、海抜の高いところでだけ感じられる滋味をたたえているように思われた。私たちは、こんなふうに茶葉蛋を食べ続けられるものだろうか。

卵の殻のひび割れは一種の隠喩だ。人生の傷跡もまたしかり。今となっては、再び一緒に日月潭に旅をすることは、ともに北宜山路を行き、合歓山に登り、一緒に歩きながら茶葉蛋を食べる機会は、もう失われてしまった。

文山包種茶

遠くに出かける用事があるたび、妻の秀麗《シウリー》は決まってその前に私を散歩に連れ出し、木柵の我が家から道南橋を渡って「張協興茶行」まで行って、手土産に茶葉を買った。いつも買うのは文山包種茶《ウェンシャンバオジョンチャー》に鉄観音《ティエグアンイン》、烏龍《ウーロン》といったところだった。妻は半発酵の文山包種が好きで、私はといえば木柵《ムージャー》鉄観音《ティエグアンイン》を好んだ。

台湾茶はおよそ十八世紀末の嘉慶年間ごろに福建から台湾北部に移入され、茶が環境に非常によく適応し、まず石碇《シーディン》、拳山《チュアンシャン》（文山）の二つの地域の茶農家で徐々に多くなっていった。王詩琅は『艋舺歳時記《マンガさいじき》』において、台湾の茶葉は大稲埕《ダーダオチョン》を中心として発達し、特に十九世紀末の光緒年間ごろにかけて盛んになったと述べている。「同治十一年にはすでに徳記、美時、義和、新華利、怡和ら五つの「洋行（商社）」が大稲埕で茶葉を買い集め、茶の取引を行っており、俗に五行と呼ばれ」、「台湾の茶業とはすなわち大稲埕の茶業であった」とし、茶業が大稲埕を繁栄させたという。また「毎年、茶の季節が来て製茶を始めるころになると、大稲埕では、街中に茶の香りと、茶に香りをつけるのに使われたクチナシ、ソケイ、ジャスミンの香気が漂い、茶葉を選り分ける「揀茶女《ジエンチャーニュー》」と呼ばれる女性たちであふれ、茶箱や茶缶が積まれて通りの騎楼を塞いでしまうほどだった」という。

初期の台湾産の茶葉は烏龍茶だけだったが、たいへん人気があった。一八七三年、世界的な大不況により茶の輸出業も影響を受け、輸出量は大きく減少した。五家洋行は台湾の茶の価格が高すぎ、利益を上げられないとみて、買い上げを中止した。一部の茶商人たちは生き残る手立てを求めて、福州まで運んで売り先がなかった烏龍茶の荒茶に花の香りをつけて包種茶に加工した。当時はこれを「花香茶」と呼んでいた。一八八一年、同安県の茶商呉福老は、福建で加工された包種茶では運送の費用やリスクがあり、コストが高いとみて、茶師を連れて台湾に渡り、台北で「源隆号」という会社を興して、福建の製茶技巧に倣って包種茶の加工生産を始めた。この年国外に向けて売り出したことが、台湾の包種茶の輸出の先駆けとされている。

ウィリアム・H・ユーカースは『世界茶文化大全』でこう指摘している。「もう一つ重要な進展は、一九二三年から、台湾総督府によって茶葉の検査システムが発足したことだった。この検査の目的は品質の悪い茶葉の輸出を防ぐことで、台湾の茶葉の評判を高めることにあった」と。この命令は直接に品質管理を行い台湾茶の品質を向上させる契機となった。

台湾茶が古き良き味わいをふたたび重んじるようになってほしいと思う。日本統治時代の南港《ナンガン》と屈《チュー》尺《チー》にあった茶葉伝習所で訓練を受けた昔の茶農たちと同じように、まじめに、懇切に萎凋《いちょう》、攪拌、炒《しょう》青《せい》、揉捻、解塊、烘乾の各工程を経て、茶をやさしくうまみに富んで美しいものにし、淹れた茶が明るく滑らかなものになるように。

包種茶の名の由来は諸説ふんぷんで、ごく簡単にまとめれば、毛辺紙と呼ばれる紙で四角く包んだからだとか「色種茶」の書き誤りであるとかいう。音が「包中《バオジョン》（合格）」に近いことから、しばしば友人や親戚の試験や就職、選挙での幸運を祈って贈り物に使われる。

現在の文山包種茶は手摘みした柔らかな茶葉の一芯二葉（芽とその下の二枚の葉）を用いて、焙煎して作られる。理想的な外観は、細長く固く締まって、葉の先が自然に湾曲し、若枝につながっている。包種茶を作るのに適した品種には青心烏龍、台茶十二号、台茶十三号、台茶十四号などがある。よい仕上がりは、濃い緑色で光沢があり、花のような香りがはっきりと澄みわたり、水色はとろりとした緑と黄色の間で、明るく澄んでつやがあり、「露に香りをこごらせたよう」また「霧に春をこごらせたよう」とも讃えられる。

これは台湾特有の茶種で、盛んに作られるようになって以来まだ百数十年しか経たず、製法は烏龍茶に準ずる。台湾にはもとより「北は包種、南は烏龍」という言葉があり、包種茶は台湾北部で生産が盛んだ。台北の文山で生産されるものが品質に優れていることから、文山包種茶という名がある。文山地区とは、台北市の文山区、南港区と新北市新店《シンディエン》、坪林《ピンリン》、石碇、深坑《シェンカン》、汐止《シージー》などの地区を指し、ことに坪林で生産されるものが知られている。

包種茶と烏龍茶はもともと兄弟のようなもので、俗に細く撚ったものを包種茶と呼び、球形にしたものを烏龍茶と呼ぶ。その両者のおもな区別は最後の製茶の工程、すなわち「団揉（茶葉を球形に整形する)」にある。私のように風雪にさいなまれた年寄りは、たいてい焙煎のやや強めの茶を好むものだ。「有記名茶」の「奇種烏龍」は、浅い発酵度の文山包種茶に中程度の焙煎をかけたもので、台湾烏龍茶と武夷岩茶の韻味を併せ持つ表現で、私はたいへん気に入っている。

秀麗が世を去った後に、私は『恩愛を曬《さら》す　秀麗を懐かしんで』と題した追悼文集を編集し、妻の青春時代の写真を数枚収めた。彼女はまるでつぼみから今にも開こうとする香り高い花のようだった。中国時報の文芸副刊の主編の簡白《ジエンバイ》はこれを見て、日本語の「淡麗」という言葉を思わせる、と言った。私は何の謙遜もなく答えたものだ。妻は若いときたしかにすてきな女の子だったとも、でなければどうして結婚したりするものか、と。

少女が人に愛情を抱き始めるその時は、文山包種茶のあの息吹のように、かすかに発酵してさやけき香りを放ち、もの柔らかで、清らかで自然なものだ。茶の余韻はまるで追憶のようだ。秀麗が世を去った後、私は彼女がますます美しく、さやけき香りますます冴え、恬淡として、聡明で機知に富むこと、まるで茶の味のごとく思えている。

広州での治療を終えて、秀麗は和信がん治療センターで引き続き治療を行いながら、一方で私の仕事場に近い梅門《メイメン》で平甩功《ピンシュアイゴン》(気功の一種)を習っていた。気功を終えると、気分がいいときには仕事場を訪ね、いつもお茶を飲みたがった。長期にわたって化学療法を受けた患者は抵抗力が弱まるので、私は白磁の茶杯を用意して妻専用にし、杯を温めては茶を注ぎ、彼女が話すのを聞いていた。

私はいつも妻に文山包種茶を淹れていた。緑茶にはポリフェノールが含まれていて抗がん作用があり、茶の中のフッ素は歯の表面にバイオフィルムができるのを防いでくれ、歯を丈夫にするという。蘇東坡こと宋の蘇軾は食事を終えるごとに茶で口をすすいだそうだし、清の小説『紅楼夢』の主人公賈宝玉《かほうぎょく》の母親らも、食事の後には茶で口をすすいでいた。

白居易《はくきょい》の「睡後茶興憶楊同州」詩は、酔いが醒めたあとに茶を煮出して自ら楽しむ様子を描き、悠然として恬淡な生活をかいま見せている。眠りが足り、腹がくちて、足取りもしっかりと池の周りを散歩し、緑の木陰に葉もれ日が動き、青い苔が色とりどりに見え、その風情の幽雅さは、茶を淹れ一人飲む楽しみを引き出してくれる。

こちらに縄の寝椅子をはり
かたわらにうつわをすすぐ
白磁の深い茶杯は清らかに
炉には炭が赤くおきている
香も高い淡い黄緑の抹茶を
魚の目のごと沸く湯に入れ
器にそそげばよい色に映え
のみおわっても余香が漂う

緑の木々の間に縄を張って作った寝椅子を置き、茶を淹れて味わう。それからものうげに寝椅子に身を横たえる。まるでのびやかに開いた茶葉のように。

老舎《ろうしゃ》は「茶は温柔にして雅潔、やわやわとした刺激があり、あわあわと寄り添う。茶とは女性のものだ」と断言している。私も文山包種茶を飲むときに、たしかにものやわらかで寄り添うような感じを抱くことはある。

のびやかに開いた茶葉が、ほんのりと香りを放つように暮らしたいものだ。いちばんよいのは一芯二葉の青心烏龍《チンシンウーロン》だろう。茶の芽が若枝に連なる様子は、夫婦の愛情の隠喩にも見える。人はとこしえならんと願うものだ。しかし昔のことは霧のように消えゆく。今でも、私は妻のためにあの白磁の茶杯を取っておいている。もう一緒に茶を楽しむことがなくなったのを残念に思いつつ。

緑茶は意識をはっきりさせ、心臓のはたらきを高める。利尿の功能があり、記憶力を高め、老化を防ぐ効果もあるそうだ。中医学の書物によれば、緑茶に含まれる茶タンニンは、血管の靱性を高めることができるとあった。とりわけ私のようにしばしば激しく怒ったり嘆き悲しんだりするどうしようもない年寄りは、ふだんから文山包種茶を飲んで、脳血管の破裂を予防するべきなのだろう。

焼酒螺

〈ウミニナのスパイス炒め〉


　二人一緒に傘を差して、淡水の川べりを左岸公園に向かって歩いていた。細かい雨が降り続く中で、私は右手を妻の肩に乗せてゆっくりと歩を進めた。シオマネキが現れる干潟に、岸辺に停められた漁船、マングローブに渡し船、対岸には淡水の街のビル群と大屯山が見えた。川岸に向かって建てられた驚くほど立派ないくつかの別荘は、イタリアはソレントの海岸の風景を思わせた。将来退職したならこんな場所に住んで、読書に専念したかった。静かで、海鮮だってすぐ近くで手に入る。

「私はあなたほど海鮮好きじゃないけどね。」客家出身の女性はやはり海のものにあまり魅入られはしないようだ。

　街角で焼酒螺《シャオジウルオ》を一包み買って、食べながら歩いた。焼酒螺がもうすぐなくなるというころになっても、雨の中を進み続けた。八里《バーリー》のフェリー乗り場を過ぎ、ガジュマルの古樹の前を通って「芭達桑原住民主題餐庁」で夕食を取った。その夜、初めて「恋人の涙」というものを食べた。大雨の後に現れる藍藻の一種で、この料理名はのちのち、テーマのようにいつも私の頭に浮かび上がった。

その前に焼酒螺を食べたのは新北《シンベイ》の十八王公廟でだった。妻と北海岸を旅したときのことだ。伝わるところでは、清朝の中葉に十七人の商人が大陸から船に乗ってお参りに来たところ海難事故に遭い、遺体が石門の沿岸にまで流されてきた。船にはたった一匹の犬だけが生き残っていたが、やがて主人に殉ずるように死んだという。そこで当地の人々はこの忠犬と十七人の商人のために塚を建ててやり、十八王公廟と名づけた。その後、しばしば十八王公が霊験を顕したという話が伝わっている。ここは夜遅くなればなるほどにぎやかになるそうで、多くの風俗営業の従事者がよく参拝するとか。廟の中ではさかんに線香があげられ、忠犬の銅像が置かれていて、みな一撫でしに行く。廟の門前の「張家肉粽焼酒螺」で焼酒螺を一包み買い、海を眺めながらすすり食った。

また別に一人旅で来たときも、焼酒螺を食べた。そのころはまだ新聞社で働いており、新しく来たデスクに冷や飯を食わされ、毎日敵意に包囲されながら何もできずに、頭はいつも人間関係による軋轢でいっぱいになっていた。妻は私が気が晴れない様子なのを思いやって、ちょっと出歩いてみたら、と励ましてくれたのだ。焼酒螺を手に持ったまま、長いこと海辺に立っていた。思えばこれはあてどない放浪のための小吃だ。ウミニナは海岸で採れるものだから、この軽食もまた海辺で食べるのにふさわしく、レジャー性や娯楽性を表現した食べものだといえる。広い海に向かって歩きながら、仕事場のことを考えると、ふいに気が晴れないことがみな手の中の焼酒螺と同じように小さなことに思えた。ちっぽけな職位に、滑稽な権謀術数なんてものは、実に取るに足らないことだ。

焼酒螺は台湾で二、三百年かけて発展してきた。もともとは海辺の子どものおやつ、大人の酒のあ

燒酒螺
大中小
辣
小
中
大
燒酒螺
醬油
蒜末
辣椒
米酒
糖

てだったのだろう。昔は海で暮らす人々の暮らしは豊かなものではなかったから、ウミニナを採るのは漁村の副業だった。少し自分たちのために残して大部分は店に売り、それが焼酒螺になったのだ。寒風の中で魚を捕りに行くときにはしばしば酒を飲んで体を温め、他のものがないときには、ウミニナを煮て酒のつまみにしたから、その名がついたのだろう。

ウミニナは小さく、仏塔のような形の殻はたいてい黒灰色の模様がついており、台湾人は「鉄釘螺《ティーディンレー》仔《アー》」とも呼ぶ。学名は「疣海螺《ヨウハイルオ》」で、ウミニナ科に属し、多くは海岸の河口近くの干潟に分布し、干潟の有機質や海藻のくずを食べて生きている。

昔は自転車で売っていることが多かった。後ろの荷台に竹かごを置いて布をかけておき、通り沿いに売り歩くのだ。買い手が現れると布をまくって、紙を三角錐の形に巻いて、焼酒螺を入れる。さじで焼酒螺をかき回す音がしゃりしゃりと響き、香りが人を誘ったものだ。今では夜市でしばしば見られる軽食で、店の多くは辛みなし、ちょい辛、小辛、中辛、大辛、麻辣などと細かく分けている。

焼酒螺を作るときには、ゆでと炒めの二つの工程がある。まずは順に殻の先端を切り割り、きれいに洗って、塩水につけてゆでる。先端を切るのは、味つけが染みるようにと、すすって食べるのに便利なようにだ。続いてトウガラシにニンニク、沙茶醬、醬油、米酒、塩、砂糖、酢、ゴマ油に台湾バジルなど多くの調味料を入れて炒める。焼酒螺は味が濃いので、いい酒のつまみになると思われている。実のところ、ウミニナの身はさして味がしないから、風味のもとはおもに調味料に頼ることになる。その組み合わせがなんともうまいのだ。

ウミニナはきれいに処理してやらないといけないが、処理には時間も労力もかかる。客に疑いを抱かせないようにだ。北関《ベイグアン》の「王家焼酒螺」や梧棲《ウーシー》漁港の観光市場にある「阿姿焼酒螺」では、機械できれいに洗っており、衛生に気を使っているといえるだろう。「阿姿」では高温殺菌を二度、低温殺菌を一度経ていると強調しており、鳳螺《フォンルオ》（バイガイ）や九層螺《ジウツォンルオ》（キリガイダマシ）の味もよい。

楊枝で貝の身を取り出す人もいるが、愚か者のやることだ。口で吸いこむのだけが正統なやり方だ――人差し指と親指で貝を挟んで、唇を貝の口に押し当て、キスをするように激しく貝の身と煮汁を一気に吸いこむのだ。もし一回で出てこなければ、反対の先から軽く吸って身をずらし、もう一度口のほうから吸うと簡単に取れる。これは台湾人の多くが集合的記憶として持っているもので、吸いこむ動作はほとんど母乳を吸うのに近いとさえ言える。焼酒螺は一つひとつが小さく、身の体積は殻よりさらにずっと小さいから、吸っても吸っても物足りない。この不足感はまるで注意を促してくれるようだ。「努力して春華を愛す」、夫婦の間にある楽しい時間を大切に思うことについて。

結婚してまもなく、台南は南鯤鯓《ナンクンシエン》の文学キャンプでの講演を頼まれた。私は妻と一緒に行き、そのあと故郷の高雄にも戻るつもりだった。車を運転して南下し、南鯤鯓の代天府に着いたころにはすでに深夜だった。参加者と講師たちの数人はビルの屋上のテラスで酒を飲みながらおしゃべりしていた。私はあいさつだけすると部屋に戻って寝ようとしたが、屋上から下りる前に、ちょっと見下したような調子の女性の声が聞こえた。「ほんと気が利かないよね、ここに来るのに奥さん連れてくるなんて。」翌朝、講義を終えた後に、代天府の前に焼酒螺の屋台がたくさんあるのを目にして、一袋買って車に乗り、夫婦二人で吸いながら高雄に帰った。結婚以来二十七年、私はずっと妻を連れていた気がする。おそらくほんとうに気が利かないのだろう。

今も思い起こす。淡水の八里の焼酒螺を吸っては歩いたあの川べりの歩道を、ずっと歩き続けられていたらと。

貢丸湯

〈肉つみれのスープ〉

車を走らせて高速道路に乗り、まっすぐ新竹の城隍廟まで来ると、理の当然として炒米粉《チャオミーフェン》と貢丸湯《ゴンワンタン》を頼むことになる。しょっちゅう来るわけにはいかない。道のりは実際遠く、往復で二百キロ近くはあるからだ。貢丸は新竹の特産で、特に城隍廟の周辺は台湾全体でも貢丸の密集地帯と呼べ、いたるところ貢丸の店だ。みな豚の上身で作ったことを掲げ、自分の店こそ本物の老舗だと名乗っている。彼らの競争は激しく、作るにもいい加減ではいられない。長年経つうち、たがいに影響し合って、味はたいていいいものの、食べても違いはなかなか分からない。

伝統的な製法では、冷凍を経ない豚のモモ肉を、結締組織と筋膜を除き、塩を加えて叩きつぶしてすり身状にし、コショウやうまみ調味料などを加えて均等に混ぜる。肉の生地を球状に押し出し、スプーンですくって湯の中で火を通せば完成だ。その日おとしたばかりの豚の肉を使うのは、その新鮮な筋繊維が弾力をそなえるからで、肉を叩いてすり身状にして粘りを出すのは、仕上がりに充実感と歯切れよさが出るのを期待してのことだ。

叩くことで生まれる食感と、手作りの温かみをたたえ、もともとは単に「肉丸」と呼ばれていたものが、貢丸という名になった由来については、さまざまな伝説がある。おもなものに二説があり、一つは明の嘉靖帝《かせいてい》が台湾に遊んださい、新竹でこれを味わい、すこぶる称賛したというので、後に台湾からの献上品になり「貢」の字をつけたのだという。もう一つは発音から来るもので、貢丸の製作においては、まず肉を叩く工程があるが、閩南語で打つ音を「ゴン」と呼ぶので、貢丸とは叩いて作った団子だという説である。後の説のほうがやや信頼がおける。

貢丸は新竹が有名で、新竹の店の多くは「摃」丸を名乗る。たとえば海瑞、進益、栄記、福気、利鑫などがみなそうだ。ある人の説では、この字は槌で叩く意味で、貢丸の製作過程の本義にかなうものだというが、これは誤解だ。明の『徐霞客遊記《じょかかくゆうき》』の「滇游日記《てんゆうにっき》」四にこう記載がある。「貴州で水難があった際に、城中で被災したものの中に一人浙江塩官の出身の商人がいた。荷物は二十摃あまりあったが、みな流されてしまった。」「摃」は、音も意味も「扛」と同じく担ぐ意味で、槌で叩く意味はない。

「海瑞」は黄海瑞氏が一九四八年に創業したもので、最初は貢丸と麵を売る屋台だったのが、今では新竹第一のブランドになり、企画力も販売能力も高い。もう一つの老舗である「進益」は一九三八年に葉栄波氏が城隍廟のそばに店を出したことから始まり、二〇〇二年には北門大街に「進益摃丸文化会館」を設立した。生産品の多様化は新竹貢丸の共通の傾向で、プレーンに加えて、シイタケ、福菜、クコ、当帰《とうき》、イカ、紅糟、芹菜、クワイ、イチゴなど、多くの風味がある。

進益摃丸
金山
海瑞摃丸
海納百味
瑞食滿千
新竹
福記
摃丸
信用第一
衛生可靠

新竹だけでなく、貢丸は台湾各地で流行している。「白金山」は貢丸にファッショナブルさを打ち出した。各種の貢丸の色とりどりな様子はさながらマカロンを思わせるほどだ。楊中化はテレビニュースのキャスターを退職して、「主播貢丸《ジューボーゴンワン》」を売り出した。一つひとつがふつうの貢丸よりもだいぶ大きく、台湾全土で唯一、ヒノキの木桶の中で肉を練っていると称し、城隍廟の老職人、王梧清から直伝されたものだと名乗っている。彼が何度も豚肉の生地を手でもみ、親指と人差し指で大きな球を押し出し、一粒ひとつぶの貢丸が湯の中に落とされ、形になっていくのを私も見たことがある。

貢丸はふつうはスープにする。湯が沸いたら、何粒かを入れて、刻んだ芹菜でも入れればすぐ出来上がりだ。簡単で便利なものだ。味つけをして煮こんでもよいし、火鍋のよい具にもなる。一杯の麵に貢丸を入れれば、たちまちその麵の身分と地位が引き上がる。

うまい貢丸は嚙むと汁気たっぷりで、時に噴き出すほどだ。その基本的な条件は、豚肉が新鮮であることだ。新鮮な肉の繊維にはまだ力があり、搗きつぶした後には弾力も凝固性も高くなる。台湾の黒毛豚のモモ肉で作ったものは、特に弾力に富む。さらに豚肉のたんぱく質はもともと魚肉よりも丈夫なため、作る団子もしぜんと丈夫なものになり、でんぷんやすり身を入れる必要はなく、純粋に豚肉だけで作れる。肉質の老化を防ぐために、作る過程で温度は十五度以下にコントロールされていることが望ましい。

むかし見た香港のコメディー映画では、主役がシャコ入りの肉団子の歯ごたえを表現するためにピンポンの球代わりにしていた。歯切れのよさを増すために、世に売られる貢丸の多くはポリリン酸塩を加えるが、これはまったくの蛇足だ。貢丸とは、叩き上げられることで生まれる美味で、まじめに叩けば、乳化剤に似た塩溶性のたんぱく質が生まれ、原料の脂肪と水分を乳化させ、安定した乳濁状態を形成してくれるので、可塑剤や増粘剤などの添加物はまったく必要ないのだ。

不誠実な商人の中には、はなはだしくは病死した豚の肉に、甘味料にホウ砂や防腐剤、漂白剤などの薬剤を大量に混ぜこむ者さえいる。早朝に大学に行くときには、よく桃園の環西路に出るキッチンカーで肉臊飯や貢丸湯を食べるが、時に貢丸にくさみのあるものに当たって、明るい朝に暗雲がたれこめることがある。

かつて、木柵の市場である貢丸の店を見た。使う豚肉は台畜公司が提供する上等の腿肉で、添加物を決して入れていないことを強調し、信頼を得るために、その場で作ってその場で売るというやり方を取っていた。主人は自家製の貢丸に「古早丸」と名づけた。昔ながらの味（古早味《グーザオウェイ》）に忠実で、誠実に、まじめに作っているという意味だ。ここの貢丸は味はよかったが、市場での売れ行きがそれほどよくなかったのか、長らく古早丸ののぼりは見ていなかった。

古早丸は、後に興徳《シンドー》の伝統市場で再び江湖に姿を現したので、家でスープにしようと三斤買った。携帯電話が鳴った。中国時報の代表の余紀忠氏からだった。私がその日の刊行分に書いたヘッドラインが悪い、と叱る内容だったが、彼のふだんは威厳ある声も、やかましい伝統市場の中では、疲れてあいまいなものに聞こえた。その「悪い文章」とやらは、実際には副編集長の蘇氏の手になるものだったのだが、私は無言で応え、はいはいと自分のあやまちを認めた。もしかすると、私はもう新聞社を離れるつもりだったから、弁解しようとしなかったのかもしれない。またとっくに昇進に望みがなかったから、余氏の叱責にもびくびくすることがなかったのかもしれない。私は心中、貢丸の滋味のことだけを思っていた。

台湾の新聞業の黄金時代、新聞社は磁場のように多くの才気にあふれる青年たちを惹きつけた。頭のいい人間が一つところに集まって、いつも頭の悪いことをした。新聞社は多くの人間を採用し、一部の人間は重用されたが、多くの人々はそうでなかった。中国時報にいた十四年半の中で、しょっちゅう心地よいとはいえない思いをしたし、心地よく過ごしている人に出会うこともごく少なかった。生活が疑念に満ちていた。山が動かなければ道が避ける、道が避けなければ人が避ける、という。自分が他人の下につくのにまったく向いていないと気づいて、離れる決意を固めた。それは大袋いっぱいの古早丸を買った午前のことで、私は長らく抑えこんでいた心中の抱負を、危険を冒すための精神力に変えた。

伝統市場の雨よけの下の影を抜けると、急にさえぎるものがなくなり、直接昼に近い時間の太陽の光のもとにさらされた。強い光はまるで心の中の目も閉じさせたように、その時は車の音ですらも、激しく高らかでいながら長く続く音楽のように聞こえたものだった。

貢丸には叩き上げの美学がある。形がすっかりなくなるまで搗きつぶされて、また別の姿で現れる。貢丸は弾力に富んだ性格で私を目覚めさせてくれた。生命が鍛錬された後のエネルギーを飽くまで食らうことで、抑圧された後の奮起を促してくれたのだ。

桜桃鴨

〈チェリバレー種アヒル〉

画家の李蕭錕《リーシャオクン》が宜蘭で「山中に花開く」という題の個展を開くというので、車を運転し始めてからすぐに電話をかけ、宜蘭に着くまでの間は話し通しだった。妻のがんが再発してから一年あまりというものは、日一日と忙しくなり、ほとんど一分一秒を争うという段階まで来ていた。今となっては、車を運転しているときくらいしか電話する時間がないのだった。個展が始まるまでまだ間があったので、先に「饗宴鉄板焼」で食事をした。メニューは実に豊富で、その中に桜桃鴨《インタオヤー》のサラダがあった。たっぷりしたアヒルの胸肉を使い、両面を焼く。鉄板の熱さはアヒルの脂をすばやく外に出してくれる。薄切りにしてジャガイモに小キュウリ、ロメインレタスにカボチャ、トマトのサラダの上に乗せる。彩りの美しさは人を誘惑し、うまみがあって柔らかく、それでいて歯ごたえも十分だった。

前に桜桃鴨を食べたのも宜蘭でだった。あれは妻と行った最後の家族旅行だった。桜桃鴨を出す店で最も有名なところといえば、シルクスプレイスホテルのレストラン「紅楼」をおいてない。夕食に私たちはまるごと一羽のローストダックを注文し、さまざまな食べ方で供された。アヒルの薄切りを三星葱入りの皮で包んだ一皿に、アヒルの寿司仕立て、モヤシとアヒルの細切り炒め、アヒルのもち包み、白菜とアヒルの土鍋煮こみといった具合だ。

料理人は例によってテーブルの横でダックを薄切りにするショーを見せ、サービスの係が三星葱を練りこんだ皮で切り出したばかりの肉を巻き上げる。つやつやと脂で光り、肌の色は実に手入れが行き届いていた。つけるタレにはリンゴを加えて味をよくしてあり、ローストダックに清新な趣を加えていた。皮に練りこむ以外にも、三星葱が白髪ねぎと揚げねぎの二種類の形で加えられている。銀芽鴨肉糸《インヤーヤーロウスー》は独特で、リンゴの細切りを加えて炒めてある。なかなかすっきりとした味わいだ。アヒルの寿司は銀色のレンゲの上に置いて供され、酢飯にチーズ、アヒルの肉と皮が合わさる。かすかにすっぱく、ほんのり甘く、わずかに塩気があり、印象深いうまさだった。まるで打ち解け合った家族どうしが、一つ屋根の下に暮らしているようだ。

純白色の桜桃鴨は品種の名前で、イギリスのチェリバレーから来たものだ。正式名称は「北京系チェリバレー種」で、成長が早く赤身の多いアヒルだ。肉質はきめ細かくさみが少なく、脂肪が均等についている。

シルクスプレイスの桜桃鴨は、黄明杰という鴨の養殖業者から買っている。養殖場は三星郷《サンシンシアン》にある蘭陽渓の支流のそばで、水質がよく、純粋で汚染のない環境であることを標榜している。聞くところでは、黄氏はアヒルの世話をすること我が子のごとく、肥育の過程では毎晩のようにアヒルの小屋の見回りをし、アヒルたちに上等の食事を与えてやるとともに、消化を助けるために酵素も与えているそうだ。また、アヒルに広い遊び場を与えてやり、地面には砕石を敷いて、土ぼこりが舞い上がらないようにしている。三星郷は朝晩の気温差が大きく、これがアヒルの食欲を刺激する。ひなから成鳥になるまでは約七十五日間だ。体つきは優雅で、まるでさかんにジムに通っているようで、胸部は盛り上がって肉がたっぷりつき、魅惑的な曲線を描いている。理想のバストラインを持つアヒル、とでもいうところか。

桜桃鴨は北京ダックに使われる「塡鴨《ティエンヤー》」とは異なる。ローストダックに使われるアヒルは純白のものがよく、マガモやアイガモは上質のものとはみなされない。北京で使われるアヒルはみな近郊の通州から来たもので、アヒルは運動量が少なく、太らせるために強制肥育の工程を施す必要がある。梁実秋は「焼鴨」と題した一篇で「塡鴨」について述べている。

コーリャンとその他の飼料をこねて円柱状に延ばす。ちょうどソーセージくらいの太さで、長さは十二センチくらいだ。通州の養鴨職人は、アヒルを一羽つかまえると、自分の両脚の間に挟んで身動きを取れなくさせ、手でくちばしを開いて、太く長い飼料を水をつけながらむりに押しこんでいく。アヒルは声を出すにも出せず、目をぱちくりさせているばかりだ。口の中に詰めこんで、これ以上いくと腹の皮が裂けてしまうのではないかというところを見定めてから、ようやく手を緩め、アヒルを日も差さない小さな小屋の中に押しこめる。何十何百ものアヒルが一つところに閉じこめられ、まるでイワシの群れだ。まったく活動の余地がなく、そのかわり懸命に水を飲ませる。このようにして数日閉じこめ、毎日引き出してエサを詰めこむから、太らずにはいられない。そこから「塡鴨」、詰めこみアヒルと呼ばれるのだ。

成長の過程以外の違いとしては、桜桃鴨を食べるには三星葱が欠かせない。三星郷は雪山《せつざん》のふもとにあり、ここで育つネギは、朝晩清らかな蘭陽溪の水を飲んで育つ。すぐれた土地に生まれたネギの傑物と呼ぶべきもので、美しい山と澄んだ水にすぐれた土質あってはじめてこのような美しいネギを育むことができるのだ。きめ細かで厚みがあり、甘い。ネギの白い部分が長く、筋が少なく、歯切れがよく口当たりが滑らかだ。天下第一のネギと讃えられるのも不思議はない。どんな料理店でも三星葱を使っていると書かれていさえすれば、たちまちまるで頭の上に光輪が現れたようなものだ。

野菜の中で、ネギとショウガ、ニンニクは常に「声を立てない」お付きの役を演じているようなもので、別の食材がすばらしい料理に変わるのを助けている。美味が完成してしまうと、功成れば身は退くとばかりに、かさにかからず、やたらに目立とうとしない。しかしいつも主役について走るばかりのお付きのものや脇役に回るだけとは限らず、すぐれた料理人の腕にかかれば、一人で大事な役を担うこともできるのだ。たとえば三星葱は、新鮮な白ネギであっても油葱酥であっても、アヒルの持つ資質を引き上げるのに効果がある。

私は大地から生え出したネギが、豊かな表情を持っているのがとても好きだ。緑と白の三星葱は、控えめでありながら含蓄深く、生命の活力に満ちている。かつてそれを見てから少し時間が経ってしまったが、私にとっては三星葱の観賞価値は食用価値をしのいでいる。美しいものを粗略に扱うことのできる人間はいない。三星葱は郷土の風情をよく表現するもので、台湾において、飲食文化の深みを増してくれているものだ。すぐれたメニューの中では、主役にすらもなりうる。健康のためでなく、純粋に美味を追求するうえでだ。

宜蘭の農業はたいへん優れており、三星葱や桜桃鴨のほかに、禾鴨米《ホーヤーミー》もある。禾鴨米は循環型の自然農法の一つで、アヒルと稲を共存共栄させるものだ。よく知られている通り、田んぼのスクミリンゴガイやイネドロオイムシは駆除が難しく、往々にして農薬に頼ることになる。宜蘭にはアヒルが多く、アヒルを田んぼに入れると、害虫をよく食べてくれる。そのうえアヒルの排泄物は有機肥料となり、田んぼに恵みをもたらすのだ。

あの晩の桜桃鴨の晩餐が夢まぼろしのごとく思える。あれが妻と食べた最後のアヒルになった。桜桃鴨は私の記憶の中で日一日と美味を増し、私の想像の中でますます感動的なものになっている。しばしば、妻が最後に参加した家族旅行を思い出す。近い将来、娘たちを連れてかつての旅行先を巡りたい。娘たちにママについて話して、懐かしんでほしい。私のようにむりに抑えつけずに、ためらわずに涙を流してほしい。

豆花

〈おぼろ豆腐〉

清代の小説『三俠五義《さんきょうごぎ》』の第三回に、武芸の達人の展昭《てんしょう》が、名裁きで知られる包公《バオゴン》こと包拯《ほうじょう》と召使いの包興の二人を山賊が根城にしていた廟から救い出し、包興は包公を支えて、いささかも足を緩めず、夜っぴて命からがら逃げだして、ある村の豆腐屋に駆けこむ、という場面がある。腹が減って疲れ切っているので、あるじに向かって一杯熱い湯をくれと頼む。老人は今できたばかりの豆乳があると言って、真っ白であつあつの豆乳を二人についでやる。たとえようもないほど香りもよくて甘みのある豆乳は、口に入るとまるで甘露のようだった。主従二人は恐れ疲れきって夜を過ごしたところだったから、

今は粗末な小屋の中がまるで天国のよう、この豆乳を飲んだところ、宝玉を溶かしたがごとき美酒にも劣らぬ味だった。まもなく、豆腐のほうもできてきた。孟老人は碗を出して塩を水に溶き、そこに豆腐を盛ってやった。まったく飢え渇いていたところにこの豆腐を食うと、腹の中か

らぽかぽかと温まって、なんともよい心地。

豆乳にでんぷんか石膏を加えてかき混ぜ、冷ましてやるとそれで豆花《ドウホア》の出来上がりだ。

小さいころ、よく物売りが豆花を担いで声を上げて通りを売り歩いていたものだ。その声は、ずっと記憶の中にまとわりついている。よい豆花は、純粋で清潔な感じがするものだ。水質と遺伝子組み換えでない大豆を慎重に選び、あせりはせずにかつ手早く、てきぱきと手順を進めて作り、その日に作ったものはその日のうちに売り切らなくてはならない。清の王士雄《おうしゆう》の『随息居飲食譜《ずいそくきょいんしょくふ》』はこう述べている。

青大豆、黄大豆に清水を加え、細かにすりつぶし濾して汁を取り、鍋に入れて沸かして固めるが、柔らかく固すぎないくらいがよい。その汁を煮てまだ固めないとどろどろしたものになる。これは肺を清め、胃を補い、渇きを潤し痰を除くはたらきがある。

豆花はまた豆腐花《ドウフホア》、豆腐脳《ドウフナオ》、豆凍《ドウドン》、老豆腐《ラオドウフ》などとも呼ぶ。伝説では漢の淮南王《わいなんおう》劉安《りゅうあん》と関わりがあるとか。この豆製品一族の一員は、冷やしても熱くしてもよい。作る原料は単純で、大豆と水と凝固剤だけだ。水分の量が仕上がりの濃淡を決める。ふつう使われる凝固剤には、石膏、にがり、寒天がある。美味のカギは凝固剤を加えるさいの温度のコントロールと凝固剤の配合、そして豆乳に凝固剤を混ぜる速度と技巧にある。

昔ながらの豆花は、みな豆を石臼ですりつぶしたものだ。今では機械で大豆を砕くだけだが、細かくかつゆっくりとすりつぶした味わいは、しぜんと濃厚なものになる。清代のある詩人は「詠豆花」詩にこう詠んでいる。

見る間に酒を醸した仙人がごと
玉のしずくにたちまち花がさく
どんなふしぎかいかなる妙術か
仙人の丹薬にいささかも劣らぬ

清らかな山の湧き水に大豆を浸し、ゆっくりとすりつぶし、濾してから煮立てて豆乳にし、それを固めて豆花にする様子が想像できる。

このようなよい豆花は、その質感はゼリーのようで、やさしく滑らかで、きめ細かくて密な食感があり、歯に何の抵抗感も残さない。華人社会では広く豆花が食べられているが、食べ方は各地で異なる。大きく言えば南が甜《あま》く北は鹹《しおから》い。甘くして食べる地域は、多くは台湾、香港、華南に分布している。中国の北方では鹹豆花《シエンドウホア》を豆腐脳と呼ぶ。北京や天津では、八角や花椒を油で香りを立ててから、刻んだネギやショウガを入れ、キクラゲやシイタケ、押し豆腐の細切りなどの副材料に卵を入れ、味つけしてとろみをつける。ニラ、芹菜、香菜、ニンニク、干しエビや砕いた落花生もしばしば薬味として使われる。河南の人々はコショウ風味のスープで味つけするし、陝西や山西ではトウガラシ入りの油をかける。四川風となれば、もちろん麻辣味が際立つ。

　台湾の豆花は広東や南洋一帯と似て、糖水《タンシュイ》（シロップ）をかけて食べる。夏は冷やして食べるし、冬になると糖水を温める。時には芋円《ユーユアン》（いも団子）、緑豆、あずき、粉円《フェンユアン》（タピオカ）などを加え、黒砂糖で作った糖水の代わりに豆乳を使うこともある。豆花は台湾ではごく一般的なもので、生活していればどこにでもその跡が見える。たとえば台北の「山水伯豆花」「豆花荘」、台中の「馬岡豆花」、嘉義にある「阿娥豆花」、台南の「豆花郷」などだ。新店《シンディエン》は碧潭《ビータン》にある「源平渓伝統豆花大王」は、店こそ大きくないが、品数は非常に豊富だ。

　さまざまな豆花のメニューはみな、我が家の家族旅行の思い出とつながっている。私はあの甘い黒砂糖の香りと、濃厚な豆の香りの組み合わせがなつかしい。家族で一杯の豆花を分け合った時間が。しかし美しい時間は、まるで豆花の上に乗せられたかき氷のように、たちまち糖水の中に消え去ってしまった。

　何度か、花蓮で開かれる「太平洋詩歌節」に参加したときには、よく亜士多飯店に泊まった。夕暮れの時間に、私は二階の窓辺に座ってコーヒーを飲みながら太平洋を眺めるのが好きだった。時にはぶらりと斜め向かいの「中一豆花」に行ってゆで落花生を乗せた豆花を食べた。この小さな店は、花蓮の美崙《メイルン》ですでに数十年の間経営しており、海風の気配とともに、私の花蓮への印象を明確なものにしてくれている。

糖水は豆花の魂だ。上等のものは懇切な甘さを表現してくれる。舌を甘みに浸し、あらゆる口先だけの甘い言葉をばかばかしいものに感じさせてしまうほどだ。

嘉義の文化路《ウェンホアルー》夜市の「阿娥豆花」は、糖水の代わりに豆乳を使い、落花生に豆花、豆乳の三者が結びついた悦びがある。ある夜に「郭家粿仔湯鶏肉飯」でたっぷり食べた後、手をつないで向かいの延平街で阿娥豆花に行った。まるで蜜のように甘い駅に到着したようだった。

出版社「二魚文化」を創業したばかりのとき、家賃を払って師大育成センターの事務所を借り、近くの「青春之泉」という店を創業のティーパーティーと最初の出版発表会の会場にした。店の外壁は明るい赤で塗られ、白い窓枠に花かごとあいまったヨーロッパ風の空間は友人たちでいっぱいになった。それから私たちは地中海式のベジタリアンレストランを掲げるこの店をよく訪れた。この店の食材が天然の新鮮なもので、加工品が少ないのを気に入っていたからだ。

おそらく彼らの有機豆花はあまりに人気があったためだろう、中庭の前に豆花の屋台を出すようになった。主人の自家製の手作りの豆花は、黒糖のシロップに落花生と小豆を合わせてあって、とてもうまかった。最近、青田街を通ったところ、青春之泉がすでに廃業しているのに気がついた。そして一緒に創業し、ともに豆花を食べた妻もまた、もうこの世にいない。

冷凍豆花 花生湯
豆花
請先結帳
Takeout*
阿娥
老店
豆花
豆花

六

鳳梨苦瓜鶏

〈発酵パイナップルとニガウリ、鶏肉のスープ〉

大学一年のころ、運よく時報文学賞を受賞して、その降って湧いたあぶく銭は私の三十三か月分の生活費に相当した。あらゆる友人たちが突如として現れ、私たちは毎日、紗帽山《しゃぼう》にある土鶏城《トゥージーチョン》（地鶏専門店）で食事をしては痛飲した。まるで『アントニーとクレオパトラ』の第二場にあるセリフのようだった。「おれたちは昼じゅう眠って昼めに面目を失わせ、夜通し飲んで夜のやつを軽んじてやったとも。」一か月も経たないうちに気がついたのは、その賞金の底が尽きたことだった。

その後、三年というもの、私はほとんど毎日のように紗帽山の中腹あたりを歩き回り、小道に敷きつめられた落ち葉を踏みしめ、山を吹きわたる風や霧と、濃厚なイオウのにおいを吸いこんだ。嚢中に一物もないのを恥じ、むろん再び鳳梨苦瓜鶏《フォンリークーグアジー》を楽しみビールを痛飲する能力もなく、私は山中に独居して、たまに安い紅露酒《ホンルージウ》を買って飲むばかりだった。

おそらくは風も雨も強いからか、陽明山火山群は非常に清潔で、風雨が止んだときには、これらの山峰は一種の霊気をにじませ、心にかかるよしなしごとはさっぱりと洗い流されてしまうか、洗われてはっきりとした。山の風は谷底からやさしく上ってきて、白い雲は山のてっぺんに留まるか、中腹でうろうろと去らずにいた。

中国文化大学から紗帽山を見るのがいちばんよい角度だったから、私はしばしば教室の中で、山に霧がかかり、ツツジが咲き乱れるのを見てぼうっと過ごした。紗帽山は「おしり山」とも呼ばれた。円錐状の山峰は、てっぺんが色っぽく盛り上がり、真ん中がへこんでいるので、昔の役人の烏紗帽のようでもあり、また丸く張った尻のようでもあったからだ。キャンパスの中からは頭を上げるとすぐに紗帽山が望み見え、いつも雲や霧がぼんやりとかかっているのは、まるで白い雲で尻を拭いているようだった。

陽明山の火山群には豊富な種類の温泉がある。白鉱泉、青鉱泉、鉄泉、冷泉などだ。レストランもかなり密集しており、独特の飲食風景線を形作っている。たとえば紗帽山一帯の土鶏城は、ほとんどの店で鳳梨苦瓜鶏を提供している。私は大学を卒業した後に、家族や友人を連れて山に登った。いちばんよく行ったのは湖底路の温泉レストラン「桜花」や「六窟」と、行義路「椰林」「桜崗」「天祥」などで、今も温泉の記憶を追想することがある。

鳳梨苦瓜鶏に使う漬鳳梨《ヅーフォンリー》は、パイナップルの未熟果を使って漬けこむ。粗塩と豆こうじ、砂糖に甘草、米酒で漬ける。美味は細部に宿るというもので、豆こうじは先に米酒か塩水で洗い、カビの発生を抑える。豆こうじの品質は直接出来の良し悪しに影響する。質の悪い漬鳳梨とニガウリを合わせて煮ると、まるで愛情に欠けた結婚のごとく、不満と怨み言に満ちたものになってしまう。

この料理は台湾の土鶏城にはたいてい置いてあるスープもので、漬鳳梨とニガウリを入れ、湯通しして水にさらした鶏肉とともに煮こむ。ニガウリは漬鳳梨入りのスープで熱せられて苦みが軽くなり、それに代わって甘みが出て、自身の野菜のうまみを解き放つ。苦みの中に甘さがあり、甘さの中に酸味が隠れ、酸味の中に果物の味わいがひそみ、さらに豆こうじから来るひねた香りも加わる。そこにコウナゴの煮干しを加えて煮れば山の珍味が海の美味を迎えることになり、苦みに酸味、甘みと塩気が響き合う。それはまるで人生の滋味のようだ。

またそれはチャップリンの喜劇のようでもある。観衆は映画を観ている間じゅう笑い転げ、その笑いの後に隠しきれない淡い憂いが訪れる。私はパイナップルが好きで、このスープを作るときには、漬鳳梨と生のパイナップルの両方を使うことにしている。重層感を増す効果がある。このスープは古い友人と一緒に味わうのに向いている。温かさと潤いに満ち、さまざまな味わいのバランスが取れているからだ。

ニガウリは、白い白玉苦瓜を使うのがよい。苦みがやや軽いためだ。新北は竹北にある「老范」の鳳梨苦瓜鶏は、緑の山苦瓜を使う。山苦瓜の苦みはどちらかというとはっきりしているので、相対的に多めの漬鳳梨を使って補ってやる。漬鳳梨とニガウリは互いに引き立て合うので、一方を欠いてはいけない。龍泉街の「龍涎居」の鳳梨苦瓜鶏はパイナップルが見当たらず、ニガウリだけが鶏肉に合わせられているようで、両親の揃わない家庭のように、もの寂しい味がする。しかし惜しいことに、この店が私の仕事場からいちばん近いのだ。

台南の関廟《グアンミアオ》はパイナップルの名産地なので、それを素材に使った料理がさまざま生まれているが、そこからほど近い風景に恵まれた土鶏城は、うまい鳳梨苦瓜鶏に事欠かない。いちばん有名なのは「阿輝土鶏城」だ。経営者の黄欽輝兄弟は豚骨を煮こんで取ったスープに、ハマグリ、ニガウリ、調味料を加え、自家製の漬鳳梨を入れて地鶏の肉を煮こむ。卓上で弱火で煮続け、煮ながら食べる。私は兵役に入ったばかりのころこの店の近くにいたが、新兵訓練のあの三か月間はパイナップルの味もまったく知らないままだった。今にして思えば、あのころ、一種の英雄の末路というべきもの寂しさがあったのも当然だ。

花蓮もパイナップルの名産地で、瑞穂郷《ルイスイシアン》の「富興客桟」はパイナップルを主題としてコースを作る。宿は花東公路にあり、一方は高くそびゆる中央山脈、一方は急に開ける太平洋にはさまれて、雄大な風景の中で鳳梨苦瓜鶏を食べられる。近しい人を連れていくのにふさわしい。

鳳梨苦瓜鶏は煮れば煮るほど味が出るので、このスープは火鍋で提供し、コンロの上で煮ながら食べることもできる。みなで火を囲んで、食べては飲んで、スープをすすれば、どんな人もぽかぽかと温まる。とりわけ冬の日に食べれば、よく寝かせた酒や古い友人のように、心に染みるものがある。人生は往々にして、ニガウリよりもずっと苦い。ずっと苦いからこそ、時には一甕の寝かせた老酒に頼ってその苦みを和らげる。あるいは身内や古い友人と集まるのも、その「苦」をほどくにはよい。ひどく苦しいときにこそ、食事をともにする機会を大切にしたいものだ。

二十年前、柯霊夫妻、汪曾祺、劉心武、李鋭の各氏が台湾を訪れてくれたときに、私は彼らを山上の温泉に連れて行き、茶を飲み、鳳梨苦瓜鶏を食べた。山道にはイオウの香りが漂い、草木の気配、鳥や虫が気ままに鳴き、私と劉心武、李鋭は温泉の中で何の隔たりもなく過ごした。温泉はこんこんと湧き出し、山水に向かいながら、私たちはみなものも言わなかった。耳をつんざくような静寂がそこにあった。

あの山風と霧、そしてイオウのにおいと、鍋いっぱいに沸き立つ鳳梨苦瓜鶏は、再び精神を奮い立たせ、心魂を慰めてくれた。まるで山そのものの呼び声のように。

鳳梨苦瓜雞
阿輝土雞城

生炒花枝

〈コウイカの甘酢風味炒め〉

風邪をひいたのか、上気道あたりに炎症をおこし、高熱が出た。彼女が私を連れて、陽明山の中腹に借りた農家の小屋を出て、石段を下り、橋を渡り、また石段を上がり、手を引いて夜の山道を歩いてくれ、バスを待って山を下りた。病院は士林に近い文林路にあり、看護師の女性は私に注射室に入るように命じた。

「お尻に打ちますから。」看護師は注射器を持って、上に向かってちゅっと薬液を少し押し出した。

「腕に打ってもらえませんか。」私は袖をまくって頼んだ。

「お尻を。」声は冷ややかだった。

「腕じゃだめですか。」私は尻に注射されるのは男らしくないと思ったし、そんなふうに言われてズボンを下げるのはあまりにみっともなかった。

「お尻です。」看護師の意思は固く、短い答えは注射針よりもさらに冷たく尖っていた。

注射針はまるでプライバシーを突くように刺さり、みっともなさは屈辱感に変わった。病院を出る時には、人生の扉をもう一つ開いたかのように思ったものだ。士林《シーリン》夜市のにぎやかに湧く喧騒が、きまり悪さを覆い隠してくれた。大餅包小餅《ダービンバオシアオビン》（揚げパンの薄焼き包み）、大腸包小腸《ダーチャンバオシアオチャン》（腸詰めのもち米包み）、塩酥鶏《イエンスージー》（鶏の塩からあげ）、生炒羊肉《ションチャオヤンロウ》（羊肉炒め）、青蛙下蛋《チンワーシアダン》（愛玉とタピオカ入りドリンク）、蚵仔煎《オーアージエン》、生煎包《ションジエンバオ》（焼き小籠包）を売る店、蛇肉屋、さまざまなアイスや飲み物を売る店が、みな声を上げて差し招き、さまざまなにおいが入り混じっていた。私たちはすぐに席を見つけて腰を下ろし、生炒花枝《ションチャオホアジー》を注文した。

あれが私の大学時代の、かつての士林夜市だった。そこは野性に満ちていた。屋台の売り声、とつぜん火焔が立ちのぼり、生き生きとした鍋の焼けるにおいが漂う。店ではひたすら強火を使い、高く上がり勢いのある火焔は黄白色を呈し、その光の明るさ、音の激しさは目と耳を惹きつけた。

生炒花枝は、情熱的にぐいぐい迫ってくる。みながこの料理に抱くぴりぴりと焼けつくようなイメージは、まるでこれ以上は抑えておきがたい反抗や、むき出しで熱く激しい叫びのようだ。

それを食べる空間のほうは逆にひどく抑圧的で、気が晴れない。手足は伸ばすこともできず、狭苦しい路傍の小店に腰掛け、自分の手やひじが他人に決して当たらないようにといつも注意しなければならないし、店員がちょうど熱いスープを持ち上げたこちらの手にぶつかってくるのを避けないといけない。花枝《ホアジー》（コウイカ）は薄く大きく切られ、新鮮で軟らかいながらもじゅうぶんな噛みごたえを内に持ち、酸味、甘み、辛さにとろみ、そして香りとさまざまな味が入り混じる。私はもちろん、中にはかなりの量のうまみ調味料が加えられていることを知っている。それは小吃の屋台に共通する味の粉飾だ。

士林夜市はもともと生炒花枝で知られており、今でもいくつも生炒花枝の店が集まっており、密度も高い。その中でも最も規模が大きいのは「忠誠号」だろう。他にもさまざまな料理を提供している。鼎辺趖《ディンビエンスオ》（ひもかわうどん）、天婦羅、蚵仔煎、蝦仁蛋炒飯《シアレンダンチャオファン》（エビ炒飯）、炒米粉、滷肉飯《ルーロウファン》、猪心湯《ジューシンタン》（豚ハツのスープ）、猪肝湯《ジューガンタン》（豚レバーのスープ）、臭豆腐など。碗の中には花枝と魷魚《ヨウユー》（スルメイカ）が両方ともに入る。花枝羹と魷魚羹をいっぺんに食べられるようなものだ。板橋《バンチアオ》の黄石市場の「高記」にある「生炒魷魚《ションチャオヨウユー》」は魷魚だけを使うが、とろみのついた汁の味は花枝羹と同じだ。

生炒花枝は実のところ花枝羹《ホアジーゴン》（コウイカのとろみスープ）といってもよい。花枝は墨魚《モーユー》とも呼ぶ。花枝は皮を取り、飾り包丁を入れて、大ぶりに切り、湯通しした後に氷水に浸す。ニンニクの薄切りとネギの筒切り、タマネギの細切り、トウガラシを強火にかけて香りを立て、花枝を炒め合わせる。米酒を加え、続いてタケノコの薄切りとキクラゲ、ニンジンやキュウリの薄切りを入れて鍋を返しながら炒める。スープと調味料を注いで煮立て、最後にとろみをつけて、ゴマ油少々をたらし、香菜とコショウを撒いたら出来上がりだ。調味料は醤油に塩、砂糖と黒酢が主だ。スープの出汁は豚骨とタケノコで煮出す。花枝を湯通しした後に氷水に取るのは、食感をしゃっきり歯切れよくするためだ。強火で手早く炒めるので、鮮度が良いことが求められる。イカは火を通しすぎると固くなってしまうので、ふちの飾り包丁を入れたところが丸まったらすぐに調味料を入れて薄くとろみをつける。

こうしたとろみのついたスープは、台湾料理に普遍的に用いられる。たとえば鱔魚意麵や五柳羹《ウーリウゴン》

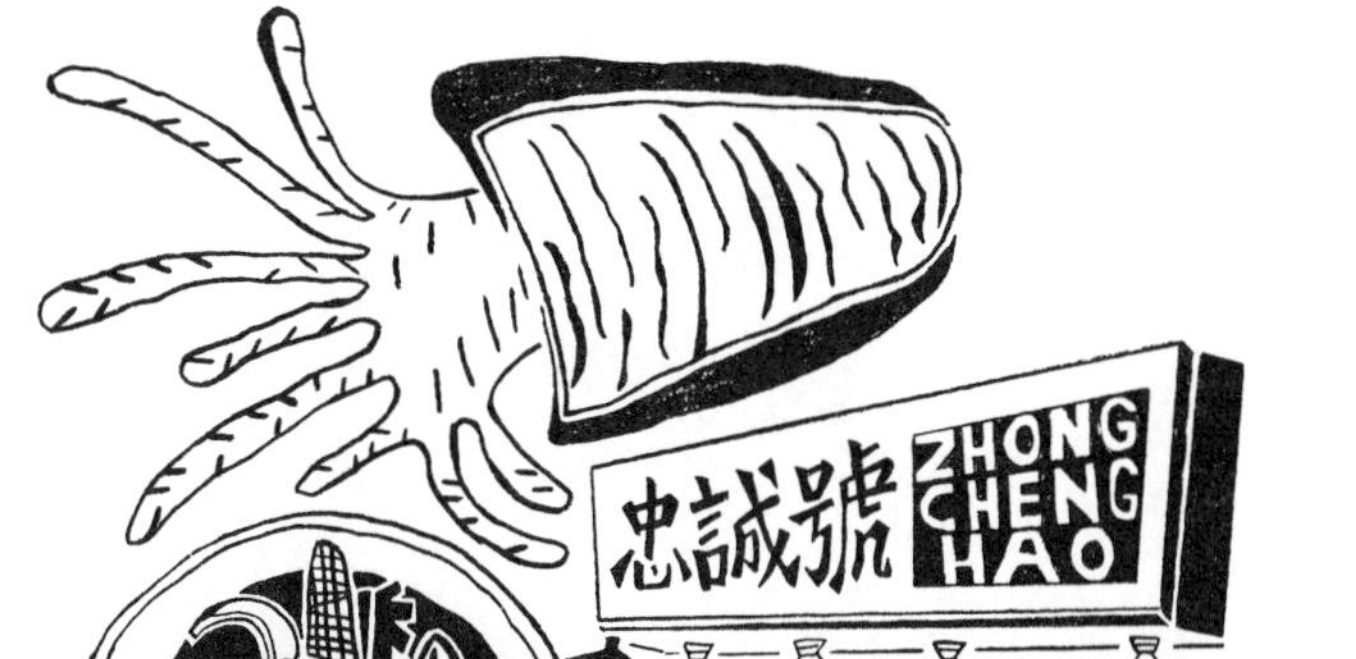
忠誠號
ZHONG CHENG HAO
生炒花枝
花枝
小玉米
紅蘿蔔片
糖
白胡椒粉

（野菜の細切りのとろみスープ）がそうだ。共通するのはどれも甘酢の味を基調とするところだ。甘酢の風味は台湾で流行している複合的な風味で、塩で味を決め、醬油でうまみと色を増すが、目立つのは甘酸っぱい風味だ。キュウリやキクラゲ、ニンジンなどのおもな仕事は色合いを整え、視覚効果を加えるにすぎない。

私の生炒花枝の初体験は、病院で注射を打たれたことと結びついている。熱くほてる体に、冷たい言葉と注射針、狭苦しい空間にやかましい雰囲気、どれもどうにも奇妙だった。まるで何かの衝動が飛び出そうとしているのを抑えこんでいるようだった。

一九七九年の雑誌『美麗島』主催のデモ運動をめぐる事件が、ちょうど私の大学生活の始まりとともにあった。八〇年代はみながざわつき、不安を感じていた。このとき台湾が重い歴史の扉を押し開けたのは、保温鍋の中に雷鳴が轟いたようなものだった。そこからは風雲が巻き起こり、われわれはいきなりみなが声を上げる時代へと向かっていったのだ。

貧乏人は金持ちよりもずっと簡単に幸福の滋味を味わえる。貧乏学生にとっての生炒花枝は、さらにその情熱が身に迫るものに感じられ、扇動的なものを持っていた。それは私の学問への欲求や恋愛、結婚の経験と結びついている。私は彼女としょっちゅう夜市をぶらつき、小吃をぱくついた。彼女と結婚してからもそうだった。士林夜市の小吃屋台が規制によって屋内に集められてからは、観光市場と呼ばれるようになった。それでも人の波は変わらず押し寄せ、あるいは以前よりも多いかもしれない。しかし扱われるものは単純化していき、同質性はますます高まっているようだ。生炒花枝でさえも昔のままの味でなくなり、私はもう行くことは少なくなった。その後、メディアが推薦する店にいくつも行ったが、新鮮でないイカを食わせられることもしょっちゅうだった。

マクドナルドが台湾に進出したのは、私が大学を卒業した翌年だった。

菜脯蛋

〈干し大根のオムレツ〉

芸術研究所の修士課程の入試へ出願してからは日程に迫られ、わずか一か月しか準備の時間が残されていなかった。にもかかわらずもともと受験しなければならない科目が終えられておらず、ひたすら手近な本から読んでいくしかなかった。すでに「商工日報」の文芸副刊の編集の仕事は辞めてしまっていたから、もう収入はなくなり、家賃も高かった。退路を断つつもりで、毎日仕事をしていた十数時間を読書に充てていると、そわそわとしてなすところを知らないようでいながら、なんとなく将来のことを想像できるような気もしてくるのだった。

発奮して『全元雑劇《ぜんげんざつげき》』を読んでいるとき、ようやく自分がひどく貧しいということがはっきり分かって、一か月間、菜脯蛋《ツァイプーダン》だけをおかずに飯を食ってやろうと決めた。毎日一度飯を炊き、干し大根を入れて卵を焼く。ときにはタチウオを一切れ別に焼いてもいい。飯を食ったら読書を続け、外出はできるだけ少なくする。試験のための読書ではなかったけれども、その一か月以上にわたり家にこもった読書の日々で、職業読書人としての無限の楽しみをじゅうぶん味わい、物事を感知する力がどんどん伸びていくように思えた。

菜脯蛋を食べる日々は実に充実して愉快だった。私はこの一生をこんなふうに専門の書生として生きていきたいと思った。日々で最も大切なやるべきことは読書で、残りの時間で考え、旅をし、書き物をするのだと。

閩南語でいう菜脯《ツァイポー》とは、塩に漬けてから干した大根のことだ。客家人と閩南人はどちらも干し大根に頼るところ大きいが、両者の区別は作るときの日にさらす時間の長さにある。客家人は水分をより少なくし、閩南人はやや水分が多めだ。菜脯蛋を作るときにはちょうど反対になり、客家のやり方では先に少しの油で菜脯を炒め、卵液には水を加える。

卵焼きにする前には洗ってよけいな部分を除き、水にさらして塩分を抜き、角切りにして水気を切る。台湾料理店「欣葉」の進雄師はさらにていねいだ。干し大根は少し洗ったらすぐに水気を切り、水に長くさらしすぎてはいけない。さもないと香味を失ってしまう。また、卵液をかき混ぜるときにはだいたい均等になるくらいにしておき、ケーキを作るときのように泡立ててはだめだ。卵のコシを失わないように、また空洞ができないようにするためだ。

菜脯蛋は飯にも粥にも合う。貧しい時代の産物で、シンプルな美学を表現するものなのだから、副材料は刻みネギくらいでじゅうぶんだ。菜脯蛋を作るのに、やたらに干しエビやニンニク、塩や砂糖に醬油に米酒、香菜などを加える人がいるが、それは材料をいろいろ使わないと不安だというだけで、低俗で語るに値しない。

油の温度のコントロールには気を遣うところで、初めからちょうど煎り焼きと揚げの中間くらいにして、安定した中火で調理する。私は後には、菜脯蛋を調理するときにはラードを使うようになった。ラードで調理するときの香りは、他の油の及ぶところではない。上等の台湾料理店は、どこも美しくもうまい菜脯蛋を作る。形は真円に近く平たく均等で、外はさくっと中は軟らかい。わけても「青葉」で出すものはかなり大きく、そのぶん難度も高い。ふつうの家庭のフライパンではこの境地に達するのは難しい。形状と厚みにこだわれば深い鍋を使う必要があるが、油をけちってはいけない。卵液の周囲に泡が立ってきたら、余計な油を切り、裏返して焼き続け、両面が黄金色になったら完成だ。

客家人は特に菜脯を好み、客家の村では、大根を干すのは近所どうしでの力量の測り合い、といったところもある。どの家がうまく干し上げたかを見定めるのである。大根を干すには天気と手間のかけ方が頼みで、もし強い日が差して、よい風が吹き通してくれれば、天の助けというものだ。菜脯の美味の程度は、陽光の感化によるところが大きい。よい菜脯は塩気の中にも甘みがあり、刻んでネギとニンニク、トウガラシと炒めればそれだけでかなりのうまさだが、菜脯を卵焼きに仕立てればその上をいく。一粒ごとの菜脯が、卵のさくっと香ばしく、滑らかでやわらかな抱擁に抱き留められる。

妻は小学校のころ、クラス全員が客家人で、昼食の時間に五十人の同級生が弁当箱を開くと、そのうち三、四十個はおかずが菜脯蛋だったという。客家人は漬物がうまく、干し大根に干しキャベツ、押し豆腐に干しタケノコなども、みな手をかけて作る。その功夫の確かさあってこそ、塩気と香りの中に甘さが後味として残る、という境地に達する。杜潘芳格が客家語で作った詩「平安戯」は、舞台

醃製
蘿蔔乾
菜脯蛋
曬
煎蛋

のもとで芝居を見ながら、李仔鹹《リーアーキャム》（スモモの塩入り砂糖漬け）や干し大根を食べる様子を描写する。

よろずあまたの平安人が、干し大根にサトウキビ、
スモモの漬物食いたしと。
わずか一つの命を保ち、無事を祈って平安戯観る。

詩には、客家人たちの貧しく苦しい生活環境における不屈の精神が反映されている。干し大根は言うまでもなく、李仔鹹も自分で植えたスモモを漬物にして日常の飯のおかずに充てていたのだ。
結婚して二十数年、家に毎年その年しこんだ菜脯を欠かしたことはなかった。「客家飲食文学と文化国際学術研討会」で「客家料理の宴」を主催したとき、百名近い学者たちを歓待した。その夜の菜脯は、岳母が手ずから干して作ったもので、二種類が用意されていた。老菜脯は卵と炒めるのに使い、黒菜脯は発酵がさらに長いもので、ひねた香りがじゅうぶんするだけでなく、風邪気味や咳の出るときにはこれと鶏を煮こんでスープにすると、美味でありまた養生にもよい。私は宴席に魚の料理を用意しようと、メニューを考えるさいに、菜脯魚《ツァイプーユー》（刻み干し大根をのせた魚の蒸しもの）を出すことを決めた。菜脯によってスズキの美味を讃え、スズキにさらに美しい姿を持たせるためだ。それは陽光のもとで生まれたすばらしい滋味だった。
貧しい青年時代に、菜脯蛋は食欲をそそる香りで私に付き添ってくれ、懸命に這い上がろうとする

志をしっかりと固めてくれた。それが示してくれたのは本質的なことで、若く激しく動き回ろうとする身体を軽挙妄動のままには任せておかないのは、内に年経た魂が宿っており、それが時に応じて行動を正し、指示してくれるからなのだ。

干し大根は歳月の焼き印を押されて、しなび乾いているように見えるが、その実、日の光の息遣いと、知恵にも似たひねた香りを内に秘めている。新鮮な卵液で干し大根をしっかりと抱きこむその様は、まるで若い肉体に年経た霊魂が宿っているかのようだ。

黒白切

〈ゆでた豚のモツと頭肉〉

聞こえなかったのかと思って、最初から繰り返した。

「米粉湯《ミーフェンタン》を一杯、黒白切《ヘイバイチェ》を一皿。」

やはり何の反応もなかった。女主人は仏頂面のまま、顔を少しも上げず、飽きもせずまな板の上の物を切り続けている。まるで行列をしているのがみな物乞いの列ででもあるかのように。私は今までに、こんなおもらいをしたことが何度もある。どれもこんな道端の小店で、食事をする環境は汚れて散らかり、客あしらいのきの字もなく、何もかもが間に合わせのような店だった。それでいながら出すものはたしかにうまいのだ。それほど商売をするのが楽しくないのなら、なぜ無理をしてみずから一日また一日と続けていけるのか。この店で、女主人が店を離れかけた男の背中に後ろから、大声を張り上げているのを見たことがある。

「ちょっとあんた、勘定はしたのかい？　何でさっさと出て行こうとしてるんだい！」

これを聞いて、男は腹立ちを抑えきれずに戻ってきて言い返す。ぱあぱあうるせえババアだ、店のもんにろくに確かめもしねえで往来で人に恥をかかせやがって――。

　中年の女性が一人、ぼさぼさの髪で店の前にやって来た。肩にラジカセをかついで大音量でポップスを流し、歌いながら黒白切の店をじっと見つめて、ゆらゆら体をくねらせている。見たところ、ふつうの様子ではなさそうだったが、実に楽しそうだった。早朝の南機場《ナンジーチャン》あたりは奇怪で、荒っぽく、陰気だった。もし楽しく生きられるのなら、時に頭のネジが少々ゆるむのも悪くない。

　安値が甘い蜜のように人を惹きつけるからか、この黒白切の店はいつも繁盛している。向かいの粥と飯の店が並べる料理はどれもさえない。肉の煮こみは脂身が多すぎ、卵焼きは火の通しすぎ、魚の揚げ物は揚げすぎでがさがさだ。少しは野菜を取らないと、と思ったときには、黒白切を一皿持ち帰りにして、白粥に野菜の小皿を添えたのに合わせて朝飯にするのがよいだろう。

　黒白切は閩南語で、気ままにいくらか料理を切り合わせるという意味だ。おもには豚のゆで肉とゆでモツで、肉には嘴辺肉、頭骨肉、肝連、三層肉、舌頭、肉皮、牙齦《ヤーイン》（ハグキ）とあり、モツには大腸、粉肝、猪肚《ジュードゥー》（ガツ）、猪心、猪肺、脆管、軟管《ルアングアン》、生腸、小肚、粉腸、大腸頭、腰子《ヤオヅ》（マメ）、腰尺《ヤオチー》（チレ）などがある。私が特に好きなのは頭の周辺の肉で、食べたくなると市場の肉屋に頼んで豚の頭を取っておいてもらう。豚の頭を手に提げて大通りを歩くのは、人の注意を惹くものだが。

　世の中には深く追求しないほうがよいこともある。たとえば解剖学的な観点から黒白切を見ると食欲に影響するかもしれない。腰子は腎臓、腰尺は膵臓だ。大腸頭というのは内肛門括約筋だ。十二指腸は粉腸と呼び、中のぽろぽろしたものは、たいていは消化液と消化物だ。小肚は膀胱、軟管は食道。

脆管は大動脈のことで、肝連といえば横隔膜をいう。生腸は子宮のことだ。まだ妊娠したことのない子宮は腸のようで、子ができると胃袋のように広がる。これは母豚が一度に何匹もはらむからで、その子宮は長くなるのだ。

黒白切はほとんどの場合、ゆでた形で供され、店の自家製の調味料をつける。ゆでるという調理法は単純ではあるが、やはりいくつかコツはある。まずそれぞれ別にきれいに下処理をしてやらないといけない。たとえば肺は何度も気管の中に水を通し、出た水からあぶくが消えるまで洗わなくてはだめだ。それぞれの部分は性質が異なるので、調理に必要な火加減もしぜんと変わる。同じ鍋でゆでるときには、入れる順序は正確に把握しておかないと、それぞれの美味を表現することができない。たとえば大腸はなかなか煮えないから、最初に鍋に入れて煮始める。そのコツは『金瓶梅《きんぺいばい》』に言う「強火で沸いたら弱火で煮こむ」というやつで、すっかり柔らかくなるまで煮こみ、歯が悪い人間を苦しめるようなことがないようにする。豚の腸を処理するのは時間がかかるから、一度に多く煮ておいて、冷凍庫の中に取っておき、時に応じて「五更腸旺《ウーゴンチャンワン》（大腸と豚血の辛味炒め）」や「大腸麵線」などに使うとよい。

『金瓶梅』の第二十三回には、宋恵蓮が豚の頭を煮こむ場面があり、調味料も作り方も単純だ。

（宋恵蓮は）大台所に入ると鍋に水を汲み、豚の頭と足の毛を剃り、汚れを洗い落とした。長い薪をたった一本かまどの中に入れると、醬油を大碗に一杯、茴香や八角などを加えて、豚の頭と足によくまぶし、錫の深鍋に入れて蓋をきっちり留めた。二時間たらず煮こんだだけで豚の頭は皮も肉もとろけるほど、香り漂い、五味揃う仕上がりとなった。

たった一本の薪で二時間も煮こむというのは、どんな長い薪なのか、と思うが、大事なのは鍋の蓋をきっちり留めるというところだろう。蒸気を漏らさないようにすることで、口に入れるととろけるほどに煮こめるわけだ。

また、清代の「白煮」にした豚肉は、台湾の「切仔料《チェッアーリアウ》」と呼ばれるゆで豚に似たもので、満洲人の伝統的な食べ方でもあった。満洲人はゆでた豚肉を食うのを好み、白肉、白片肉、白切肉などと呼んだ。『紅楼夢《こうろうむ》』で賈珍《かちん》の愛妾である佩鳳《はいほう》が作った「一口猪」というのがこれだ。

豚肉とモツを煮こんだ出汁は肉質香（オスマゾーム）に満ち、これを高湯《ガオタン》として用いるとたいへんうまい。そこで黒白切を商う店はしばしば米粉湯や麵類をも扱う。台南永康《ヨンカン》の「大湾香腸熟肉」は、この高湯でタケノコを煮る。これでタケノコが感動的なまでの美味になる。黒白切は台南では「香腸《シアンチャン》熟肉《シューロウ》」と呼ぶ。香腸熟肉の店には糯米腸《ヌオミーチャン》（もち米の腸詰め）や香腸《シアンチャン》（腸詰め）、タラコ、ニラ、大根なども並ぶが、これらは北部の黒白切にはあまり見られない。

この夏休み、集中して台湾全土の路傍の小店について調査をし、ある夜に保安路の「阿龍香腸熟肉」を訪ねた。店の中は狭く、外に座ったほうがよいかと腰を下ろした。入り口に置かれたステンレスのカウンターの上に、切り分ける前の食べものが並んでいた。一目で見て取れるから、食べたいものを指定すれば、主人が取って切り分けてくれる。すぐに目の前に運ばれ、勘定をして、箸を運びだす。糯米腸、猪心（ハツ）、蟳丸《シュンワン》（カニ身と卵の蒸しもの）、香腸、魚卵《ユールアン》、鯊魚煙《シャーユーイエン》（サメ肉の燻製）、透抽《トウチョウ》（ケンサキイカ）、タケノコ、それらすべてに自家製のタレをつける。

美味の前提条件はやはり材料が優れていることだ。大型量販店で何度か豚肉を買ったことがあるが、必ず取り切れないほどのくさみがあった。アメリカの作家リチャード・ルッソは、改良前の豚の品種をこう懐かしむ。今の豚肉は脂が少なく、固く締まって、味や香りに欠ける。「別物の白い肉」とでも呼びたいくらいだ。しかし昔は、豚肉は言葉にならないほどうまく、食感はじゅうぶんで、味わいは一流だった、と。

黒白切は路傍の小店か小吃を扱う店にしか見られず、一定の規模を備えたレストランではほとんど目にしない。大きなレストランの堅苦しさに対して、黒白切はまるで短いエッセイのように、労働階級の美食に属し、自由自在の趣がある。まるでビールを飲みながら、近しい友人と気ままにおしゃべりをしているようだ。こうした庶民の小吃は、深い文化的な味わいをも内に秘めており、形式や身分に地位といったものの違いを取り去り、簡単にすばやく提供される。何の料理を切り分けてもいいだけでなく、包丁の使い方だって気ままで、その形式は時にはぞんざいなものにもなる。外から見ればぞんざいでも、かなりまじめに豚のモツや端肉を料理しているものだから、質朴で快活で、そうした肉を華麗なショーの主役に仕立てているといえる。

黒白切はおそらくは、豚の屠畜業者が集まった「猪屠口《ジュートゥーコウ》」から出たものだろう。豚をさばいて残

阿龍
香腸熟肉
黑白切
30元
50元
小心

った内臓を安い値段で小店に売るのは、残り物に福という気持ちの表れでもあろうか。台北についていえば、富裕な商人たちが多く集まる大稲埕《ダーダオチョン》に対して、猪屠口一帯は労働者が集まるところだ。二つの世界がたった一本の通りで隔てられている。こちらはだんだんに路傍の美食を生んでいき、あちらは料理店の宴会料理を発展させていった。こちらが腹をふくらませるためになら、あちらはおそらく商売の場での饗応のために。私は労働者の美食が内に持つ精神を偏愛している。人々がいつも熱烈に食らい、生活の率直さと激情とに満ちているからだ。

冬瓜茶

〈トウガン茶〉

正午に文昌公園まで歩いた。公園の周りは菜市場で、暑さは焦げつきそうなほどだ。買い物をしたり食事をしたりする人もまばらだった。汗が染みたシャツはまた乾き、路面の熱気は蒸籠のように立ちのぼり、木陰は樹の幹の下に縮み上がり、すべてが物憂げだった。文昌街の飲み物のスタンドを通りかかると、一頭の年寄り犬が目を閉じてテーブルの下にうずくまり寝たふりをしていた。私は冬《ドン》瓜茶《グアチャー》を一瓶、蓮藕茶《リエンオウチャー》（蓮根を煮出した甘い飲料）を一瓶買って、歩きながら飲み下した。酷暑の中で冷たい冬瓜茶をごくごく飲むと、まるで強い日差しの下でセミの鳴き声が聞こえる中に、一陣の清風が吹いたようだった。

最近、二度にわたって台湾周遊の調査に出かけた。激しい日差しの中で街角を歩き回り、何度も冬瓜茶を飲んだ。冬瓜茶と青草茶《チンツァオチャー》（薬草の煎じ汁）、甘蔗汁《ガンジョージー》（サトウキビジュース）はどれも台湾の昔ながらの冷たい飲み物だ。とりわけ夏には、街角の飲み物のスタンドにしばしば冬瓜茶が見られる。飲料における台湾を表す確かな記号といえる。

作り方は単純だが時間がかかる。上等の冬瓜を選んで皮を剝き、種を取り、小さく切って、砂糖と水を加えて数時間煮出す。冷まして濾せば出来上がりで、冷たくすると風味がより増す。今の冬瓜茶の業者はどこも粉円《フェンユアン》（タピオカ）、湯円《タンユアン》（白玉）、蒟蒻《ジュールオ》（コンニャク）、桑椹《サンシェン》（クワの実）、仙草《シェンツァオ》（センソウのゼリー）、石花凍《シーホアドン》（寒天）、レモン、金柑、ミント、コーヒー、ミルクなどの副材料を加える。冷たいのも温かいのもあり、飲み方も多様化した。レモンや金柑の酸味は、冬瓜茶が持ちかねないしつこい甘さを飾るのに効果があり、さわやかな余韻をつけてくれるので、特に私のお気に入りだ。

小さいころ、母は濃縮して固めた冬瓜糖《ドングアタン》の塊を家に買って帰って煮溶かしていた。簡便には簡便だが、風味は新鮮な冬瓜を煮こんだものには劣る。一杯の香り高く、甘みのある濃厚な冬瓜茶は、丹念に精錬しなければならない。昔ながらの冬瓜茶には、色素も香料も、防腐剤などのでたらめな化学物質も決して添加しない。弁当を買うときにはしばしば冬瓜茶がおまけにつくことがあるが、そんな時の冬瓜茶はひどく風味に欠ける。おそらくは香料などの化学薬品を砂糖に混ぜて作っているからだろう。

どんな美味も、天然の材料を使ってまじめに作らなくてはいけない。工程が煩瑣になるのをいとわず、人工の添加物に頼らずに作らなくては。砂糖の多寡や、混ぜて加熱するやり方、煮こむ時間はどれも味に影響する。伝統的な褐色の冬瓜茶は、冬瓜に砂糖を加えてゆっくりとかき混ぜて炒めて作る。炭焼きの冬瓜茶は砂糖を焦げる寸前まで熱し、コーヒーのような色合いになる。

私の心に浮かぶうまい冬瓜茶は、どれも防腐剤や香料、色素を添加せず、天然で健康的だ。たとえば埔里《プーリー》の「炎術」、府城《フーチョン》の「義豊」や「両角銀」、台北の「楊記」などだ。炎術の冬瓜茶は新鮮な冬瓜をとろ火で八時間煮こんで冬瓜の原液を作る。また砂糖の代わりに麦芽糖を使い、その甘さには非常に含蓄がある。義豊は台南武廟の脇にある百年の老舗で、木桶を使ってゆっくりと冬瓜と糖水を煮こんでいる。

台中の日華金典ホテルの十五階にあるレストラン「金園」には、たいへん有名なセットメニュー「台湾一品宴」があり、義豊冬瓜茶をウェルカムドリンクにしている。この百年以上の歴史のある冬瓜茶を一口飲むと、味覚がたちまち息を吹き返す。シャンパーニュとはまったく異なるよみがえらせ方で、宴席の先触れになり、その先を整理してくれる。このレストランは広東料理を基本としているが、このセットメニューは中国の南北の料理と台湾原住民の料理をも融合させている。まるで一場の華麗なオペラのように、深い含意がこめられている。一品宴はその企図は壮麗にして規模は盛大、料理の提供される順序にしたがって、四種のアルコールと四種のノンアルコールの飲み物が出され、四十七種もの小吃が並び、どれも精緻で味がよく、人をほほ笑ませるに足る。このセットメニューはまるで味覚の台湾周遊のように、台湾における飲食の美を体現している。また台湾の主体性を余すところなく表現しきっている。

冬瓜は長い期間貯蔵でき、産品としてごく一般的で、価格も安く、社会の基層から来たものといえるだろう。外形はかわいらしく、全身が白くたっぷりとしていて、実に愛すべき見た目だ。宋の鄭安《ていあん》暁《ぎょう》に「詠冬瓜」詩がある。

黄色い花は風に揺れて時は秋から春にめぐり
粉のふく皮と露やどる葉にまもられてそだつ
おおどかは生まれつきどうか笑って下さるな
腹の中にはおさめもおさめたりいく百もの種

冬瓜は煮こんで飲料にすることもでき、しばしば砂糖漬けにもされる。林纉《りんさん》はかつて台湾最初の詩雑誌である月刊『台湾詩報』を創刊した。彼は七言絶句一首を作り、冬瓜茶が清涼であり暑さをしのがせ、むくみを取り痰を切り、いらいらや喉の渇きを抑える効能があることを讃えている。

ゆうがおまさりの味あわくうまし
煮れば暑さにふしぎのききめあり
めおとのちぎりにひめより送りし
白く潤うほそき氷は白磁にまさる

詩にある「ほそき氷」とは、冬瓜条《ドングアティアオ》、つまり冬瓜糖を指す。台湾の結婚の習俗において、花嫁側が準備する甘味の一つで、これは新婦が跡継ぎ息子を産むことを期待してのことだ。『本草綱目』の白冬瓜の項目はおもな効能を「腹に水がたまるのを防ぎ、利尿の作用があり、渇きを止める。搗きつぶした汁を服せば、煩悶を療し、解毒の作用がある。気を増して老化を防ぎ、胸のつかえを除き、顔のほてりを去る。熱毒とはれものを消す」と記す。台湾人の婚礼のさいには決まって六色の甘味を用意する。橘餅《ジューピン》(柑橘の砂糖漬け)、冬瓜糖、氷糖《ビンタン》(氷砂糖)、糖果《タングオ》(果物の砂糖漬け)、龍眼《ロンイエン》(干しリュウガン)などと茶葉を贈るのだ。妻は冬瓜糖を食べるのが好きで、婚約したときには、家族にかならず冬瓜糖を用意してと言っていたものだ。

私がよその土地に飲みものや食べものを調査しに出る時期は、大半が夏休みに集中している。いつも激しい日差しのもとで歩き回ると、かつての歳月を思い出さずにはいられない。私は時おり世界と相容れないように思うことさえある。一匹狼のようにただ一人で歩き回りたい。往々にしてまた現実という激しい日差しのもとで暴走したくもなる。しかしあくまでも私の仕事の多くは人と触れ合わなくてはできない。そんな時、私はしばしば一杯の冬瓜茶を渇望する。それはいつもなんとも清涼で、この先に口がからからに渇ききったときにも、ちょうどよいときに慰めをくれるはずだ。私の未来には、一杯の冬瓜茶が必要だ。

橘醬

〈キンカンソース〉

授業が終わって、ひどく腹が空いているときには、まずは校門のそばにある「新陶芳」で昼飯を食う。五花肉《ウーホアロウ》（豚ばら肉）や塩焗鶏《イエンジュージー》（丸鶏の塩蒸し焼き）、水煮鵝肉《シュイジューオーロウ》（ガチョウの塩ゆで）、福菜肉片湯《フーツァイロウピエンタン》（高菜と薄切り豚肉のスープ）を頼むときには、いつも店員に言って橘醬《ジュージアン》を一皿もらう。何につけても口当たりをさわやかにしてくれる。橘醬は客家人の至極のつけダレと呼んでよい。むかし妻の秀麗と彼女の実家に帰ったときには、食卓には決まって白斬鶏やゆでガチョウが出され、必ず一皿橘醬が添えられたものだった。橘醬はほとんどの客家料理に合わせることができ、客家を表すはっきりとした記号である。客家人の集団的な味覚の習慣であり、彼らの集合的な知恵の現れでもある。杜潘芳格に、客家語の「選挙の味の取り合わせ」と題する詩がある。

婦人家《おくさま》が　青菜を料理するときは
カラシナにはきっと橘醬にショウユがお好み

赤ヒユにはきまってショウガにお酢を合わせて
ヒユを汁に煮る時は魚のでんぶを上にふる
漬物に豚ガツの汁は客家の名物、昔からあるもの。
一家そろってごはんのときに、
婠娘人《おふくろさん》の思うよう、あれ民進党はカラシナで、国民党は橘醬にショウユだ。
国民党が赤ヒユなら、無党派はショウガにお酢だ。どれも味の取り合わせ。
台湾人のみなさまよ、家々そろって客家の味を楽しむようによい人材を選挙で選ばれますように。

作者が自ら注するところによれば、「婦人家」「婠娘人」はどちらも結婚した女性のことだ。杜潘芳格は新竹県新埔《シンプー》の出身で、この詩は女性が客家料理を作る様子を描写する。いつも客家の伝統的な調味料を使い、たとえばゆでた青菜には橘醬が欠かせないという。これらの薬味タレを通して、台湾の政治の多元性、そしてその中には期待と寛容が満ちていることを象徴させている。

以前、新埔に柿餅《シービン》（干し柿）の取材に行ったときに、通りすがりの近くの小吃店で昼食を取った。何を食べたかはとっくに忘れてしまったが、ずっと橘醬をつけて食べ、店の自家製の橘醬を買って帰ったことは覚えている。新埔は橘醬の生産が盛んで、市場に出る橘醬の多くは新埔のものだ。有名なのは「合発」「義順」「銀龍」とあるが、他にも多くの小規模な生産者がいる。

ふつうは醬油を加えてつけダレにするが、調味料として炒め物にも使え、食材を漬けておくこともできる。台湾の原生種の酸橘《スアンジュー》（青い小さな柑橘）は橘醬専用のものとして使えるが、金柑を使って作る人もいる。橘醬はすっきりとした香りと深い味わいを持ち、ゆで豚が持つ脂っこさを調整するのに有効だ。また除夜に豪華なごちそうを食べた後に、正月一日には客家の人々はしばしば青菜をゆで、伝統の橘醬をつけて食べ、一年最初の味覚と胃腸をさっぱりとさせる。橘醬は栄養としても、性質やその持つ機能としても、人の体の防御機構を強めてくれるものだ。

このため、橘醬はいつも私に客家の土楼《どろう》を連想させる。精緻な防御設備を完備し、その外壁は厚さ一から二メートルにおよび、一階と二階には外向きの窓を開けず、たった一つある堅固な正門を閉めてしまえば、土楼はただちに難攻不落の要塞となる。さらに夏は暑気を和らげ、冬には寒風を防ぎ、室内の温度を自動的に調節してくれる。

巷間の橘醬にはしばしば苦みがある。酸橘を用いて作るには先に殺青《さっせい》、つまり苦みを除く工程がいる。許美芳・洪偉玲著『酸橘醬産品開発研究』が非常に参考になる。本文では、橘醬の標準化された工程と材料の配合が書かれている。はがした酸橘の皮を、皮の六倍量の二パーセントの食塩水で三十分煮た後、さらに皮の五倍量の水に二時間半漬けると、酸橘の皮の苦みを取り去るのに有効だという。また橘醬の製作過程で、一パーセントのコーンスターチを加えると製品の流動性を調整することができ、六か月貯蔵したあとでも離水しないでおけ、瓶詰にもでき、百度で十から十五分加熱して殺菌すると、保存の期限を延長できる。

もし自分の家で作るのなら、果実から先にヘタと種を取り、果肉をはがす。皮を沸かした湯に入れ、差し水をして十分ほど浸しておく。水気を取って果肉とトウガラシをともにつぶして濾す。そこに砂糖と酒を加えてペースト状に煮ていく。つけダレやドレッシングにぴったりだ。

橘醤の美学的方法というのは調和である。ぶつかり合いをなくし、折り合わなさを和らげる。いわゆる「鼎鼐《ていだい》を調和せしむ」というものだ。食卓で橘醤は調和の任務を請け負い、食べものの美味を引き出し香気を添えるか、肉類にありうるくさみと油っ気を抑えてくれる。

清の袁枚が自らの家の料理人、王小余に料理の秘訣を尋ねたところ、彼はこう答えた。

「言葉にはしにくいものです。料理人は医者に似ています。あらゆる食材のよい加減を一心に見定め、水加減や火加減が揃うように厳しく確かめますのは、万人の口に感じるうまさが等しくなるようにです。」

またその眼目を問うと答えた。

「濃いものは先に、さっぱりしたものは後に、すなおな味のものを中心にして、変わった味のものをそれに交えます。舌が飽きてきたと見れば辛味で奮い立たせ、腹が張ってきたら酸味で抑えます。」

この話は飲食の調和の道について説いている。どんな美味も、すべてはさまざまな味の調和からなるものだ。むせるようなきつい酒もブレンドすれば美酒となるし、一皿のサラダにはワインビネガーをその上演に参加させなくてはいけない。一枚のピザにはチーズのおともが欠かせず、一皿のパスタはオリーブオイルを渇望する。

食べものに限らず、どんな物事も調和することが私に快感をもたらしてくれる。異なるかけ離れたもの同士が助け合い、互いに引き立て合うことで美感を醸し出していく。たとえば幸せな結婚には、二人が互いに喜ばせあうことが必要だ。あらゆる美しい色合いは、さまざまな色が溶け合った後に生まれてくるものだし、すばらしい彫刻はその濃淡、疎密、陰陽、正面と背面とが互いに引き立て合うものだ。またすべての美しい音楽は、音の高低長短、リズムの速い遅いが互いに呼応し合ってこそ生まれるものだろう。

橘醤にある果物の香りと酸味は、客家料理の油と塩気が強いという特性を補うのに有効で、すっきりとして深みのあるものにしてくれ、さまざまな肉の味に明るい輝きをもたらしてくれる。肉料理が橘醤を必要とする度合いは往々にして野菜よりも高いからだ。ゆでた野菜は淡白にすぎるかもしれないが、細かに味わえば、心の中でそのありがたさを噛みしめられるはずだ。どんなに味気のない食べものでも、口に入れたら心中で橘醤をつければよい。心の中に橘醤を持つのは、魂の中で音楽を鳴らすようなものだ。

麵線

〈そうめん〉

もうそこは私の知る金門の尚義《シャンイー》空港ではなくなっていた。豪華で派手で、まるで外国のどこか大都市の空港にある免税品店のようだ。農産物など特産品のほかに、各種の世界のファッションブランドにレストラン、マッサージルームに酒、タバコ、香水、コンビニエンスストアにハイヤーサービス、保険カウンター——台北の松山《ソンシャン》空港よりもずっと規模が大きい。

私はすぐに「馬家麵線」のカウンターに吸い寄せられていった。金門島での歳月を追憶したためでもあり、また食べ慣れていたからでもあったろう。「馬家麵線」は細作りで、軽い塩味がついていて、我が家の常備品でもある。ふだんばたばたしているときに、麵線《ミエンシエン》をゆでてネギとニンニクを刻んで加え、苦茶油《クーチャーヨウ》（ツバキ油）で和えて食べる。今ではこの老舗は観光工場に変わり、展示や解説を行い、試食もさせている。またコーリャン、ヤマイモ、トマト、野菜、カボチャ、ムラサキイモなどのさまざまな風味をつけた商品も開発している。

兵役に服していたころ、私は金門に十か月間駐留し、その後部隊は烈嶼郷《リエユーシアン》で八か月間防備にあたったが、尚義空港には行ったことがなかった。ずっと後に招聘されて何度か金門に来たが、その時にはまだ空港は簡素な造りだったので、今回すっかり見違えた金門の様子を見て驚いたのだった。

当時、大学の共通テストに落第し、続いて徴兵通知を受け取った。まずは新化の新兵訓練センターに行き、その後部隊に所属し、営ごとの演習、師団ごとの対抗訓練を終えて、ただちに金門の防備に充てられた。二年間の兵役は、生命の最も活力にあふれた時期の、最も憂いと痛みに満ちた時間だった。私はその時期を極度の抑鬱と憤懣、苦悶のうちに過ごした。兵役に服していた歳月は身も心も縛られ、私は毎晩深夜に懸命に読書した。まるで本の中にむりやり慰めを見出そうとするかのように。時に休日には営区を離れて街中をぶらつき、しばしばとろみをつけた汁に入った麵線を一杯食べた。金門の麵線は台湾の他の地域と違い、小ぶりのカキに、豚のモツに血、細ネギの白いところに、紅葱《ホンツォン》頭《トウ》(赤小タマネギ)が入る。麵線はとても上質なものだった。上質な麵線は煮てもコシが抜けにくい。

伝統的な手作りの麵線はお天道様の顔色をうかがわねばならず、まず風に吹かせて半乾きにまでした後、日に当てて完全に乾かさなくてはならない。防腐剤は加えず、漂白もしないが、出来上がったものは常温で保存できる。金門は風が強く、日差しもきついので、麵線を作るのにぴったりだ。

陽光に愛撫された麵線は、色合いにややむらがあり、むっちりとしてうまい。機械で乾燥させた麵線は色は均一だが、食感は劣る。また手作りの麵線は太さも不均等で、機械で作ったもののようにきれいに揃ってはいない。また手作りのものはふつう塩を練りこんであり、ゆでるときに塩を加える必要はない。

私は手作りの麺線が好きだ。不揃いな見た目で、いつも晴れた日の強い日差しを望んでいるところは即興感がある。麺線には、気候と手の感触で日に当てる時間と配合を決めなくてはならない宿命がある。日に当たる麺線は美しい。竿に引っ掛けられて白い絹糸のように垂れ下がった麺線はひどく魅惑的だ。

手作りの場合には、麺線を引っ張り延ばす工程がある。力と速度を均等にして、引っ張り延ばし、半分に畳んで、真ん中に木の棒を入れてもう一度引き延ばす。引っ張るほどに細く長くなる。引っ張る過程では、時々米ぬかと片栗粉をふって貼りつくのをふせいでやる。次に棒を棚にかけて日に当て、陽光の熱い口づけを受けさせる。一本の麺線には、延ばし、より、もみ、こね、よじり、起こし、小引き、大引き、掛けなどの工程があり、かなりこだわりを持って作られている。それがなければ、最終的によい食感にならないのだ。

手作りの麺線は、塩と片栗粉を使い、ゆでるごとに水を替えなければならないから、料理店では歓迎されず、つまるところ、比較的安い機械打ちの麺には対抗できない。私が住んでいる木柵は、むかしは「麺線窟」などと呼ばれたものだが、今では没落してしまった。休日の夜、もし家で食べたくなければ、つっかけをはいて出かけて、近所で麺線と麻油鶏湯《マーヨウジータン》を食べればよかった。その店の麺線はゴマ油と油葱酥《ヨウツォンスー》で和えてある。私は食べる前に毎回かならず自分に言い聞かせる。「今回こそはゆっくりだ、やけどに注意だぞ。」だがけっきょく毎回口をやけどしてしまう。その店の麺線は鍋から上げたばかりで和えているから、いい弾力と、こらえきれない香りを保っている。しかしほんとに熱いのだ。明らかに口をやけどするほど熱いものは焦って食べてはいけないことくらい分かっているのに、どうしてもゆっくりとは食べられない。あの麺線には、代価を払い、犠牲にすることを惜しませない力があった。だからすぐに口に大きく頬張ってしまうのだ。

もしかすると、甘美なものほど容易に人を傷つけるものなのかもしれない。

巷間でよく見る白麺線《バイミエンシエン》は、乾燥した後すぐに売られているものだ。紅麺線《ホンミエンシエン》は日に当てた後もう一度蒸して火を通したもので、祭祀や婚礼、また猪脚麺線《ジュージアオミエンシエン》に使われる。そのめでたさを買われてのことだ。紅麺線は煮こんでも容易に切れず、弾性がうまく下がっていってくれるから、麺線糊《ミエンシエンフー》（とろみ汁そうめん）の業者に向いている。

麺線は生活のよき伴侶で、カキ、イカ、豚の大腸、当帰、ゴマ油、豚足――と組み合わせが変わるごとにさまざまな台湾の小吃に姿を変える。香港の「蘋果《リンゴ》日報」の社長を務めた董橋はかつて成功大学で学んでいるとき、ホームシックで涙を流していたところ、二段ベッドの上にいる同級生が蚊帳を開けてこっそり言ってくれたそうだ。「行こうぜ、円環《ユアンホアン》に猪脚麺線を一杯食いにさ。」

美味であり、人の心を慰めてくれるほかに、猪脚麺線は台湾では二つの重要な意味がこめられている。祝い事とりわけ誕生祝いと、そして厄払いだ。台湾には「一審重罪判決、二審で半分、三審で猪脚麺線」という言い回しがある。裁判の判決のでたらめさをあてこすったもので、有力者は罪を犯しても、三審の最高裁までいけば風当たりをやり過ごして往々にして無罪放免、家に帰って豚足入りのソーメンで厄払いを決めこめる、という意味だ。

豚足の食感はなめらかであること、しっとりとしていること、歯ごたえのあることが必要だ。麺線は寿命が連綿と途切れないことを象徴するため、だんだんに生誕祝いの宴席の重要な役どころに当たるようになった。両者がうまいこと結びついて、時機がきて運気が転ずることを象徴し、祝福を口に運ぶかのごとく、心はまるで癒しを得たかのようになる。現代詩人の陳　塡《チェンティエン》には「猪脚麺線」という詩があり、その一段目にはこうある。

むかしわたしはイスにたちのり
ながいそうめんハシでつまんだ
かぞくみんなのいのりをこめて
おいわいします、ひいじいちゃん
とんそくいりのおそうめん、やまとおなじくながいきに

私が評価する猪脚麺線には、大稲埕の「許仔の店」と、基隆は廟口夜市の「紀家」などがある。ふつう白湯猪脚を売る場合には豚足を三種類に分ける。腿庫《トゥイクー》（モモ肉、骨は外してある）、中段《ジョンドゥアン》、脚蹄《ジアオティー》だ。私が偏愛するのは中段だ。肉も骨も皮も筋も揃っていて、食感がいちばん豊かだからだ。はじめて「許仔の店」で猪脚麺線を食べたのは同僚の章景明教授のご案内だった。大学から一緒にシャトルバスで台北に戻り、運転手に頼んで涼州街の角に寄せてもらって降りた。まず「阿華鯊魚

煙」で食べると、取って返して保安街四十九巷に入った。この店は席数が少なく、狭苦しくてほの暗く、一人分の席も取れないほどだった。品書きはごくシンプルで、豚足と麵線だけだ。豚足は塩味で煮こまれ、麵線は豚足の高湯《ガオタン》に浸かり、大量の刻みニンニクが入れられ、豚足の出汁は、ニンニクの香りをすてきに表現しきっていた。食事の環境は粗末なものだったが、猪脚麵線はなんとも高尚で、息をするたび濃厚な肉質香（オスマゾーム）にあふれていた。章教授がご退職された後には、ともにうまいものを探し歩く同僚も求めがたくなってしまった。世事の変化は浮雲のごとく、大学も台北までの無料のシャトルバスの運行をやめてしまった。

麵線はごくごく細い麵で、水が細々と、だが長く途切れず流れることを象徴するものだ。細く長く流れる水の意味するところのなんと美しく、流れていくことのなんと多くの祝福に満ちていることか。

特に災厄に遭ったとき、猪脚麵線を一杯食べるのは、落ちついて悲しみややりきれなさ、陰鬱さと向き合うことだ。そしてそれは、未来にはまだ幸福への渇望が満ちており、なんとかごまかして人生を続けていくのだということを表してもいる。

私は自分でも時間があるとしばしば家で猪脚麵線を作る。湯が沸いてアクが上がってくる。そのあぶくが大きくなったら、火を弱めて煮続け、細かい泡がまるでささやき声のように浮かび上がるようにする。痛風患者は豚足のスープをしょっちゅう飲むわけにはいかないが、あらゆるプリン体の数値が高い食べものの中で、猪脚麵線は何千回、何万回でも許されるに値する。

葱抓餅

〈叩いてふわふわにしたネギ入りパイ〉

仕事場で暗くなるまで忙しくしていた。龍泉街まで出ると、師大夜市は今でもにぎやかだが、人波は以前ほどではなくなっていた。当帰鴨麵線《ダングイヤーミエンシエン》（当帰風味のアヒル出汁そうめん）を一杯食べたが、満足できずに斜め向かいの店で葱抓餅《ツォンジュアビン》を買って歩き食いをした。外皮はかりっさくっとした歯触りで、中はたくさんの層に分かれ、白く柔らかい。噛みしめるとじゅうぶんに歯ごたえをたんのうでき、油の香り、麦とネギ、ゴマの香りとともにまっすぐ仕事場に引き返した。

台北の街角ではどこにでも葱抓餅の姿が見られる。MRTの信義線が開通した後、永康街周辺の商業圏は観光地になり、ほとんどどこの店にも行列ができた。あの「天津葱抓餅」に並ぶ人も以前に比べてさらに増え、外国人も少なくなかった。休日となると、あそこで食べる機会がわりに少なくなってしまったほどだ。

今の葱抓餅の屋台ではプレーン以外にも、バジルエッグ、ハムエッグ、チーズエッグ、ベーコン、スモークチキン、全部乗せなどがあり、さらに沙茶醬《シャーチャージアン》、芝麻醬《ジーマージアン》（ゴマだれ）、ケチャップ、辣椒醬《ラージアオジアン》

（トウガラシペースト）、麻辣醤《マーラージアン》などの多くのタレを選んで塗れるようになり、味に変化がつけられるようになった。さらにたこ焼き、鶏モモ肉、フランクフルトに香腸、叉焼などをトッピングする店も現れて、選択肢が増えるにつれてますます葱抓餅らしさがなくなっている。

葱抓餅は葱油餅《ツォンヨウビン》（ネギ入りパイ）から変化したものだ。葱油餅は卵を加えて煎りつければすなわち蛋餅《ダンビン》になる。私がいちばん懐かしく思う蛋餅は、中央大学の裏門にあった一軒の朝食店のものだ。その葱油餅の皮はかなり厚めで、食感は煎り焼きと蒸しの間で、たっぷりとして柔らかかった。

敦化南路の「驥園」は鶏のスープでよく知られているが、私はこの店の葱花餅をことに好んでいる。不思議なことに、その刻みネギは焼いた餅の真ん中に撒かれながらもまだ生き生きとした青さを保ち、切り分けた後に美しい構図を作り出す。その皮は明らかに油を引いて煎り焼きにしたのではなく、平底の厚い鉄鍋で火を入れたもので、疲れた油のにおいがまったくしないから、いくつかよけいに食べても心理的に負担に感じることがない。起業家の戴勝通はこの店を讃えて、私にあの葱花餅の皮は鶏のスープで練ってるんだ、と言ったものだ。台湾大学の校友会館のレストラン「蘇杭」が作るものは、値段も安く、味もなかなかだが、この店にはおかしな決まりがある。一テーブルにつき二枚までしか頼めないのだ。価値を高く見せるマーケティング手法を備えている、とでも言えようか。

和平東路一段には、炸葱油餅《ジャーツォンヨウビン》と蘿蔔糸餅《ルオボスービン》（細切り干し大根のパイ）の屋台が二つある。いつも多くの人が並んでいるが、一度食べたところ、あまりに油が強くふだん食べるには向かないように思った。うまい葱油餅は層が多く、ネギがたっぷりでないといけないが、油だけは多すぎてはだめだ。梁実秋はこれこそが標準的な葱油餅だと指摘している。

層は多くすべきだ。それには生地を薄く伸ばしてやり、そのままでなく二回よけいにたたんでから葱を加えてやる。刻み葱も細かくてはならず、九分が白で一分が緑なのがよい。塩は均等に撒く。鍋には油を少なめにし、熱くなったら火は弱める。焼き上がったら、両手で餅を立ててまな板の上で何度か叩いてやる。この小さな動作がたいへん大事で、餅の層をばらばらにほぐせる。葱油餅のうまさときたら、おかずもいらないほどだ。

九分が白で一分が緑のネギはそう手に入らない。おそらく台湾では三星葱でなくてはつとまるまい。しかるに、葱抓餅や葱油餅がどちらも油が多いのは、小麦粉の皮を伸ばすときに油を塗りすぎるからだ。薄くぱりっと層を多くでき、折り畳んで巻くのもやりやすくなる。焼き上げるときにも油が多いのを恐れてはだめで、うまくそこから取り返すコツは、出来上がってから油を切る動作にこそある。葱抓餅の「抓」とは、実際は引き裂くという意味で、ふつうにいう葱油餅との最大の違いは皮の層の多さにあり、一層ごとに割いて開いて食べることができる。作り方は単純だ。小麦粉に塩と砂糖を混ぜ、水を入れて練り、しばらく寝かす。一定の厚みに伸ばしたあとに、油を塗って刻みネギとゴマを振りかけ、生地がややゆるんだところを薄く伸ばして、平底の薄鍋で両面が黄金色になるまで煎り焼くのだ。売るときにはもう一度鍋で加熱し、はさんで持ち上げてひっくり返しながら、左右から二つのトングで叩き、生地どうしをつまんではがす。

台北の業者の多くは「天津葱抓餅」の看板を掲げているが、これは実は天津とは関わりはなく、台湾の小吃とすべきだろう。葱油餅はいろいろな場所にあり、天津に限らない。もし血縁関係について考えれば、逆に山東のほうが親戚がたどれそうで、たとえば煎餅《ジエンビン》や清油盤糸餅《チンヨウパンスービン》と山東は浜州の「鍋子餅《グオヅビン》」、武城の「旋餅《シュアンビン》」などが近い。おそらくは最初は天津出身の人が売っていて、その際、故郷の名前を店名に冠したのは理の当然だろう。

武城の旋餅と済南の「油旋《ヨウシュアン》」はいくらか似通っている。油旋はらせん状になっていて、表面はぱりっさくっとして、中は柔らかい。清の顧仲《こちゅう》の『養小録《ようしょうろく》』には「油旋烙餅《ゆせんらくへい》」を載せ「小麦粉一斤、白砂糖二両（水で溶かす）、それにゴマ油四両を入れる。小麦粉と水を混ぜて伸ばし、次に油を間にしいて、「剤」に取って伸ばす。繰り返すこと七回、火にかけて焼き上げれば甚だ美味である」という。文中で言うところの「剤」とは、饅頭や餅、餃子などの小麦粉食品を作る時に、練って長く棒状にのばした生地から切り分けた小さな塊のことだ。

唐魯孫は、油旋はまた「一窩酥《イーウォースー》」とも呼ぶという。「これは油を塗って焼き上げた餅で、餅の真ん中に細くのばした生地をまとめて入れてあり、箸でつまんで振るとたちまちばらばらになる。これは清油餅《チンヨウビン》の作り方と同じで、甘みのある牛肉のスープに浸して食うと、洛陽の朝食中の絶品と呼べよう。」

清油餅は実際には生地を練って伸ばす餅の仲間とは言えず、細く長い麺を円盤状にまとめて軽く押して成形し、鍋に入れて焼き上げたもので、仕上がりはきつね色になる。

天津蔥抓餅
一份 20
加蛋 30
九層塔加蛋 35
蔥抓餅
吃抓餅・找永康

葱抓餅は天津から来たものでないとはいえ、冠されたその地名が好きだ。それが初めて世に現れたときに抱かれただろう強い懐かしさを理解できるからだ。小麦粉の生地とネギが出会って、両者が熱い油の中で一つになって熱を上げ、ふくらみ、結びついて美味になる。それは異郷で作り出した、想像の中の故郷の味なのだろう。

おそらく一九九〇年の冬だったが、私は北京を再訪した。蕭乾氏の公用車を借り、運転手を雇って天津まで行き、邢天正氏にお会いした。邢天正氏は台湾登山界四天王の一人と呼ばれた方で、登山を奨励するために「百岳」を制定した。私は登山に打ちこんでいた数年間、まじめに彼の『邢天正登山講座』を読んでいたのだ。邢氏は台湾に四十年近く住み、ただ一身で、往々にして単独で大山を縦走した。おそらくは高い海抜の山峰の頂上から遠くを眺めやり、いささか郷愁を慰めておいでだったのだろう。「私は高山から大空と海原を思い、そして海を隔てた遠くを思いやる」とおっしゃっていた。糧食局を退職されてからは、いわゆる「落葉帰根」、故郷に帰って過ごすことを選ばれ、天津で息子さんと住まれていたのだ。

ひどく寒かった。北運河はもう凍りつき、人々が川面だったところを行きかい、スケートをしていた。邢氏はすでにお年で、足の運びはゆっくりとしてままならず、私は彼を支え、お宅の門の敷居をまたぐのを手伝った。またいだところで邢氏は私に、一緒にチョモランマに登ろう、と誘ってくれた。私たちが立っていた中庭には上から陽光がさしていた。それを背にしたことで、邢氏の姿に金色の縁取りが現れていた。

枝仔氷

〈アイスキャンディー〉

高校のときにクラスメートと自転車に乗って橋頭《チアオトウ》まで行って枝仔氷《ジーアービン》を食べようと約束した。当時、橋頭はまだ高雄県に属していた。道路に自動車は少なく、私たちは自転車を並走させて話しては笑いあった。脚が筋肉痛になる前にはもう目的地についていて枝仔氷を食べられた。空気にはサトウキビの香りが漂い、太陽は涼しく爽やかに照っていた。一本の枝仔氷のために、家から橋頭まで往復三十キロを走ったのだから、思い入れが深くなかったとは言えまい。

さらに昔の幼年時代には、枝仔氷を売る自転車が鈴を鳴らしてだんだんに近づいてくるのを首を長くして待ち望んだものだった。謝汝銓《しゃじょせん》の七言律詩「売氷」は、売り手が銅の鈴を鳴らして街頭で呼び声を上げて売り、客が買うときになってはじめてアイスキャンディーの容器を水につけて容器から外す様子を描写している。氷を売るのは日本統治時代に台湾社会で流行の商売になった。それは当時冷凍技術が発達したことと関係している。かつて「一は氷売り、二には医者」という俗諺があったことからも、氷を売る商売の利益が高かったことを見て取れるだろう。

昔の台湾では、たくさんの詩人たちが氷を売る風情を詠んだ。福建晋江の人、欧陽朝煌《おうようちょうこう》は一九〇四年に台湾に渡った後、台北の艋舺《マンガ》に寓居した。彼の「売氷声」詩にはこうある。

つじつじでせわしく声をあげ
春の氷はいらぬかと客をよぶ
夏の虫は氷を語れぬと言うが
暑い盛りに涼むには氷に限る

鹿港の人、丁宝濂《ていほうれん》は台湾を代表する書家で、彼の「売氷」詩にはこうある。

灯がつき夜の涼風吹いて
影さし鈴の音が客さそう
詩よむ心の乾くを知るや
応えてそそぐはこおり水

丁宝濂は進士であった丁寿泉の甥にあたる。私は以前、鹿港の丁家の邸宅を見学したことがある。たいへん広い敷地で、建築は高貴にして壮麗で、丁寿泉が進士に及第した後に修築したものだという。

丁氏の一族は晋江陳埭の出身のムスリムで、福建の泉州から台湾に渡ると商売で財を築き、後代の育成と教育を重視して、学問によって国に仕える一族となった。

アイスキャンディーは台湾では枝仔氷《ジーアービン》と呼び、広東人は雪条《シュッティウ》と呼び、客家人は雪支《シエッキー》と呼ぶ。北方では氷棍児《ビングール》と呼ばれる。作り方はしごく単純なものだ。砂糖と水と副材料を混ぜ合わせ、それを製氷型の中に入れ、それぞれ木の棒を差しこんでおき、冷やして凍ればそれで完成だ。

サトウキビの栽培には膨大な労働力が必要なうえ、急速に地力を低下させる。このため、蔗糖は植民地時代とつながりがある。十七世紀のイギリスの工業発展はカリブ海の黒人奴隷による砂糖生産によるところが大きい。台湾の砂糖の生産も日本の植民地統治に由来する。高雄の橋頭はサトウキビの産地に近く、また鉄道で打狗港《ダーゴウガン》とつながっていたので、製糖株式会社が一九〇〇年に橋頭砂糖工場を設立した。すなわちこれが台湾最初の砂糖工場で、台湾の砂糖産業の発祥地だ。一九七〇年代からは、国際的に砂糖の価格が低迷し、砂糖工場は徐々に衰退し一九九九年に生産を停止した。台湾光復が成った後には、各地の砂糖工場が生産物の砂糖を使って枝仔氷を作り、当初は工場地区の宿舎の労働者や家族に提供していたのだが、砂糖と他の材料の確かさによって信頼を得るようになり、外に向けて販売されて、よく知られるようになった。

私たちが自転車に乗って枝仔氷を食べに行ったあの年、砂糖の価格は下落し始めたばかりだった。台湾文壇では郷土文学に関する論戦が燃え上がり、林懐民は現代舞踊集団の雲門舞集を立ち上げた。うまい枝仔氷はどれも、素朴な風味を体現する。単純で、素材が良く、天然のものから作られ低糖質で低脂質、嚙むと緑豆あんや小豆あん、落花生や果肉の風味がする。要するに、防腐剤や乳化剤、色素、香料、甘味料などが混じっていないということだ。まるで純真な個性の人のように、付き合う値打ちがある。生活するのは今や容易なことではないとはいえ、どうして自ら堕落して山のような化学添加物を飲みこまなくてはいけないのか。

台東《タイドン》は鹿野《ルーイエ》の「春一枝」のフルーツアイスキャンディーは天然の新鮮な果肉を使い、あらゆる人工香料を使わないことを標榜しており、一口ごとに果肉が味わえる。その経営のしかたは独特で、半開放の空間の中に、誰も見張るものもおらず、消費者が自分で料金を入れて取るに任せているのだ。

昔の同僚たちはみな覚えているだろう。私と雑誌『飲食』の姜洋、呂彦慶で彰化《ジャンホア》の王功《ワンゴン》に行ったとき、「巷仔内」の蚵仔炸を取材する仕事を終えて、ついでに路地の入り口にある「泉芳枝仔氷」でアイスキャンディーを箱買いし、車を飛ばして台北に帰り、みなにふるまったことを。泉芳枝仔氷は明らかに伝統的な風味で、味の種類も数多い。今では枝仔氷は衰退しつつあるとはいえ、味のほうはどんどん多様化している。落花生に洛神花《ルオシエンホア》（ローゼル）、牛乳、ライスプディング、あずき、ヤツガシラ、緑豆、レモン、パイン、パッションフルーツ、シャカトウ、マンゴー、グアバ、クワの実、烏梅《ウーメイ》（梅の燻製漬け）などなど。

おもしろいのは台電氷棒のことだ。およそ一九九〇年代にはこの業界に現れ、当初は台湾電力の職員だけに売られていて、一本五元だったが、一度は生産を停止した。枝仔氷を作って売るのはもとより発電所の専業ではないが、水力発電所ではダム建設のさいコンクリートの冷却用に製氷する必要があり、後にそれが使われなくなると、古い機械を転用して枝仔氷を作り、職員の収入と福利厚生を増やすために使われたのだ。価格が親しみやすく、ものが良いというので、大いに人気を博した。たとえば新店《シンディエン》桂山《グイシャン》、林口《リンコウ》、石門《シーメン》、大観《ダーグアン》、明潭《ミンタン》に大甲渓《ダージアシー》、また澎湖《ポンフー》の尖山《ジエンシャン》発電所などだ。

南投《ナントウ》は水里《シュイリー》の「二坪氷店」は明潭発電所の職員の福利社が生産しており、二坪枝仔氷が有名になるにつれて名前をまねるものも多くなり、あるとき私が家族と水里の蛇窯（登り窯）を見学に行くと、そばで買った枝仔氷まで二坪を名乗っていた。発電所でアイスキャンディーを売り、熱狂的な行列ができるほど売れているというのは奇観と呼ぶべきだろう。箱ごと買う客もざらで、飢饉のときのように先を争っている。

枝仔氷を食べるには常にゆっくりと、悠然として閑適の趣を持ちつつ、吸い、しゃぶり、なめる。歯で噛むのを少なくしてやると、一筋の冷気を上げながら、われわれを清涼たる世界にいざなってくれる。

四十数年後に、友人の朱国珍《ジューグオジェン》と一緒に思い出の場所を再び訪れた。ほとんど知らない場所になった橋頭の砂糖工場は、すでに糖業博物館に変わり、レジャーとしてゆったりとすごすための文化的景観を提供していた。氷品休憩区と芸術創作区に分かれ、日本式の家屋に「五分仔車」と呼ばれる小型の機関車、第二次世界大戦中の防空壕、赤レンガの給水塔に、製糖の道具が並べられていた。鉄道の脇にはアメフリノキが植えられ、緑の木陰の静かな工場地区を散歩していると、道路の両側はオオバユーカリにダイオウヤシ、ホウオウボクにタガヤサンが植わり、そこに座って枝仔氷を味わえば、あれこそは純然たる甘さというもので、人を魅了する熱帯の想像にあふれていた。あれはまさしく人生の中で居続ける価値のある駅というものだ。四十年というものは枝仔氷のように夢と消えたが、幸い夢が醒めたあとにもまだ追憶することはできる。

刈包

〈豚肉の醤油煮こみをはさんだ蒸しパン〉

長女の珊珊《シャンシャン》が大学に通うことになると、一家で大学の近くに引っ越した。公館《ゴングアン》の商業圏に近いので、私たちはしょっちゅうその辺りで食事をした。「藍家」の刈包《クアパウ》は塩気と甘味がほどよく溶け合っていた——赤身の肉はややぱさつき気味ではあったけれども。店の入り口には手押し屋台兼調理カウンターがしつらえられ、いつも行列が切れず、持ち帰りと店内用の二つに分かれて並んでいた。刈包は熱いうちに食うのがうまいので、私たちはいつも持ち帰りにはせず、脂の香りが沸き立つような焢肉《コンロウ》（豚肉の醤油煮こみ）に向き合い、一瞬の猶予もならず大口でかぶりつくのだった。

刈包は閩南語で「クアパウ」と発音しないといけない。また「割包」とも書く。饅頭《マントウ》（具なしの蒸しパン）を割り開いたものという意味だろう。それに焢肉と炒めた高菜漬け、落花生の粉と香菜を包んである。その形が、トラが口を開けて豚肉をくわえている様子を思わせることから、「虎咬猪《フーヤオジュー》」（トラがブタを噛む）という別名もある。またその見た目がガマ口にも似ているというので、「尾牙《ウェイヤー》」のときに刈包をふるまう経営者もいる。社員の労苦をねぎらうとともに、金運を祈る意味をこめてのことだ。

刈包が「尾牙」に使われるようになったのは最近のことだ。台湾の風習では旧暦の毎月二日と十六日に「牙祭《ヤージー》」を行う。二月二日を一年最初の「頭牙《トウヤー》」、臘月つまり十二月の十六日を一年最後の「尾牙」と呼ぶ。尾牙の日には、家々ではお供えをして土地公を祀る。この夜、雇い主は社員のために宴会を開いて、一年の仕事の疲れをねぎらうのである。

台湾の俗諺にこんな言葉がある。「頭牙にお参りしないと一年運が落ち、尾牙をお祀りしないと一生運が下向く。」尾牙のさいにはもともと潤餅《ルンビン》（野菜と肉の細切りを巻いた薄焼き）を食べていた。呉《ウー》瀛濤《インタオ》の『台湾民俗』には、尾牙には潤餅を食うと書かれ、刈包については触れていない。

刈包の皮はふわふわで弾力があることが大事なので、精白粉でも全粒粉でもかまわないが、その熱さはしっかり把握しておく必要がある。蒸籠から出したばかりでなければだめで、あつあつではじめて香りがぷんと立つようなうまさが味わえる。高雄にある「春蘭割包」の皮はほろりと軟らかく歯にべたつかない。伝統的な煮豚を挟んだもののほかに、精進の材料だけで作ったものも提供している。ここの刈包は比較的大きく、漬物は甘め、中には甜辣醤も塗られている。

刈包は夜市にもたいへんよく見られる。台中の東海夜市の「刈包大王」、台北の公館夜市の「藍家」、通化《トンホア》、寧夏《ニンシア》の両夜市にある「石家」、華西街夜市の「刈包吉」などだ。「刈包大王」には煮豚のほかにベーコン、ハム、目玉焼きなどさまざまな具がある。後にはタイ料理のココナッツミルク入りのカレー風味の鶏肉をはさんだものや北京ダック風、ブルゴーニュ風牛肉のワイン煮こみなどまであって、形式と内容の変化が限りないことが見て取れる。

皮の作り方にもさまざまな変わり種があり、たとえば生地を作るときに水の代わりに牛乳が使える。生地におろしたヤマイモを加えれば皮を軟らかく仕上げられる。加える油にもさまざまな選択肢があり、バターにオリーブオイル、サラダ油などがある。刈包に使われる食材はどれもうまい。しょっぱい焢肉に甘くした落花生の粉、刻んだ高菜漬けに生の香菜と、塩気と甘みは互いに引き立て合い、漬物と生のものが高め合い、漬物はまた豚ばら肉の脂っこさとのバランスを取ってくれる。さまざまな味が響き合い、調和し合って、味蕾のすべての区域を同時に満足させる。刈包は、いつも注意をはらって身の回りを整え、八方に気遣いをしてつないだ良い縁を表現しようとしているかのようだ。

私はそれでも伝統的な味わいを偏愛している。台南の永楽市場にある「阿松割包」の刈包の肉は紅糟に漬けた福州の昔の滋味深い味わいで、一人前は二個でスープも付く。漬物は炒めずに刻み、色合いは淡く酸味が強い。他店といちばん違うところは、落花生粉でなく自家製のピーナッツペーストを使うところだ。私はこの店の豚タンを挟んだ刈包を特に好んで食べる。

伝統的な刈包は、満足感と高カロリーを与えてくれるため、労働者の必要とするエネルギーを助けるものになりうる。おそらく三重《サンチョン》には多くの労働者が住んでいたために、痛快なほどカロリーたっぷりの庶民の美食、たとえば滷肉飯《ルーロウファン》や焢肉飯《コンロウファン》（豚の角煮丼）、猪脚飯《ジュージアオファン》（豚足煮こみのせ飯）などが他とくらべて発展したのだろう。二二八公園のそばに刈包の屋台が出る。看板はなく、手押しの屋台の前にはいつも長い行列ができ、ただ「あの刈包」と呼ばれている。この店の刈包の焢肉はしっかり嚙みごたえがあり、炒めた漬物と落花生の粉が合わせられている。

うまさは千里を越えるとやら、欧米でもこの味が好まれるようになった。台湾の黄頤銘《エディ・ホアン》という青年が事務弁護士の職を捨て、ニューヨークのイースト・ビレッジに「Baohaus」という刈包の専門店を開いた。コーラを使って煮こんだ豚肉や、フライドエッグやフライドチキンを挟んだメニューも置き、ファッショナブルな台湾風ハンバーガーを出した。刈包は提供までのプロセスを標準化すれば、完成まではハンバーガーより速い。想像するに、未来の中国式のファストフードレストランは刈包や肉夾饃《ロウジアモー》（プルドポークサンド）、焼餅《シャオビン》や油条《ヨウティアオ》、光餅《グアンビン》（穴あき胡麻つき丸パン）、飯糰《ファントゥアン》（もち米のおにぎり）、蛋餅、大腸包小腸、粽子《ゾンヅ》（ちまき）、筒仔米糕《タンアービーゴー》（竹筒入りおこわ）などを売るようになるのではないだろうか。

しかし刈包のような多量の脂肪と糖質を含んだ食べものはたくさん食べていいものではない。趙舜、呉清和といった肉付きのよい友人たちは一気に八個食べたりするが、これはいささか健康への配慮が欠けているというものだ。台南の小東路にある「一点刈包」は、以前は夜中の一時に営業を開始しており、店の中も外も客であふれていた。思うに、成功大学の学生であれば多くはこれを味わったことがあるのではないだろうか。しかし刈包は実のところ夜食にはふさわしくない。朝食に充てるほうがよいだろう。

若いころ、中国時報の文芸副刊の編集に当たっていた。そのころよく食べたのは万華《ワンホア》の「刈包吉」だ。歯の衰えた老人への気遣いなのか、豚肉はとろとろに煮こまれていた。さらに触れておくべきなのは、主人の廖栄吉氏が毎年の尾牙に参加自由の無料食事会を開いて、ホームレスや老人、失業者を招いているということだ。刈包を売る利益は薄いが、十七年というもの刈包の売り上げを善行に費やしているのだ。私が中国時報を辞める前には江湖に現れており、冬にこの店の刈包を食べると、人情と夢についてよく理解できたものだ。

時間という街角で、手押し屋台の前でひと時歩みを止めて、私たちは刈包を食べ終わると、またにぎやかな夜市をぶらつき続ける。

珊珊が大学を卒業すると、また木柵に戻った。それから一年というもの、都市の繁華からすっかり離れた思いだ。窓の外には二格山の山並みが遠からぬところに見え、猴山岳に指南宮、樟山寺や天恩宮が見渡せる。建物の下には手を伸ばせば届きそうなほど近くに景美溪が流れる。私は家族と刈包をぱくついた夜を大切に思うのと同時に、いま一緒に川べりを散歩する夕暮れを大事に思っている。大雨が降ると景美溪は急に水かさを増し、いつも散歩する川沿いの歩道や草地、グラウンドをすっかり水の下に沈めてしまう。雨が止むとやがて細い小川の姿に返り、おとなしくもとの水路に戻る。川面はきらめき、曲がりくねり、温かみをたたえてその先へと流れ去っていく。

訳者あとがき

台湾の食べものと聞いて、何を最初に思い浮かべるだろう。そして、その思い浮かべた食べものは、どんな風景の中に置かれたものだろう。おそらく多くの人の頭には、夜市の屋台や、屋台でなくとも間口のせまい路傍の小店のカウンターで作られた食べものが、背もたれのないイスや折り畳みのテーブルのがたつき、薄い金属製のレンゲの端が舌にふれる感触までと一つながりになって浮かんでくるのではないだろうか。

著者焦桐《ジアオトン》はそんな誰もが口にする何気ない食べものから始めて、台湾がたどってきた歴史とつちかってきた文化を、自分の人生をまじえつつ一篇の散文に仕立てて読ませてくれる。その手さばきは、台湾の街角の小さな店で、驚くような美味を作り出す人たちとも重なるところがあるように思われる。

中国語では食べものの味を「五味」といい、酸味、甘み、苦み、辛み、塩味の五つからなる。食べもののエッセイをこれに照らせば、甘いノスタルジーに辛口の批評、涙の塩味というところがよくある味つけだろう。また著者も愛読した元代の戯曲には、文運に恵まれない貧乏書生が登場するが、それをしばしば「酸」と呼ぶ。こうした金がない若いころのこともまたエッセイの種になりやすい。素材を選び、ベースにユーモアか蘊蓄の出汁を使い、時によい加減で混ぜ合わせ、味つけを塩梅すれば一篇のできあがりだ。

そして残った「苦」はといえば、必ずしも食べもののエッセイとの相性はよくないように思われるが、本書ではこの「苦」がたびたび印象的に使われる。これは台湾の食べもの、たとえば黒くにごった漢方薬材入りのスープの中に、しばしば感じる味わいでもある。青春時代の鬱屈した苦悩と、大人になってからの人生の苦痛が、追憶の甘みにくるむことなく書かれていることは、間違いなく著者ならではの味を形作っている。

もともと詩人である著者の代表作の一つは、現代詩と料理のレシピを融合させた詩集『完全強壮レシピ』（原題『完全壮陽食譜』一九九九年、邦訳書は池上貞子訳、思潮社、二〇〇七年）で、これがために美食家だと誤解されて今に至る——とは著者自身の言葉だ。同書の日本語版には自筆年譜が付され、本書に断片的に書かれる前半生が整理されている。

焦桐は一九五六年台湾高雄市生まれ。本名は葉振富。まもなく両親の離婚により、兄の葉振輝は父に、焦桐自身は母に引き取られる（本書収録の「爆肉」にそのエピソードが見える）。その後、大学統一試験に連続して不合格となり（「木瓜牛奶」）、兵役につく（「蚵嗲」）。一九七九年に中国文化大学に合格、一九八〇年に現代詩の創作で時報文学賞を受賞し（「沏仔麵」）、詩人としての創作を続ける。在学中、謝秀麗《シェシウリー》と出会い交際するようになる（「白斬鶏」）。大学卒業とともに新聞社に入り、文芸欄を担当する。一九八五年に改めて中国文化大学大学院修士課程に入学（「菜脯蛋」）、謝秀麗と結婚（「紅蟳米糕」）、その後、長女の珊《シャン》が誕生した。「中国時報」文芸副刊の編集の仕事のかたわら詩作や散文の執筆を続け、輔仁大学大学院博士課程に進んで博士号も得た。

そして一九九九年に詩集『完全強壮レシピ』を出版し、この年に長女と十二歳違いで次女の双《シュアン》が誕生(「肉円」)、二〇〇一年に「中国時報」を退職し(「貢丸」)、謝秀麗とともに出版社「二魚文化」を立ち上げ(「豆花」)、同時期に国立中央大学中国文学科の助教授となった。その後は現在まで、詩人、文筆家、研究者、編集者として多彩な活躍を続けている。

訳者が著者焦桐の名前を知ったのは十数年前、彼が編集した飲食についての散文のアンソロジー『台湾飲食文選』(二〇〇三年、二魚文化)が最初だった。『台湾飲食文選』の巻頭には、本書でもたびたび引用される梁実秋《りょうじつしゅう》、唐魯孫《とうろそん》という二十世紀初頭に大陸に生まれ、後に台湾に渡った二人の作家の作品が収録されている。また編者としての焦桐の序には、一九五〇年代以降の飲食を書いた散文に、故郷を喪失した作家たちがそれを懐かしむものが目立って現れた、という視点も示されている。

著者はその後、飲食に関する散文を集中的に書き、『台湾味道』(二〇〇九年)、『台湾肚皮』(二〇一一年)、『台湾舌頭』(二〇一三年)の三部作を出版する。初期の作品では、とくに素材を厳選し手間をかけた「古《グー》早味《ザオウェイ》(昔ながらの味)」を理想としてしばしば挙げていた。一方で著者は父の記憶に乏しく、母の料理に郷愁を抱くこともないという。家柄やルーツからは切り離され、戻るべき理想の過去は持たないままに、喪失という主題を台湾の食べもの全体に共通するものとしていたようにも思われる。

しかし、二〇一三年三月に、否応なくこの主題により個人的に向き合わざるをえなくなる大きな事件が起こる。公私にわたるパートナー謝秀麗ががん闘病の末に他界したのだ。とくに『台湾舌頭』所収の各篇には、このあまりにも大きな喪失を少しでも埋めようと、もがきながら書き続けた痕跡が深く刻まれている。本書では「仏跳牆」から「豆花」までの一連の作品がそれに当たる。
また本書の最後のパートに掲載した作品の多くは、『台湾舌頭』以後に執筆されたものだ。台湾全体と著者自身が失いつつある、あるいは永遠に失ったものを強く意識しつつも、明日に向かって食べることと書くことに開かれていった過程が読み取れるように思われる。

焦桐はその後も食べものに関する散文の執筆を続けており、野菜と果物に関するエッセイ『蔬果歳時記』（二〇一六年）、そして最新作『為小情人做早餐（小さな恋人のために朝食を）』（二〇二〇年）を発表している。とくに後者は本書にもたびたび登場する珊珊《シャンシャン》、双双《シュアンシュアン》こと「一人は詩人の娘、一人は美食家の娘」という十二歳違いの二人の娘葉珊、葉双との日々を散文とレシピを組み合わせて書いた作品で、著者の新たな代表作といってよいだろう。

本書の翻訳の企画は、二〇一九年に出版された崔岱遠『中国くいしんぼう辞典』と同時期である二〇一八年夏ごろ、みすず書房の編集者である松原理佳さんによって立ち上げられた。台湾や台湾文学の専門家も多い中で、当初から翻訳の担当を打診してくださったことに感謝したい。

著者の文章は規範の中におとなしく留まるような性質のものではない。前後から切り離されたような一行にぶつかって翻訳に悩むこともしばしばだったが、著者の深い教養と思索はともかく、飽くなき食い意地と、そして妻と娘への愛情を共有できたことで乗り越えられたところも多い。著者が妻と娘について書いた部分は、いつも妻の笑美と娘の歌南子を頭に浮かべながら訳した。

収録した各篇は、『味道福爾摩莎（フォルモサの味）』（二〇一五年、二魚文化）を底本としている。ルビは基本的には、台湾で標準的に使われる台湾華語に基づいた。ただし、一般的に閩南語を使うと思われる料理や素材については閩南語でルビを付した。また料理の由来や文脈にしたがって、客家語や広東語でルビを付けたものもあるが、いずれも発音の由来については注をつけていない。訳注は全体として最小限にとどめた。

『味道福爾摩莎』は前出の『台湾味道』から始まる三部作所収の諸篇および、その後新聞の文芸別刷りにコラムとして執筆した作品などを集めた、著者の台湾の食べものエッセイの総集編だ。序文にもある通り、この『味道福爾摩莎』の収録作品数は百六十篇にもおよび、日本語版の出版にあたっては六十篇まで収録数を絞った。また収録順についても、底本が主たる食材によって分類しているのに対し、日本語版は改めて並べかえた。

選出にさいしては訳者と編集者が相談して進めたうえで、著者に許諾を得るという過程をふんだ。選ぶさいには日本の読者に台湾の食べもののさまざまな面を知ってもらえるようにと考えたのはもちろんだが、まずエッセイとしてすぐれているもの、著者の人生とその食べものが分かちがたく結びついているものをできるだけ収めた。

この収録内容と収録順について考えることは、まさしく名品揃いのレストランで晩餐会の献立を組み上げるようなものだった。列席者には初めての客もいれば名うての通人もいる中で、店の魅力を過不足なく引き出すような料理とその提供の順序を考えなくてはならない。収録内容が決まった後にも、何度も訳者と編集者が相談して収録順を検討し、最終的に六十篇を六章に分けた。

また本書を飾る挿画は陳妮均・張宗舜のお二人に日本語版のために描きおろしていただいたものだ。台湾の街角には印象的なタイポグラフィが多い。食べものや人々と同じくらいに文字が生き生きと躍るイラストは、詩や散文の執筆から編集まで、あらゆるレベルで文字に関わる人生を送る著者の文章と、当初考えていた以上の相性のよさを見せてくれている。

この挿画も合わせて、日本語版を、原著の最良の部分を手元に置ける一冊に収め、かつ最初から最後まで流れをもって読み通せる、オリジナルの作品に仕上げるという目的は、かなりのところ達成できたのではないかと思う。

さあ、このあとがきを最後に読んだ素直なお客様はどうぞもう一度、最初に読んだ一筋縄ではいかないお客様はどうかこれから心して、この特別コース『味の台湾』をお楽しみください。

川　浩二

著者略歴

(ジアオ・トン)

詩人，文学者，編集者．1956年台湾高雄市生まれ．本名葉振富．台湾を代表する現代詩人の一人であり，詩とレシピを融合させた詩集『完全強壮レシピ』(台北：時報出版，1999年．邦訳書は池上貞子訳，思潮社，2007年）を発表以来，台湾の食文化に関する研究・執筆を進める．出版社「二魚文化」を立ち上げ，台湾で発表された飲食についての散文を年度ごとに編集・出版．また国立中央大学中国文学科で教える教授としての顔も持つ．詩集・散文・研究書も含め著作多数．近著に野菜と果物に関するエッセイ『蔬果歳時記』(2016)，二人の娘との日々を書いた『為小情人做早餐』(2020）など．

訳者略歴

川浩二〈かわ・こうじ〉文学者，翻訳家．立教大学外国語教育研究センター教育講師．1976年東京生まれ．専門は中国近世の文学・文化．訳書に崔岱遠『中国くいしんぼう辞典』(みすず書房）などがある．

焦桐
味の台湾
川浩二 訳

2021年10月18日　第1刷発行
2022年 5 月12日　第4刷発行

発行所 株式会社 みすず書房
〒113-0033 東京都文京区本郷2丁目20-7
電話 03-3814-0131(営業) 03-3815-9181(編集)
www.msz.co.jp

本文組版 キャップス
本文印刷・製本所 中央精版印刷
扉・表紙・カバー印刷所 リヒトプランニング
イラスト 張宗舜・陳妮均
装丁 大倉真一郎

© 2021 in Japan by Misuzu Shobo
Printed in Japan
ISBN 978-4-622-09045-8
[あじのたいわん]
落丁・乱丁本はお取替えいたします